天津市地方志编修委员会办公室资助出版

U1003451

天津地情资料丛书

老天津的文坛往事

倪斯霆 著

天津社会科学院出版社

图书在版编目（CIP）数据

老天津的文坛往事 / 倪斯霆著. -- 天津 : 天津社会科学院出版社, 2021.12
（天津地情资料丛书）
ISBN 978-7-5563-0796-8

Ⅰ. ①老… Ⅱ. ①倪… Ⅲ. ①地方文学史－文学史研究－天津 Ⅳ. ①I209.921

中国版本图书馆 CIP 数据核字(2021)第 275193 号

老天津的文坛往事
LAO TIANJIN DE WENTAN WANGSHI

出版发行：天津社会科学院出版社
地　　址：天津市南开区迎水道 7 号
邮　　编：300191
电话/传真：（022）23360165（总编室）
（022）23075303（发行科）
网　　址：www.tass-tj.org.cn
印　　刷：天津午阳印刷股份有限公司

开　　本：787×1092　毫米　1/16
印　　张：18
字　　数：256 千字
版　　次：2021 年12 月第 1 版　2021 年12 月第 1 次印刷
定　　价：78.00 元

版权所有　翻印必究

总　序

盛世修史是中华民族的优良传统，史志文化是中华民族光辉灿烂文化的组成部分。习近平总书记指出："历史是最好的教科书"，强调"要高度重视修史修志"；李克强总理提出："修志问道，以启未来"。为新时代史志工作指明了方向，也提出了新的更高的要求。

津沽丰饶，人杰地灵。天津是我国历史文化名城，是高人巨匠聚集之地，有着独特的历史发展轨迹和地域人文气质。"天津地方史研究丛书"和"天津地情资料丛书"坚持以马克思列宁主义、毛泽东思想、邓小平理论、"三个代表"重要思想、科学发展观、习近平新时代中国特色社会主义思想为指导，坚持辩证唯物主义和历史唯物主义的立场、观点、方法，从社会生活不同的角度观察天津城市发展脉络和不同历史阶段特征，在不同领域的发展演进中感受天津沧桑变迁的历史逻辑。以史为鉴，开创未来，深入挖掘和传承天津优秀文化，讲好天津故事，总结天津发展的规律，推进天津改革开放和社会主义现代化建设，阔步新时代，续写新篇章。

天津市档案馆(天津市地方志编修委员会办公室)以挖掘天津历史文化资源，繁荣城市文化和学术研究为职志，资助出版这些书籍，意在贯彻落实市委市政府文化强市战略、贯彻落实中国地方志指导小组要求及

《天津市地方志工作办法》，大力整合社会资源，推动天津地方史研究深入发展。我们要以“天津地方史研究丛书”和“天津地情资料丛书”编辑出版为新的起点，继续做好此项工作，希望广大史志工作者持之以恒予以支持，贡献更多的精品力作，为繁荣天津史志研究，推进天津地方志事业高质量发展，把天津建设成为社会主义现代化大都市贡献智慧和力量。

天津市档案馆

（天津市地方志编修委员会办公室）

2021年10月

序

闫立飞

以发掘天津文坛“旧人旧事旧小说”“旧文旧史旧版本”和“旧报旧刊旧连载”闻名通俗文学研究界的倪斯霆先生，最近要出版《老天津的文坛往事》。仅从题目上就可以看出，这本书同样志在钩沉和打捞老天津文坛的逸闻轶事，讲述老天津的文坛故事，是作者继续在“旧”的轨道上奋力前行的新成果。

倪斯霆钩沉考证天津民国通俗小说的功力，在“三旧”(即《旧人旧事旧小说》《旧文旧史旧版本》《旧报旧刊旧连载》)中发挥得淋漓尽致。张铁荣教授指出：“倪斯霆的著作不仅题目引人，而且内容丰富，这就是史料知识和论述技巧的力量，没有大量的史料积累，没有多方面的综合知识，没有几十年的研究功力是写不出这等文章来的。”倪斯霆通过几十年研究得来的钩沉考证功力，也得到读者的赞赏。香港读者黄仲明撰文指出：“他的成果，确实与别的民国通俗小说著作不同，他的目光专注于天津的报刊和作家，并钩沉了不少不为人注意、在当年却拥有大量读者的作家，如掌故小说大家戴愚庵。”倪斯霆不但广蒐资料，还访问了戴愚庵的哲嗣戴冠津、长孙戴更生，得到他们先辈不少资料及硕果仅存的一帧照片。倪斯霆即根据这些零散资料，勾画出戴愚庵的生平简史。倪斯霆的钩沉考证，不仅在“重写文学史”的意义上勾勒了天津通俗文学的地图，补充和恢复了被中国现代文学史忽视和遮蔽的北派通俗文学的基本面目，以及天津城市曾经拥有的文学地理学的作用，而且也奠定了他在天津通俗文学研究界的地位。对天津历史文化深有研究的王振良教授认为：“回顾新时期天津通俗文学研究的历史，斯霆先生是有一席之地的，谁都甭想绕开，他是天津通俗文学研究界承前启后最突出的实践者。”

倪斯霆的“实践者”特征，在《老天津的文坛往事》中得到很好的实践，该著作不仅延续了“三旧”的主题，而且突出了天津地域文化特色，其内容主要集中在老天津文坛的各色文人及故事和文人笔下的老天津两个方面。倪斯霆是一个很好的讲故事者，他明白自己面对的受众及其心理需求，懂得调整自己讲故事的节奏和叙事策略，因此在《老天津的文坛往事》中又展示了新的特征。如果说“三旧”志在揭掉遮蔽北派通俗文学的盖子，带有揭秘和去蔽的性质和意图的话，那么《老天津的文坛往事》则类似茶余饭后的“闲话”，具有很强的知识启迪和文化消闲功能。如在《成为鲁迅“模特”的王小隐》中，作者讲述鲁迅创作名篇《立论》，乃是观王小隐所感：1924 年暑假，陕西督军刘振华邀请北平部分名教授及名记者到西北大学讲学。鲁迅因没去过西北，遂欣然应邀。同去者尚有清华大学人类学家李济、北京高等师范学校历史学家王桐龄和古文字学家胡小石、《晨报》记者孙伏园及《京报》记者王小隐等。“据鲁迅先生回来时形容，王小隐那次是穿的双梁鞋——即鞋前面有两条鼻梁。当时北京官场中人及遗老多穿此种鞋。——见人面，总是先拱手，然后便是哈哈哈。无论你讲得是好或坏，美或丑，王君是绝不表示赞成或否定的，总是哈哈大笑混过去。鲁迅先生当时说：‘我想不到，世界上竟有以哈哈论过生活的人。他的哈哈是赞成，又是否定。似不赞成，也似不否定。让同他讲话的人，如在无人之境。’于是写了那篇《立论》。”王小隐享寿仅 51 年，除去早年求学及在北京初涉新闻业并短暂任职北京平民大学报学系教授，生命后十年到山东任军政职务外，其一生最重要的文学与新闻生涯，均在天津度过。1926 年，“五四”时期英人辛博森在北京创办的《东方时报》于天津复刊，主其事者为奉系杨宇霆。报纸分英文版与中文版，而中文版的总编辑便是由北京特约到津的王小隐。此时他仍是一副名士派儿，仍是不改“哈哈哈”的本色。《命名“四大名旦” 推出文坛两巨子的沙大风》中讲述沙大风的命名“四大名旦”和推出刘云若、还珠楼主两位作家的功业：民国时期的文坛艺林，名家辈出，星光灿烂。这其中，刘云若、还珠楼主可谓“言情小说”与“武侠小说”的大宗师；而梅尚程荀“四大名旦”及“冬皇”孟小冬，更可称菊坛之翘楚。如今，此等定论被分别写入文学艺术史中，已为大众所熟知。然而众人不知者，则为在他们辉煌的背后，有一个至今几乎被世人遗忘的推手存在着。正是他，自出机杼地命名了“四大名旦”与“冬皇”；正是他，慧眼识才冒险地挖掘推出了刘云若与还珠楼主。此人便是民国年间活跃在津沽文坛艺林及报界的沙大风。《写作之余擅厨艺的还珠楼主》讲述武侠小说“大宗师”还珠楼主与“四川人”在天津媒体上就川菜“回锅肉”的佐料问题开打笔仗：“按回锅肉制时，倒需加菜码少许拌炒，或韭或蒜均可，既不限定是韭，亦不限定是蒜，视其人之嗜好，与当时之有无为定。曾于川友家中尝此菜者，不止百回，除有一二次，系用蒜薹（非青蒜）拌炒外，余用青韭与黄韭，并无一次有人用青蒜拌炒者。用蒜只能提味，不如用韭之清香脆嫩。而南人多不喜食蒜，韭则南北方人，多喜食之，为求普遍计，故直书用韭，并无损于川菜价值，‘四川人’君以为如何？珠频年流转，皆尝各省异味，间谙制法，有时亦以己意创作。”

阅读《老天津的文坛往事》，如同与一位睿智的长者对话，尽管倪斯霆并不“年高”，但他丰富的资料积累和厚重的钩沉与研究功力，使其具有充当阅历丰富、见多识广的讲故事人的角色。他以娓娓动人的口吻讲述天津文坛那些陈年旧事时，不仅自己进入历史，成为老天津文坛的讲述人，而且在风轻云淡的讲述中为我们进入老天津文坛打开了一扇门窗，从而使我们与作者一起融入故事与角色，在增加对老天津文坛的了解、丰富我们文化生活的同时，强化了共同体意识和地域文化认同感。作者讲故事人的身份，决定了《老天津的文坛往事》更多以“故事”取胜，主题通俗传奇、内容丰富易懂、语言幽默风趣，是一本面向普通大众的、可读性强的、带有普及性特点的文学与文化读物。

如果你想了解老天津文坛的那些事，那么请你打开这部著作，且听倪斯霆给你讲老天津文坛的故事。

目　录

沽上各色文人谱

旧津文坛故事多

文人笔下旧津沽

武侠小说闹津门

通俗小说显特色

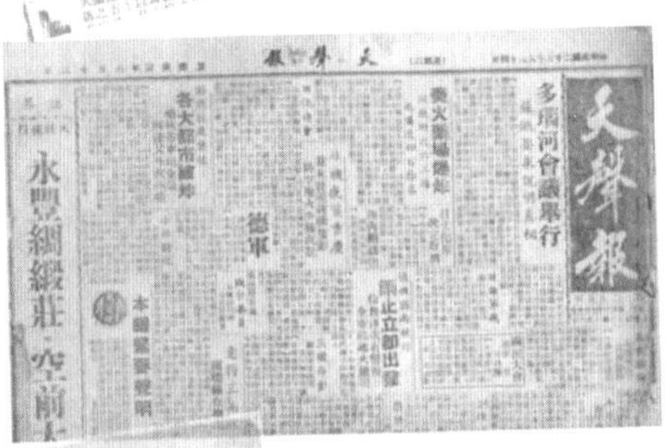

沽上各色文人谱

被蔡元培“荐”到天津的张厚载

在民国时期天津文坛上，张厚载是个既多产又有“故事”的人物。翻阅1949年以前天津大小报刊，他以“繆子”“聊公”“聊止”等笔名撰写的剧评、随笔，随处可见。据其友人吴云心晚年回忆，张厚载为人憨厚且处事低调。其实，这是他早年经历复杂、曾罹难“大案”使然。

张厚载，字采人，号繆子，笔名聊止、聊公等

张厚载1897年出生于江苏青浦，小学毕业后随父母迁居北京。曾入林纾任汉文总教习的五城中学堂学习，对林氏古文钦佩有加，课余时常请教，被林收为入室弟子。五城中学堂是由晚清政府官办的一所中等学堂，即今北京师范大学附属中学的前身。从其当年开设的课程已有汉文、英文、算学、物理、化学、历史、地理等科去看，它属于得风气之先的现代学堂。但这种“现代”并没有使张厚载成为日后具有新文化思潮的现代青年，与此相反，与林

纾亲近的结果，使他成了一个彻底的“国粹”派，不但对中国的古典文化深谙于心，而且对中国的传统戏曲更是达到痴迷的程度。对此其晚年在回忆自己一生时，曾言“余少时夙有剧癖，观后必记其剧目，多以述评”。这种“述评”见诸报端，始于1911年，其时他不过是一个十四五岁的孩子。但由于所记所评均拔新领异，当年北京的《亚细亚报》及《公言报》均以专栏形式刊出，颇受读者瞩目，被誉为中国最小的剧评家。

当时梅兰芳头角崭露，誉满京华。其俊美的扮相与婉转的歌喉无不使张厚载倾倒，每观梅剧，他都激动不已。一篇篇见地不俗的评论文章的问世，使他成为当年鼓吹梅兰芳的第一人。他在写这些剧评时，为自己取了一个极怪的笔名——张豂子。据他自己解释，“豂”字读音如“聊”，意指深谷。由于此字极为生僻，不在现代习用字之列，故人们大多不知该如何称呼。后来他因笔名常闹误会，再写文章时便署上与“豂子”谐音的“聊止”或“聊公”。

从五城中学堂毕业后，1915年张厚载直接考入了创办不久的北京大学法科政治系。此时他的戏瘾非但未减，反而一跃而为捧角梅兰芳的“梅党”中坚人物。其结果先是引来校长蔡元培的谈话劝勉，随后便招来校内“风云人物”的责难。

1918年6月出版的《新青年》上，刊载了五篇讨论戏曲的文章。前四篇由新文学领军者胡适、陈独秀、刘半农、钱玄同所写，对中国戏曲及鼓吹人张厚载大加挞伐，而第五篇则是被有意约来作为“靶子”的张厚载之文。在遭到几次类似“围剿”后，一肚子委屈的张厚载踏进了林纾家门。而此时正被新文学家们咒骂的林纾也是四面楚歌，情急之下他写出了“恶意诅咒”陈独秀、蔡元培、钱玄同、胡适等新文学家的小说《荆生》与《妖梦》。作为上海报刊特约通信员，张厚载在第一时间便将两文推荐给《申报》。

1919年二三月间，两文在《申报》甫一面世，便引起学界大哗。尤其在北京大学，从校长蔡元培，到钱玄同、胡适、李大钊诸教授，无不愤慨异常，纷纷撰文予以回击。中国现代文学史上第一桩公案由此形成。

面对此等阵势，张厚载急忙上书校长承担责任。蔡元培虽恼火异常，但念其人少才高，起初尚无惩罚之意。然而以胡适为首的校评议会认为，其言行已构成对学校肆意诽谤损坏校誉罪，坚持将其赶出北大。此时张厚载仅差两个月即毕业，闻听此言，他急忙求见蔡元培。蔡元培虽心怀恻隐，但学校评议会的决定又无法更改。于是只能交给他一页成绩证明书，叫他立即赶往天津，去北洋大学报到，并告之已办妥转学手续，他仍可在本学期毕业。

然而事情至此，张厚载已是万念俱灰。他虽来到天津，但没再求学，而是重新操起了赏戏写剧评的旧业。但这种随心所欲的日子并未过得太久，1925 年至 1927 年的两年内，其双亲先后弃养，加上家庭生变，其在遭到几重打击后，忧伤憔悴，身心俱疲，只能以饥饿之躯定居天津。此时期，他除了以稿酬维持生活外，因别无他技，生活异常窘迫。1928 年，经朋友介绍，他终于觅到一份固定工作，任职交通银行天津分行。工作之余，他

1930 年 10 月，张厚载（左一）与时任天津市市长臧启芳（左三）及梅兰芳（右三）、王小隐（右一）、冯武越（右四）等合影

又兼任了《北洋画报》《大公报》及《商报》的副刊编辑，除继续写剧评外，还在《东方时报》副刊“东方朔”写长篇连载《豹斑琐缀录》，一时吸引了津沽大量读者。1936年，他被调往上海交行总部工作。抗战军兴，他投笔从戎，随部队奔走于港、滇等地。

一年后，他脱离军界重返津沽，在法租界恒安里隐居度日。此间虽也与一些遗老、名流过往，但始终不出来为日本人做事。据吴云心回忆，这一时期，“他夫妻度日颇艰苦，每日饭一盂，辣椒炒白菜一碟而已。除夕买鸡一只，沽酒自饮以度春节，有诗云‘只鸡斗酒强为欢’”。生活虽苦，但张厚载仍笔耕不辍。除了继续写一些剧评文章外，他还将早年所写文章结集为《听歌想影录》，交天津书局出版。1940年，其好友刘云若的长篇小说《旧巷斜阳》连载引发媒体大讨论，他所写文章却抛开书中内容而去探讨那个时代的妇女命运。

抗战胜利后，他重返天津交行，不久再次被调往上海总部。1949年后，他将早年所写剧评文章结集为《歌舞春秋》，于1951年由上海广益书局出版。此外，他曾藏有大量已绝版的前辈艺人剧照，尤以梅兰芳为众，此时也经朋友马彦祥转赠国家了。晚年他患有严重肾病，据说每隔五分钟便要小溲一次，故其最后几年几乎足不出户。二十世纪五十年代初，张厚载病逝沪上。

上海广益书局1951年出版的张厚载戏曲随笔集《歌舞春秋》

成为鲁迅“模特”的王小隐

在鲁迅散文诗集《野草》中，《立论》乃为名篇。当年不但多次被选入学生课本，而且时至今日，在各种诗文朗诵会上，其也是备受青睐。

1929年王小隐在天津
已成文坛盟主

“说要死的必然，说富贵的许谎。但说谎的得好报，说必然的遭打。你……”“我愿意既不谎人，也不遭打。那么，老师，我得怎么说呢？”“那么，你得说：‘啊呀！这孩子呵！您瞧！多么……。阿唷！哈哈！Hehe！he，hehehehe！’”——每当看到或听到上述名句，我们在发出会心笑声的同时，也都会为鲁迅那既犀利又幽默的文字所折服。其实，鲁迅的这篇名作，不是他向壁虚构的“段子”，而是有真人为“模特”的有感而发。这个真人“模特”，便是二十世纪二三十年代名倾京（平）津的报人加文人王小隐。

对此，鲁迅“旧日学生”荆有麟的《哈哈论的形成》一文曾有如下记述：1924年暑假，陕西督军刘振华邀请北平部分名教授及名记者到西北大学讲学。鲁迅因没去过西北，遂欣然应邀。同去者尚有清华大学人类学家李济、北京高等师范学校历史学家王桐龄和古文字学家胡小石、《晨报》记者孙伏园及《京报》记者王小隐等。“据鲁迅先生回来时形容，王小隐那次是穿的双梁鞋——即鞋前面有两条鼻梁。当时北京官场中人及遗老多穿此种鞋。——见人面，总是先拱手，然后便是哈哈哈。无论你讲得是好或坏，美或丑，王君是绝不表示赞成或否定的，总是哈哈大笑混过去。鲁迅先生当时说：'我想不到，世界上竟有以哈哈论过生活的人。他的哈哈是赞成，又是否定。似不赞成，也似不否定。让同他讲话的人，如在无人之境。'于是写了那篇《立论》。"

同是这次西行，鲁迅当年10月在杂文《说胡须》中，也有记述："今年夏天游了一回长安"，"长安的事，已经不很记得清楚了，大约确乎是游历孔庙的时候，其中有一间房子，挂着许多印画，有李二曲像，有历代帝王像，其中有一张是宋太祖或是什么宗，我也记不清楚了，总之是穿一件长袍，而胡子向上翘起的。于是一位名士就毅然决然地说：'这都是日本人假造的，你看这胡子就是日本式的胡子。'"据考证，那位"名士"，即是王小隐。

能够与鲁迅等"名人"一同去讲学，而且被鲁迅称为"名士"，尤其是言行还给鲁迅留下深刻印象，并被当作"模特"写进文章中，时年29岁的王小隐可谓"老于世故""大器早成"。而之所以能够如此，则是与其诗书为宦的家世有关。

王小隐原名王乃潼，字梓生，祖籍为"圣人化行之邦、贤人钟毓之地"的山东费县。其祖父王薪传字挹卿，同治年间举人，官至河南襄城知县。父亲王景禧字燕泉，号石荪，清光绪十六年(1890)中进士，后授翰林院编修，同时兼国史馆协修，又任顺天乡试同考官，著作有《金石释文》《知吾所好斋金石文史考》等多种。王景禧曾置房产于"有先圣贤之风"的兖州城中御桥南，名邁园，有康有为题碑。1895年，王小隐即出生于此。作为家中长子，其少读诗书，才思敏捷，17岁肄业于山东高等学堂，奉父母之命娶姨妹高文淑(婉闺)为妻。1915年考入北京大学，初学土木工程，后转学历史，据说与傅斯年为同学，而且私交甚好。

关于其在北大及毕业之初的情况，1932年天津《天风报》上《王小隐有志竟成》一文曾有披露，据署名“旧燕”的作者称：“王小隐君，民七与顾红叶同时毕业于北大国学系。”“小隐在北大时，即喜写小品笔记，投寄海上各杂志，其处女作为《烟霭晴晖都好斋笔记》，刊诸有正书局出版之《小说时报》中，洋洋三万余言，诚杰作也。小隐初离北大，曾与李定夷君同在叶古红医士所主办之《正阳日报》任编辑，旋在邵飘萍君之《京报》副刊撰稿，与徐凌霄君交称莫逆，文名日盛。凌霄文中，每称小隐为费县而不名，其风趣如此。小隐久居津，曾为冯武越君主持《北洋画报》，名记者中吴秋尘、刘云若等诸君，或尊之为老师，或称之为前辈，门墙桃李，亦居然夫子自道矣。”从其处女作标题《烟霭晴晖都好斋笔记》看，其后来让鲁迅惊讶的“绝不表示赞成或否定”的“以哈哈论过生活”的人生态度，在他学生时期便已形成。但即使如此，他还是参加了五四运动。据其弟王乃泗晚年回忆：“五月四日这天，街上异常热闹。听说大学生游行示威反对不平等条约。傍晚，我大哥气喘吁吁地回到家，说他们北大学生到东单赵家楼卖国贼曹汝霖的住宅，痛打了章宗祥，火烧了曹的住宅等情况。”

王小隐享寿仅 51 年，然而纵观其间，除去早年求学及在北京初涉新闻业并短暂任职北京平民大学报学系教授，生命后十年到山东任军政职务外，其一生最重要的文学与新闻生涯，均是在天津度过的。1926 年，“五四”时期英人辛博森在北京创办的《东方时报》于天津复刊，主其事者为奉系杨宇霆。报纸分英文版与中文版，而中文版的总编辑便是由北京特约到津的王小隐。此时他仍是一副名士派儿，仍是不改“哈哈哈”的本色。对此老报人吴云心曾有回忆：“英文部由当时教育部部长的女婿刘治乾为总编辑”，“工作颇有条理，上班除工作外，没有机会聊天闲扯。但其隔壁为中文部，每晚如在茶馆。其总编辑为王小隐，王系北京平民大学新闻系教授，以名士自居，终日嘻嘻哈哈，摆着玩世不恭的架式。编辑也不多，‘五四’时代戏曲评论家张缪子，也在编辑部兼职，每日在嘻嘻哈哈中度过。”也就是从此时起，王小隐不但与奉系结缘，而且也开始了在天津的笔墨生活。

王小隐（右）与名伶韩世昌在津合影

初到天津，王小隐暂居黄家花园附近，两年后迁居墙子河沿之福顺里，当年的门牌是35号。楼凡三层，居高临河，倒也符合其名士派头。这时期，他还将平民大学的得意门生吴秋尘调来天津，任《东方时报》中文版副刊“东方朔”的主编。与老师不同，吴秋尘对副刊可谓兢兢业业，时间不长，便将“东方朔”办得风生水起，并也由此一展才华，成为民国时期天津报纸名编辑之一。1926年底，《东方时报》中文版改组，吴昆吾接任总编辑，王小隐遂转任天津《益世报》副刊“益智粽”版主编，并以“梦天”笔名，每日写一短文刊出，一时颇受报界及读者拥戴，很快便成名人。据吴云心称：“当时王声望甚高，报界无不知其名。王知识渊博，学贯中西，为人豪放有名士气。学者无论老年中年青年，皆乐与游。王亦喜提携后进，其平民大学弟子吴秋尘，有才气，王提携不遗余力。刘云若初露头角，王亦为推荐负责《北洋画报》编务。《益世报》排字工人刘君宜，聪慧能文，王荐为《商报》校对，又由校对而记者，在天津曾活跃一时。王在20年代末期，办《商报》副刊《古董摊》，考证文物，内容颇博。当时唐兰即为其座上客。一度编《益世报》副刊之吴衰柳，学识深厚，每受王之称誉。人或讥吴为迂腐，王则谓其学识不可及也。王于戏曲也是知音，昆曲、京剧均爱好。韩世昌尊以师礼，经常求教。”

与此同时，王小隐还兼任了《北洋画报》记者和特约撰述。据学者侯福志统计，自1926年7月《北洋画报》创刊，到1934年王小隐彻底离开天津，其在《北洋画报》以本名撰写的稿件共有278篇，以笔名“梦天”发表的

北洋畫報
戲劇專刊
第二十一期
THE WORLD OF THE DRAMA
夢天談劇
法國花園中之薛艷琴
Actress Hsueh Yen-Chin photographed in the French
名坤伶章遏雲最近小影
Actress Chang Nge-Yun

1928 年王小隐在天津《北洋画报》上开设的戏剧专栏《梦天谈剧》

文章为 80 篇，以笔名“忆婉庐主”刊出的作品有两篇。《北洋画报》的主人是广东人冯武越，其妻赵绛雪为张学良后来夫人赵一荻之姐。当年圈内皆知，《北洋画报》的后台是张学良。因此，原本就是被奉系拉来天津干新闻的王小隐，能够凭借自身名号如此不遗余力地为《北洋画报》撰稿，也就不足为奇了。而冯武越对王小隐也是青睐有加，不仅报社的各种迎来送往及各类大小事情均邀其参与，而且在画报上对他也是极力宣传。翻开此时期的《北洋画报》，我们可以看到，除了“连篇累牍”的王小隐诗文作品外，有关王小隐的各类新闻更是“不绝如缕”。甚至其妻病逝，画报在

王小隐（右）与方地山祭扫袁寒云墓

1927 年 1 月 26 日也当作新闻予以报道："本报王小隐先生之夫人高婉闺女士，于本月十七日逝世，小隐伉俪情深，痛悼异常；王夫人灵柩，已于廿日移厝浙江义园云。"此外，"九一八事变"后，冯武越又办一报纸《图画新闻》，更是特聘王小隐为主编，操持编务。

编报之余，王小隐擅交际，嗜烟酒，好游乐。由于其头上顶着报学系教授和名作家的光环，当时沽上比其年少的一干文学青年及报业新秀、名角名票，均尊其为"老师""前辈"，且争相以与其相近而为荣。除青年人外，当年天津文坛艺林的众多名宿，也纷纷与其相交。一时间，王小隐俨然成了天津文坛盟主、报业领袖、梨园大佬。其每每赴宴、出游，身旁总是聚集着袁寒云、方地山、唐立厂（唐兰）、冯武越、王镂冰、叶庸方、张聊公（缪子）、吴秋尘、刘云若、陈文娣、王叔度、王庚生、黄二南等一批名人。而每次诗酒赏玩酬唱交游后，王小隐都要赋诗作词，刊于报端，以记其盛。

嫁给王小隐的交际明星陈文娣

1930 年，王小隐曾短暂离开天津，应张学良之邀赴沈阳主编《东北年鉴》。但即使这样，他对天津文坛艺林仍是恋恋不舍，经常往返于沈阳与天津之间，而且年鉴甫定，他不顾张学良劝挽，立刻回归沽上文坛。1932 年，他再度离开天津，赴济南任职。据当年 12 月 10 日天津《天风报》披露："小隐今在济南，主持《民国日报》，闻与津沽名交际家陈文娣女士，缔结鸳盟。陈年已四旬，而小隐春秋，今才三十有八。小隐夙有志于文艺，念兹在兹，卒享盛名，亦谚所谓有志者事竟成也。"两年后，他彻底告别天津，出任驻家乡兖州的国民军二十师师长孙桐萱的秘书，同时兼任曲阜衍圣公府秘书，著有介绍儒学的《圣迹导游录》。1936 年 12 月 16 日，在孔子第七十七代嫡孙大成至圣先师奉祀官孔德成结婚典礼上，证婚人是孙桐萱，司仪便是王小隐。当时在婚礼上致辞的有国民党中央党部代表、内政部代表、教育部代表、财政部代表、军政部代表、冀察政务委员及青岛市政府代表等，王小隐均应付裕如。唯一的意外，便是原定蒋介石也要亲临，但当天从上午等到下午，仍不见蒋的踪影。后来才知此前四天发生了“西安事变”。

抗战爆发，孙桐萱部奉命南撤，王小隐脱离军界。日军攻入兖州后，王小隐转任邹县孟翰博府秘书。沦陷时期，他因会说日语，曾为日军翻译。但日伪推其出任兖济道尹，他却坚决不就，而许以滋阳县长，他也拒不履任。即使汪伪政府开伪国大，山东代表指定其为副议长，他仍托病不去南京。日伪见此，遂改变策略，多次假借其名气哄骗乡里推行伪政，而此时他不但没有出面澄清，反而有时也以名士身份“清高”地参与日伪组织的文化活动，并接受俸禄。故而抗战胜利后，朋友及乡人均视其为汉奸。一生玩世不恭的王小隐这回没有“哈哈哈”，在大节问题上他认真了。尽管政府当时尚未对其动手，然而他却因愧食伪禄，于 1946 年底自缢于遆园其父坟前，身后留有绝命诗曰：“一步蹉跎万事休，懒将姓字世间留。半文不值何须说，百岁分明已到头。饱历艰危沦孽海，空怀孤愤赋离忧。此心略可质今古，犹幸归来正首丘。”

参加了开国大典的章回小说家凫公

1949年2月和4月，受李宗仁委派，章士钊等人两次北上与中共举行和谈。后因谈判破裂，章留居北平，继而应邀出席了首届政协会议并参加开国大典。而在这一系列活动中，他的身旁始终有一位儒雅的中年人作为秘书紧随。此人便是二十余年前在天津以笔名“凫公”享誉文坛的章回小说大家潘伯鹰。

正在读书写作中的凫公

潘伯鹰原名潘式，字伯英，笔名孤云、有发翁、司马竟等，但影响最大者，则为凫公。翻开二十世纪二三十年代天津的《大公报》《北洋画报》等，“凫公”之名经常跃入眼帘，因此当年沽上之人知晓伯鹰者少，喜欢凫公者众。他生于1904年，安徽怀宁人，作为桐城吴闿生入门弟子，对古文及传统文化造诣颇深。因其父自清末便在京为官，他11岁时就到北京求学，于琉璃厂中学毕业后考入北京交通大学运输系，学习交通管理，与后来在天津成名的另一小说家王余杞为同学。毕业后，他俩同时被分配到天津北宁铁路局实习。据王余杞后来描述：“他和我在一个办公室，面对而坐，我们的意见每每相左，结果弄得不欢而散。”王余杞回忆上学时：“他爱舞文弄墨，但搞的是另一套，我们认为不是‘新文学’。他的诗作很出色，记得写过‘惯向礼堂摇臭架，每从厕所识芳名’。咏学院院长，引起全院知名。”

二十世纪五十年代中期凫公与家人合影

凫公二十世纪二十年代中期开始小说创作。1927年，其处女作《人海微澜》一经《大公报》副刊“小公园”连载，旋即风靡津京，被时人称为“敢以文章轻世俗，未妨笑骂杂俳诙”。该书共二十回，约三十万字，带有作者浓浓的闻见经历。小说以梦庐和中蘖、彦文与敏娴这两对年轻人的爱情

皂公嫡孙潘仲武所画皂公油画像

为主线，通过一喜一悲的缠绵故事，折射出旧日京城的各种怪现状，既暴露了军阀、政客、官僚及姨太太间的倾轧与荒淫，也再现了下层社会小人物的爱情悲喜剧。由于小说以“现在时”的手法，写出了发生在当时读者身边的各种奇闻怪事，因此除在市井坊间引起轰动外，在知识界也颇受青睐。朱自清、季羡林等人当年日记，对此书均有阅读记载，时任清华大学教授的吴宓，在日记中更是详细地记录了他与陈寅恪等知己聚会时，对《人海微澜》的评点。此外，溥仪的外籍老师英人庄士敦也甚爱此书，不但漂洋过海带回家乡，而且还捐给了伦敦大学亚非学院图书馆。

《大公报》馆见《人海微澜》读者踊跃，影响广泛，遂于 1929 年 8 月为其出版单行本，并请吴宓、吕碧城等名流作序、赋诗。吴宓不仅对此书激赏有加，并进而将其与萨克雷的《纽克姆一家》和曹雪芹的《红楼梦》并举，推之为“当世说部第一”。据称他后来在清华大学及西南联大开设“文学与人生”课程，在为学生所列必读书目中，均有这部《人海微澜》。而章士钊在读完《人海微澜》后，将皂公引为终生知己，并以诗文唱和曰：“少作如斯见圣胎，皂公应是谪仙才。试收宝月团边斧，重付人间玉镜台。”1933 年，上海明

天津《大公报》馆出版的《人海微澜》单行本

星影片公司郑正秋又将其易名《春水情波》拍成电影，由胡蝶、王献斋等主演，上映后更是轰动一时。

上海明星影片公司根据《人海微澜》改编的电影《春水情波》海报

《人海微澜》的成功，使凫公欲罢不能，随后他又在天津《大公报》及北京《实报半月刊》等媒体连载了《隐形》《强魂》《稚莹》《蹇安五记》等说部，使之一跃而为二十世纪二三十年代华北地区非常有名的市井小说作家之一。尤其是他假托雪山寺火工僧人蹇安所作的仿唐人传奇小说集《蹇安五记》，在托曹聚仁转呈鲁迅后，鲁迅阅罢“赞叹不已”，并将其记入1935年1月17日的日记中。

关于凫公其人其貌，二十世纪三十年代天津著名副刊编辑吴秋尘曾有如下描述：“名小说家凫公与记者为神交。通信已半载，初不相识也。日者凫公自关外来，过津北上，过画楼（《北洋画报》社）四次，不遇，终邂逅于紫竹林宴厅。凫公衣二蓝汉瓦当文缎袍，玄褂革履，发甚亮，鼻架近视镜，无所谓名风恶习，极似一由留学生演进之官僚，语声娓娓可听，操燕青官话，盖皖人也，与吾友名记者张友鸾颇相似。性豪爽，于不说客气中可见。自谓写小说，不过自娱，初不贾名，故向不以真名姓示人，并告记者使秘。……凫进餐，不进酒，但吸纸烟，且吃且谈旧京学生界轶事，关于恋爱者大半，因不觉眉飞色舞，如逢故人。”而另一著名编辑，时任北平《实报半月刊》总编辑之管翼贤则云：“在我没有和他见面之前，我想这位潘先生必定是一位驼背龙钟，或是衣冠不整的老名士，乃至一见面之后，大出我意料之外，原来他是一位青年创作家。他的身躯不及四尺，他的态度却极其洒脱，面庞是白质如玉，仪容温婉如好女。我心里想，我假若有一位妹妹，一准要介绍给潘先生做一个朋友。……他平日在家，必定要穿一件修短适度的长衫，出门还要套上一件马褂，就是三伏天，他也是这样打扮，有人笑他是迂儒，是学究，他的回答是'出门如见大宾'六字。"其风流倜傥中又不失传统束缚之仪态，从以上二人笔下可见一斑。其小说在当年既新潮又传统的"旧瓶装新酒"模式亦可从其仪态装束中得以体现。只可惜为其留下形象资料之二人随着后来的平津沦陷，先后做了汉奸，而他们的朋友凫公却跑到重庆，得到蒋委员长垂爱，引为幕僚。

小说创作使凫公成为名人，在众多学校的盛邀下，二十世纪三十年代初期，他接连执教于济南大学与中法大学国文系，专授中国传统诗词，并自著《玄隐庐诗集》，被吴宓收入《空轩诗语》中。1931 年他与沽上文人姚灵犀合编《天津半月刊》合订本，后遭诬入狱，由北平解往沈阳受审，后经人代为剖白而获释，于狱中著有《南冠草》一卷。除诗词外，其书法造诣也深。其字颇有晋唐人神髓，曾撰有《中国书法简论》上下两卷。他夫人周竞中因慕其字而恋其人，嫁给凫公后，整日临其字，以致后来有人求字，凫公因事忙，概由其夫人捉刀，以假乱真，使人难辨真伪。作为文人的凫公，举凡当时文人雅好，他均染指，故同辈人对其有如下评论："其生平艺事，为一书法，二诗，三文，四小说，五鉴赏。"可见其虽以小说起家，但后来的字、诗、文等均更上一筹，可谓那个年代一典型文人矣。

文人自有文人性，那便是狂。篆刻大家陈巨来曾将凫公列为"十大狂人"之一："他为人作书写扇，总是作伯鹰为某某书，已名高高在前者，亦狂态耳。"掌故大家郑逸梅在《艺林散叶》中亦云："潘伯鹰有狂人之号，有以所刊之诗集贻彼者，往往鄙薄之，或垫砚，或揩笔。"据传他曾为自己书房题字曰："不读五千卷书者，不得入此室。"而其访朋问友时，若主人开门稍显迟缓，即能引起他大怒。人虽如此，但其文名却使他得以腾达。抗日战争前夕，蒋介石避居四川，闻其才华，遂聘为行营秘书，后来又转任实业部机要秘书，凡有重要文电，均出自其手。不久抗日战争爆发，他又来到大后方重庆，将潘伯英更名潘伯鹰，彻底弃文从商，进了中央银行当文书。抗日战争胜利后，他回到上海，旋又弃商从政，并随章士钊两度北上参与国共和谈。亲临开国大典后，他先任职上海图书馆，兼为文物保管会鉴定文物，后任上海市政府参政室参事，并作为上海市政协委员，以书法家身份露面。在躲过多次政治运动后，其于 1966 年因肝病故去。

命名“四大名旦”推出文坛两巨子的沙大风

创办《天风报》的沙大风

民国时期的文坛艺林，名家辈出，星光灿烂。这其中，刘云若、还珠楼主可谓“言情小说”与“武侠小说”的大宗师；而梅尚程荀“四大名旦”及“冬皇”孟小冬，更可称菊坛之翘楚。如今，此等定论被分别写入文学艺术史中，已为大众所熟知。然而众人不知者，则为在他们辉煌的背后，有一个至今几乎被世人遗忘的推手存在着。正是他，自出机杼地命名了“四大名旦”与“冬皇”；正是他，慧眼识才，冒险挖掘推出了刘云若与还珠楼主。此人便是民国年间活跃在津沽文坛艺林及报界的沙大风。

说起这沙大风（1900—1973），其实亦非凡人，他乃二十世纪二三十年代南北报业与戏曲界的风云人物，溥仪所著《我的前半生》中对其都有记述。他1900年出生于浙江镇海城关九弯弄，原名沙厚烈，字游天，号晚谭余室、沙氏乐府。其祖父以贩运生猪为业，父亲沙志甫精于经济，曾供职宁波四明银行，人称阿槐先生。他在家乡念过小学后，于民国初年来到上海求学。“十里洋场”的奢华和歌楼舞榭的新奇，让他乐不思乡，中学毕业，便到小报馆谋了职业，在历经几家报馆的磨炼后，他终于成了一家小报的“娱记”。整日跑戏园子的结果，便是让他痴迷上了京剧。对此他在1947年所撰《旧剧是否封建遗毒》一文开篇便言：“我是一个对于戏剧艺术最感觉兴趣的人，无论何种戏剧，只要有艺术性的，我就要去欣赏。”1919年，当时艺名还叫“白牡丹”的荀慧生在上海献艺，艺惊四座。此刻袁世凯二儿子袁寒云正吃喝玩乐于沪上。很快，荀慧生那俏丽扮相和柔媚唱腔便吸引了他，在每日的捧角中，他结识了同被“白姑娘”魅力倾倒的沙大风，由于兴趣相投，二人旋即结为莫逆。名不见经传的文艺青年加小报记者，就这样攀上了先“皇帝”的“二太子”。随后他们二人与画家天台山农、报人严独鹤等共同发起成立了专捧荀慧生的“上海白社”。也就是从此时起，沙大风不但成为“白党”的中坚人物，而且终生与京剧结缘，并在此领域建树非凡。

1920年，沙大风随袁寒云来到天津，因此时荀慧生也长演京津两地，于是他便在津定居，除历任几家小报主笔外，还担任了名伶王瑶卿的私人秘书。据说“古瑁轩主”“国剧宗师”“菊部班头”“通天教主”等尊号，便是此时期他封给王瑶卿的。1926年，他进入刚刚创办的天津《北洋画报》社，主编“戏剧专刊”。当时，北京城内称直系军阀曹锟的内阁大臣程克等四人为“四大金刚”，而京剧旦行演员梅兰芳、尚小云、朱琴心、程砚秋的名气在市井亦不亚于“四大金刚”，所以有人戏称他们四人为“伶界四大金刚”。不久，荀慧生在他的宣传下，声誉鹊起，后来居上取代了朱琴心，“伶界四大金刚”便转而专指梅、尚、程、荀四人。但沙大风认为“金刚”之名不雅，便率先在天津《北洋画报》上提出“四大名旦”这一称谓（目前各种史料均称沙大风于1921年在天津《大风报》首倡“四大名旦”，不确。彼时《大风报》也就是后来的《天风报》，尚未创办）。此后北京《顺天时报》、上海《戏剧月报》等均袭此说。对此，他曾制有一枚闲章，上刻“四大名旦是我封”七字。1928年沙大风辞别“北洋”，进入刚刚创办一年的天津《商报》，主编副刊《游艺场》，极力吹捧声誉日隆的女伶孟小冬。后因与该报主人王镂冰发生矛盾,便暗思自办一报。1929 年底,他终于得到了荀慧生及天津中原公司(今百货大楼)经理黄文谦资助,于是便开始了对自办报纸的筹划。

關於梅孟兩伶婚事之謠言

Miss Meng Shiao-Tung in Manchurian dress. A well known actress famous for her male impersonations.

Will it be a sensation if they marry.?

Mr. Mei Lan-Fang in one of his plays. The world-famous thespian in female impersonations.

(2)

1926 年 8 月《北洋画报》有关梅兰芳与孟小冬婚事的报道,其编者便是沙大风

1929 年 12 月 19 日,天津《北洋画报》刊有一则消息:“津门名记者沙大风集资创办《大风报》,社址择定日租界福岛街五十五号第四户。拟于明年一月一日起,按日出版,现在筹备业已大致就绪。”然而九天后,《北洋画报》又讯:“《大风报》本定来正五号出版,现又改名《天风报》。”但到了 1930 年 1 月底,该报仍未出版,直至当年 2 月 18 日,《北洋画报》方才揭开谜底:“《天风报》筹备多日,因未得日租界当局批准,故迟未出版。现经方药雨君斡旋,已被允许立案,出版期间决定廿日云。”后来得知,未得日租界当局批准的原因,是因为《大风报》与《大公报》谐音,同在日租界的《大公报》遂向日方交涉。

两天后,也即 1930 年 2 月 20 日,该报终于面世了。但当市民拿到这张四开四版的小报时,却是大失所望。此前历经更名并数度延期折腾的《天风报》,于当时天津众多小报中,丝毫没有特别之处。其一版为并无自

1937 年 3 月 24 日晚，当红名净金少山在天津惠中饭店宴请沽上文坛与报界名流，二排右起第二人为沙大风

家特色的国内及本埠新闻；二、三版连拼为“黑旋风”副刊，四周为广告所环绕；四版上半部为小说连载，下半部为戏曲电影广告。无论从内容到形式，其格局均未出当时天津街头小报之右。故而，其创刊伊始，便遭遇发行低谷，这让沙大风颇为心焦。但他很快便明白过来，这是报纸上小说连载失败造成的结果。在民国天津众多报刊中，各色小说连载乃是不可或缺的项目。一张报纸的成败，往往取决于其所连载小说的质量高低，尤其是当一份报纸创刊之际，一部扣人心弦的小说连载，不但能迅速提升报纸知名度，而且也能瞬间招揽众多市民读者。但常年混迹于报业的沙大风，却恰恰忽略了这点。沙大风创办《天风报》的初始目的，除了想自己有个买卖当老板外，其更大的愿望则是想有个自己的阵地去评判他最喜欢的京剧。创刊伊始，他对报纸上的小说连载并未上心，只是仓促地拉来有名无实的求幸福斋主（何海鸣）等人的小说充数而已。因此，当他意识到问题的症结后，便迅速调整了小说连载作者。但他并没有像其他报纸那样去北平拉张恨水、李薰风、耿小的等名家之作，而是慧眼独具地选中了在《北洋画报》与《商报》即为同事，如今又被他拉来同办《天风报》的文学青年刘云若。当沙大风将更换小说连载作者的想法说与正在主编副刊“黑旋风”的刘云若，并约其撰写长篇连载时，本就对此跃跃欲试，想在长

賽金花專頁

賽金花軼事種種

黑旋風

沙大风创办的《天风报》副刊《黑旋风》

篇通俗小说创作方面一显身手的刘云若欣然允诺。

1930 年 4 月，一部名为《春风回梦记》的长篇社会言情小说悄然在《天风报》上开篇。据刘云若后来回忆，其初始“仅以游戏出之”，并未郑重谋篇，但沙大风却从中看到了刘之潜力，极尽督促鼓励之责，于是刘便认真起来。结果不出多日，此书便风靡津城，妇孺皆知，人们争相买报阅读，并在平津一带掀起了刘云若热。《天风报》也正是凭借此书，一转颓势，发行份数扶摇直上。沙大风悬着的心终于放下，对此他十年后曾慨叹“天风因春风而风行，春风因天风而益彰”。刘云若也正是以此为契机，一发而不可收，终成一代社会言情小说大师。

刘云若成功了，《天风报》赚钱了，但沙大风的选择是冒有极大风险的，因为当时稍有不慎，其办报的真金白银便会付诸东流。而这种超人的眼力与胆识，随后他又用在了还珠楼主身上。

“春风”的“风行”使刘云若的名气直逼北方言情小说霸主张恨水，约稿者纷至沓来，1931 年 5 月，他便辞去《天风报》之职，归家专以小说写作为职业。恰在此时，沙大风因在报上指名道姓地披露天津某要人与伶人朱琴心的绯闻，遭到朱琴心的控告。而此刻《天风报》上名小说家陈慎言一部小说连载将要结束，续作尚无着落。眼看对簿公堂之日逼近，沙大风情急之下，找来当时报界名人唐鲁孙与赵又梅，让二人暂主报政，并反复叮嘱：尽快找到能接住陈慎言之人。五十年后，唐鲁孙对此曾有如下回忆："天津《天风报》社长沙大风因跟朱琴心涉讼对簿公庭，馆务乏人主持，于是托我跟赵又梅两人暂时给他照料。那时他（指还珠楼主）已着手写《蜀山剑侠传》，写了十二回之多，本打算出书，又怕销路没有把握。当时《新天津报》登了评书说部《雍正剑侠图》，三月之间，报纸增加了一万多份。我想把《蜀山剑侠传》拿来在《天风报》上发表。"于是，在 1932 年 1 月的某天，唐鲁孙踏进了还珠楼主的家门。

在拿到《蜀山剑侠传》前几回文稿后，唐鲁孙第一时间便给沙大风过目。凭借多年报馆经验与大胆起用刘云若的成功范例，沙大风阅后便说："此稿文字优美，故事神乎其神，可用，而且日后必将大火。快快定下此人，稿酬一等，提前预付三个月。"就这样，日后搅动南北众多读者视觉神经近二十年，并迷翻朝野的神怪武侠小说巨著《蜀山剑侠传》，便在 1932 年 7 月 3 日于《天风报》上杀青了。凭借此书，还珠楼主一跃而成为民国时期领袖群伦的武侠小说巨匠，并直接影响了后来金庸、梁羽生、古龙等人的新派武侠小说创作。

就在冒险推出刘云若与还珠楼主的同时，沙大风在戏曲界仍是呼风唤雨，活动频繁。1931 年，梅兰芳与孟小冬的婚姻走到了尽头，郁闷中的孟小冬息影舞台，回到天津吃斋念佛。沙大风看到她自暴自弃，十分同情。为了让梅兰芳给孟小冬一个说法，他联系了上海知名女大律师郑毓秀，最终郑毓秀给孟小冬打回了四万元的离婚补偿。此后，沙大风便在《天风报》上为孟小冬的复出大造声势，并别出心裁地用"微臣"笔名发表《喜冬皇将出台》一文，不但首次喊出"冬皇"之名，而且还在文中高呼"吾皇万岁万岁万万岁！"可谓将捧角发挥到了极致。此外，他还追踪孟小冬的行踪，在天津《商报》副刊"游艺场"上撰写《孟话》，日日披露孟小冬的生活起居。对此，当年一首打油诗曾戏曰："沙君《孟话》是佳篇，游艺场中景物鲜。万岁吾皇真善祷，大风吹起小冬天。”

天津沦陷后的1937年8月，日伪特务机关对天津报纸进行了两轮重新审查登记，《天风报》因系娱乐小报，均能涉险过关。当年10月，在日伪特务机关不断逼迫报纸刊登“圣战”新闻的压力下，沙大风无奈只得求助北平《一四七画报》社经理朱复初，由朱出面向驻津日军报道部部长山家少佐疏通斡旋，最终以报纸刊登日方图片并易名为《新天津画报》为条件，获得照常配给印报用纸，得以继续出版。

1944年，在日方的新闻钳制下，《天风报》停刊了，报社改为印刷厂。据沙大风之子回忆：“抗战胜利之初，受国民党正中书局之委托，承印《中国之命运》数十万册，合约订明校对由托方负责，我方负责印刷装订。后该局上级发现文中有误，竟要求重印。当时我出校门不久，欲据理力争，被家父所阻，告以‘宁可吃亏让人，不可与人争’，印刷厂营业因此终止。”

1948年，沙大风移居上海，据说两年后，他再婚时开席上海国际饭店，沪上著名报人严独鹤系证婚人，梅兰芳曾到场祝贺。1973年，在动乱的风雨中，他悄然离世。

毕生讲述津沽“故事”的刘云若

刘云若社会言情小说处女作
《春风回梦记》(民国版)

1930年的津沽，文坛热闹，报业繁盛。此刻，刚从《商报》跳槽到《天风报》的刘云若，看到前辈文友戴愚庵的长篇言情小说《秋雨销魂录》火爆刊出，时年27岁的他调侃曰：“我也写一部相同题材的小说与您老和之。”本就对这个小老弟看好的《天风报》主人沙大风，闻此立马不失时机地加以力促。旋即，刘云若的长篇社会言情处女作《春风回梦记》便在刚刚创办的《天风报》上连载了。岂料刊出后好评如潮，一部作品即让他在天津乃至华北文坛出尽风头，其受欢迎程度甚至直逼北方文坛“霸主”张恨水，并从此结束了天津通俗小说作家在天津大报大刊上只能“挎刀”不能挂“头牌”的历史。

《春风回梦记》的成功，使得本是“以游戏出之”的刘云若欲罢不能，各家报刊纷纷找上门来约稿。不久，随着《红杏出墙记》《小扬州志》《白河月》的杀青，刘云若一夜之间便成了平津报刊炙手可热的作家。本无分身之术的刘云若，此时只能同时为几家报刊撰写小说连载。好在多年的记

刘云若社会言情小说《白河月》封面，白河即天津海河

者生涯与频繁写作，已使他练出不打草稿挥笔成章的绝技，且写作从不受时空所限，从书桌、床头、枕边、座椅、膝盖，到书房、戏院、饭馆、茶楼、澡堂乃至烟馆、厕所，都是他小说的产地。写作环境如此，写作工具亦然。由于随时处于被人催稿状态，他写作时的纸张也五花八门，举凡茶叶纸、糕点包装纸、月份牌纸、烟盒纸乃至报纸边、墙头告示等均成为他小说的手稿。虽然写作时空与写作工具变幻无穷，但他的蝇头小楷却写得隽逸飘洒，密密麻麻，内容更是各出机杼，满纸云霞。

在其创作高潮期，他一天要同时为六家报刊撰写小说连载，于是同辈友人对其当时的写作情景便有了如下描述：每每在饮酒喝茶看戏洗澡的应酬间，逢报馆伙计前来催稿时，他便拿起桌上食品包装纸或信手撕下报纸边角，从怀中掏出狼毫小楷，在嘴角舔舔或蘸蘸桌上的茶水便埋头写来，一刻工夫一气呵成。写就撕下最后一行放入衣袋，以备翌日续写所接用。而当日所写字数与当日报纸所预留版位字数恰好相当，而且字体工整清晰，是当年排字工人最喜欢的"内行字"。甲报伙计刚走，乙刊编辑又到，于是他又如法炮制另一部。随后丙、丁报刊伙计依次到来，他便依次续撰。不消一会儿，便将当日多家报刊的连载依次写完，且情节各异，各不相混，各部书中的故事发展与人物性格日后连读均精彩各异，宛如精心构思反复修炼之作，即使放在今日观之也是民国通俗小说中的精品。——以上刘叶秋、李默生二位先生所回忆的情景发生在1939年，其时刘云若在为《天风报》撰写《旧巷斜阳》与《情海归帆》两部小说连载的同时，又在《商报》连载《续小扬州志》，此外他的《酒眼灯唇录》与《春水红霞》也在北平的报刊连载。

其实，与现代文学史上那些文豪才俊不同，刘云若这些名著的产生，既没经历过“呕心沥血”的孕育，也没遭受过“焚心裂肺”的生产，在其短暂的二十余年的写作生涯中，四十余部近两千万言的长篇巨制，均为不经意间甚或在游戏中“信手拈来”。这不能不归结于他深厚的生活积累与出众才华。

刘云若人到中年

刘云若是土生土长的天津人，生于1903年，1950年便已故去。其四十余年的生命之旅，是中国历史上所有内忧外患的高度浓缩。清廷倒台、民国建立、华洋杂处、军阀混战、抗战爆发、国共对决、政权易帜，此起彼伏的沧桑战乱使得二十世纪上半叶成为中国历史上最为悲壮且又最有“故事”的年代。生于此时活于斯世的他，实为不幸亦实为大幸。连年混战使其人生饱受了战乱之苦，但纷纭复杂的环境和多灾多难的生活又为他的创作提供了取之不尽的素材。正是这风云变幻风雨飘摇的艰辛之世，让他找到了倾诉的源泉，真实地“再现”了特定环境中都市市民的生态，从而使他能从众多“旧文人”中脱颖而出，大写特写都市青年男女的苦闷与彷徨，于“讲故事”中塑造出众多具有典型性格的典型人物，并得到郑振铎等对现代通俗小说极端“蔑视”的新文学家的首肯。

创作需要才华，这一点起码在刘云若身上得到了体现。早在天津扶轮中学上学时，他便才华迸发，投稿于各报刊，或诗词，或随笔。也正因此，当时天津文坛盟主王小隐将其引为“稿友”“台柱”，并以身作保将其荐往刚刚创刊的《北洋画报》做编辑。这事发生在1926年，刘云若年方23岁。民国时期言情小说泛滥成灾，这些作品大多模糊时代背景与价值取向，大写男女双方的爱情纠葛，因此遭到新文学家们的抨击。但刘云若的

1948年《粉墨筝琶》被中电三厂拍成电影

言情小说却不囿时俗，不但时代（民国时期）与地点（天津）固定，而且内容均是借情爱故事来直接反映社会，写的是天津事，讲的是天津人，用的是天津话，这也是目前研究者多在其言情小说的前面冠以“社会”二字的原因。这种在真实社会背景下虚构小说的写法或许是与其本身就是报人有关——报人出身的小说家往往对社会与政治有自己的敏感。刘云若除出道便在《北洋画报》任编辑外，此后又供职于《商报》《天风报》《星期六画报》。视野的开阔不但使其作品紧扣时代，纵横捭阖，而且使他本人也对政治产生了极大热情。抗战期间他自办《大报》，因转载《新生》杂志上的《闲话皇帝》而被日伪查封便是例证。《粉墨筝琶》是他的晚期作品，此书与《红杏出墙记》等早期作品相比，最大变化便是对政治的热衷与敏感。可以说此时其文学观已从早期消闲有趣的纯言情在向干预社会的现实主义文学过渡。可惜天不假年，上苍没有留给他更多的时间。1950年2月18日（农历正月初二）夜晚，他死于突发心脏病。其时，他的一部揭露国民党军队残害天津百姓的新作《云破月来》，正在天津文化局长阿英任主编的《星报》上刚刚开篇。虽然一生苦撰，著作等身，但身后凄凉，留给遗孀及二女的仅天津河北路顺和里四号二楼的两间旧房。

近年来，随着时代开放与进步，1949年后曾被视为“以趣味取悦读者”的“黄色”作家之代表，刘云若已重新引起了学术界的重视。其作为一个文学门类的典型，不仅走进了大学讲堂，而且还被写进了各类现代小说史甚至文学史。但目前其面临的窘境是，研究者一方面肯定其文学成就，另一方面则指责他在华北沦陷后，曾在平津甚至伪满洲国“粉饰太平”的报刊上“大展才华”，“气节欠佳”，并从而得出其人生颓废，终身染有“烟霞癖”，作品大多是在“烟榻”上“吞云吐雾”中产生。真相如何呢？我们不妨看看其同时代人的讲述。

据1948年北平《一四七画报》所刊《记刘云若》一文作者马克吐冷称：

刘云若（后排右五）参加《北洋画报》创刊四周年纪念活动后与嘉宾合影

“记得敌伪时代，满洲有什么作家协会，打着‘访华’亲善的旗号，到天津来访问他。那时他正住在旧英租界一个小二层楼上，他的屋门上边有一个小洞，谁去见他，他总要开开小洞看看，当他从小洞中接到‘满洲作家协会’的名帖时，他愤然把名帖一扔，从洞门口说：‘什么叫作家我不懂得，对不起！’说罢呯的把门一关，拒绝入内，这些位‘兴亚文学’的斗士败兴而返，到北平以后，在一个座谈会中，大发牢骚说：‘我们这一些爱好文学的朋友，到天津去拜访华北的小说家刘云若先生，却遭享以闭门羹，不予延见，这在‘满华文学交流’上，是不胜遗憾的！’但是遗憾尽管遗憾，云若却一泄积愤了。……当时还有这么一个笑话，一个负有使命的日本人，跑到北平一个很有名气的老牌小说家去买稿。这位老先生说：‘我的稿子可得要八块钱一千字（当时稿费最高的不过五元钱）。’这个日本小鬼立刻答应，某小说家自以为很得意，但是事后这个日本人却说，我们满正想出二十元钱，大大的干活，中国人才要了八块钱，所以，八块就八块罢！可是当时日本人虽出诺许稿费，却买不到刘云若的小说。”

民国时期，刘云若的《红杏出墙记》被搬上话剧舞台

同是这篇文章，作者还称："云若以小说家而现身说法，那要以天津戒烟大会的那一幕最生动。天津的潘骏千医学博士为了拯救黑籍同胞，自费创办戒烟医院，而在禁烟节那天，开了一个大会，这里边安排了一个最精彩的节目，是'现身说法话戒烟'，主讲这个题目的就是刘云若！他以个人自身经历，现身说法，把抽烟人的那点骨头，形容得淋漓尽致，活脱小说家章法。后来，他在'一四七'上写了一篇现身说法记戒烟，说：抽烟的人，当辗转反侧的时候，骨头像一条蠕动的虫，在一骨节一骨节的蠕动。一位大律师看了这篇文字击掌不止，而这时以后的刘云若，好像获得了新生奋然而起。"

此文让我们看到了一个与传说完全不同的刘云若。由此可见，对刘云若的创作与生平，我们今天不但不能盖棺论定，而且随着新史料的不断发现，对其研究只能是刚刚开始。

以曲笔讽现实的沽上才子吴云心

吴云心(1906—1989)是民国时期天津名报人,他自1926年踏入报业,不但独掌沽上数家大小报馆副刊之笔政,而且还扶持了王余杞、刘云若、戴愚庵、白羽等多位新旧说部之大家。然而较报人业绩更甚者,则为

1936年吴云心与妻子的结婚照

其著述之丰,举凡诗、词、曲、赋、小说、散文、剧本、杂文、随笔、论文、题跋、碑记、联句、报道等,吴云心无一不能,无一不精。于报政笔耕之余,其尚擅丹青书法,沦陷期间两度鬻画以解两袖清风便是明证。此外,他还通外文、知皮黄、懂音韵、解昆腔、晓棋弈、嗜花草。凡此种种,一言以蔽之,吴云心实乃现代津门罕见之"真文人""真才子"也。

天津沦陷后的1938年初,吴云心文友白羽于风尘困顿中甩出《十二

吴云心小说《大侠别传》封面，天津大陆广告公司
1941年11月初版，封面木刻为杨大辛所作

金钱镖》，顷刻间便誉满平津，并带来不菲的养家糊口之资。吴云心见状，遂也步其后尘，在1939至1941年间，他假托英国文豪萧伯纳之弟“萧仲讷”之名，以一种玩世不恭的幽默感，先后推出《阴山背后》《大侠别传》《狐狸精》三部通俗小说在报上连载。但结果不仅没让他像老朋友那样既出名又得利，反而每部书都遭到了日伪当局查封。对此，其老友杨大辛近年曾有解读：“他写通俗小说，实别有心计，即以游戏笔墨讥讽现实，鞭挞丑恶。《阴山背后》这一书名，实暗指沦陷后的社会，描写在鬼蜮世界里的一群魑魅魍魉人物，尔虞我诈，荒淫无耻，鬼话连篇，丑态百出，任何读者都可以感悟出这是映射现实社会。《大侠别传》写了一个堂吉诃德式的莽汉，惹是生非，干出许多蠢事，可恼又可怜。这三部令人啼笑皆非的讽世之作，刺痛了日伪当局，伪新闻检查机关以‘宣传迷信’为由，勒令书店报摊禁止销售。”其实，如此结果毫不奇怪，看看此前此后他的人生轨迹，我们便可知其原因所在。

祖籍浙江嘉兴的吴云心，1906年出生于直隶威县，原名堉威，字吉如，又取陶渊明“云心以出岫”句别署云心，笔名有甲乙木、易牧、愧堂、鲁迟等百余个。他14岁考入天津南开中学，受罗常培、范文澜等名师影响，酷嗜文史。1924年，其父身染重疾不幸病故，作为长子，18岁的他从此挑起养家糊口的重任。1925年，其处女作《论祭祖》在上海《妇女杂志》发表后，此前多次求职屡遭碰壁的他，决定踏入文坛。

1926年，受通家之谊海宁查家之后查良钊之介，他进入天津《东方时报》任校对。此时他创作了平生第一篇小说《冲喜》，发表于该报副刊“东方朔”上，并由此结识“东方朔”主编吴秋尘。一年后，《东方时报》停刊，吴云心幸得吴秋尘之荐，进入刚创刊不久的天津《商报》。1929年，他跳槽到天津老牌名报《益世报》，先任记者，后做编辑，同时又经友人介绍，兼职天津电话局职员。由于业绩突出，两年后，出任益世报馆新创办的《益世晚报》主编。在此任上，他不但全方位报道了“九一八”后的抗日浪潮，对“不抵抗主义”进行激烈抨击，而且他还将副刊“新月”策划得风生水起。1934年，受时局影响《益世晚报》停办，吴云心又接替左翼文人马彦祥转任《益世报》副刊“语林”版主编，并将其打造成了左翼文化在天津的一方热土。对此，他晚年回忆：“这时，北平有魏东明、李长之、李辉英、白晓光等一大批青年人，他们是《语林》的主力，同时他们还为《语林》办了一个《生活文化》双周刊。它介绍北平左翼文艺青年的活动，供给了杂文、哲学短论、报告文学等等，传播革命思想，宣传抗日救亡。另外北平还有钱之名、陈逸飞等人供给文章。在天津主要写作力量为王余杞、宋匡我、江梦薇、宫竹心、张守谦等人。至于海风诗歌小品社的邵冠祥、白莹、简戎、卢刚宓、徐寿云等人，更有比较紧密的联系，我也经常参加他们在新华银行分行楼上的读书会，在《语林》为他们办的刊物作了介绍。在青岛，先后有李同愈、徐中玉、陆新球等人，并由王统照先生主持，组织了在山东的老舍、洪深、宋春舫、孟超、吴伯箫、王亚平、臧克家、刘西蒙等人为《语林》出版双周刊《益世小品》。这三方面的主力，使得《语林》在天津逐渐有一些声望。”

天津沦陷后，《益世报》由于继续刊发抗日文章，其经理生宝堂及秘书师潜叔遭日伪杀害，报纸于1937年9月被迫迁往昆明、重庆出版。吴云心因在天津电话局有固定职业，并未随报南下。此时已沦为日军“北支派遣军机关报”的《庸报》派人前来拉其入伙，吴云心坚辞不就；随后伪新民会又拉其下水，也被他断然拒绝。为此，日伪方面将其列为“思想不良分

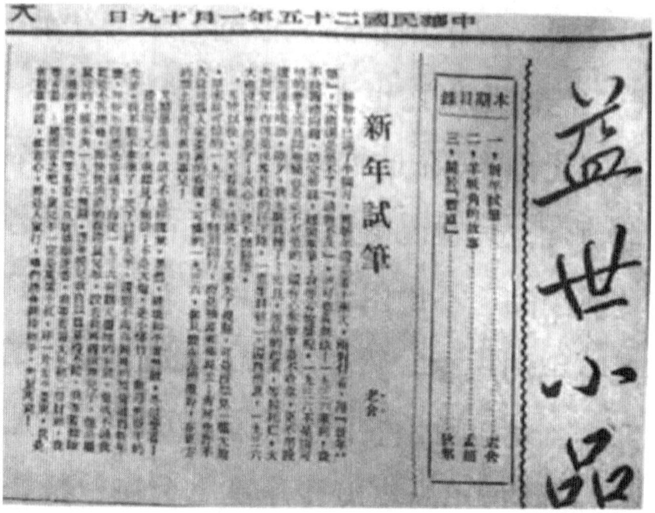

吴云心主编的《益世报》副刊"语林"上的"益世小品"专栏

子",对其严密监视。这一时期,他参加了电话局长达三年的"抗交"斗争。1943年,他出任天津私立达文中学国文教员。执教之余,他应当时著名导演蔡冰白之约,编写思念故土的戏曲剧本《苏武牧羊》。此剧即将上演时,日伪审查部门发现内容有异,遂被勒令禁演。不久他又为京剧名旦李世芳创作了《双梦记》,描写元朝入主中原后,汉族家庭离乱的故事。从以上剧本内容可以看出,吴云心写剧本与写小说一样,绝不是为了生存而卖文,他确实是在以曲笔写现实,其影射暗喻现实之意显而易见。

正是他的这种"不安分",引起了中共地下党对他的关注。1945年初,中共派到天津的地下工作者李克简、潘应人找到他,在谈文学艺术的同时,也与他一同谈抗战形势,谈国家前途。据其家族后人近年向笔者讲述,就在抗战胜利前夕日伪挣扎最疯狂之际,一天傍晚,吴云心一家正在吃饭,突然李克简携枪跑入其宅,告知后面有日伪盯梢,他需要打个电话。吴云心见状二话不说,顺手接过手枪扔进煤池,掩盖好后,便为李更换衣服拉其入座吃饭。不一会儿,日伪破门而入,四处搜查,见没有他们要找之人,遂悻悻而去。

抗战胜利后,吴云心加入了进步组织天津文化人联合会,与一批进步知识分子公开呼吁反对独裁，反对内战，要求和平、民主与自由。这一时期，他写下了大批有如匕首般的随笔、杂文，深刻地揭露了当局的腐败与没落。在经过组织的多次考验后，1948 年 11 月，他经李克简介绍，秘密加入了中国共产党。1949 年 7 月，他作为天津文学艺术界代表，赴京出席了中共主持召开的第一届文代会。1950 年，他当选为天津市文联委员，当年 11 月，天津市人民政府任命其为新闻出版处秘书主任。1989 年吴云心病逝，享年 83 岁。

写作之余擅厨艺的还珠楼主

国学大师南怀瑾2004年10月23日在上海一家学院讲座时，曾谈到武侠小说："在台湾写武侠小说的人，我差不多都认识，都叫我老师。有一次吃饭，都是他们这些人。……我说你们写小说，有些内容真无聊，那些大侠，每一次请客，叫的都是些馆子菜，端上来都是红烧蹄子、樟茶鸭……我

1956年还珠楼主(右四)随中国文联参观团赴西北时与友人合影

说你们一辈子就吃过这一点东西吗？各地有各地的菜嘛！我告诉你，过去有一部旧小说，叫《蜀山剑侠传》，也叫《峨眉剑侠传》，这个人还写了《青城十九侠》。我说他真会写小说，他把各地各样的菜怎么做都写出来，写小说要知识渊博啊！”

南先生说的这位“知识渊博”者，便是民国时期蜚声海内外的著名神怪武侠小说作家还珠楼主李寿民（1902—1961）。遥想当年，他在天津将一部《蜀山剑侠传》（这点南先生记忆有误，该书并非“也叫《峨眉剑侠传》”，两书虽然都诞生于1932年，但后者是同时期活跃于上海的武侠小说名家汪景星所著）交给小报《天风报》连载，时间不长，该书不但风靡南北，倾倒朝野众卿，而且也让他迅即成为民国武侠小说领袖群伦之巨匠，并由此一发而不可收，一生共撰神怪武侠小说四十余部，总字数高达1700万言，其影响至今不衰。然而如此成就带来的后果，便是如今我们只知道民国时期有个武侠小说“大宗师”还珠楼主，而淡忘了当年的“名编剧家”与“美食家”还珠楼主。其实，他在后两个领域也是出手不凡。抛开民国时期他曾担任京剧名旦尚小云的“专职编剧”不谈，只就其当年在美食方面的成就，也确如南先生所言，他能“把各地各样的菜怎么做都写出来”，在此有例为证——

搁笔《蜀山剑侠传》后的还珠楼主

1932年底，他曾在天津媒体上与一“四川人”打笔仗，而争论的焦点则是川菜“回锅肉”到底是以“青蒜”还是以“青韭”为辅料。对此其言：“按回锅肉制时，倒需加菜码少许拌炒，或韭或蒜均可，即不限定是韭，亦不限定是蒜，视其人之嗜好，与当时之有无为定。曾于川友家中尝此菜者，不止百回，除有一二次，系用蒜薹（非青蒜）拌炒外，余用青韭与黄韭，并无一次有人用青蒜拌炒者。用蒜只能提味，不如用韭之清香脆嫩。而南人多不喜食蒜，韭则南北方人，多喜食之，为求普遍计，故直书用韭，并无损于川菜价值，'四川人'君以为如何？珠频年流转，皆尝各省异味，间谙制法，有时亦以己意创作。"

1933年初，他又在天津一媒体上披露："民十七寄寓津门，岁月易得，忽忽五年，志事不应，意复慵散，事变沧桑，业已饱阅苦乐滋味，自分鹏程路蹇，许身无门，所幸珠还合浦，楼号福鹣，笔耕所获，尚足温饱。笔槧之暇，戏作福鹣楼食谱，皆简而易作之家常菜，今借本风篇幅，陆续公之于众，有同嗜者，请尝试之。"随后，他便陆续刊出了"金银肉""李公鸡""砂锅豆腐""荠菜荷包豆腐""四干炒什锦丁""福建肉松""红糟鸭""烧辣鸭子"等南北菜肴的烹饪法，从选料到烧制，无一不精，无一不妙。

本书作者与还珠楼主之子李观鼎（中）、李观洪（左）在重庆大足石刻

1933年，他曾为京剧名丑叶盛章写过一剧本《酒丐》（台湾电影《大醉侠》即据此改编）。剧中酒保那串"报菜名"的"贯口"，演出时曾激起满堂的掌声与喝彩，这其中光是各类豆腐，便有好几十种。据说首演甫一结束，叶盛章未卸"行头"便对他说："绝了！您是吃家，我得请请您。"

1946年，他在赶写武侠小说的同时，由于按捺不住对美食的向往，终于忙里偷闲，以一个美食家的口味和一个厨师的感受，编写出一本《名菜谱》，交由上海北新书局出版。据其儿女回忆："本来他还打算写一本关于中国烹调术的理论专著，可惜时间不允许，否则，他完全有可能对此作出融会贯通的阐释的。”

1988 年，他的后人李观贤、李观鼎曾在《人民日报(海外版)》连载《回忆父亲还珠楼主》，其中写道：“的确，父亲是‘吃家’。一只烧鸡，他一尝，就能品出主料是柴鸡还是油鸡；一盘烤肉，他一品，就能尝出燃柴是果木还是松木。事实上，他不仅会吃，而且善做。一九五六年，戏剧家阿甲在北京西单峨眉酒家宴请同好，父亲也在座。一道鱼香猪肝端上来，父亲望了一眼，就说：‘火候不够，我来试试。’说罢，径奔后面厨房。那峨眉酒家由上海迁京时，王经理曾请父亲题写匾额，彼此熟识，也就听任他越俎代庖了。不料一比较，后者在色、香、味诸方面竟大大超越前者。技惊四座，大家啧啧称奇言妙。他们哪里知道，父亲结缘厨事业已二十余载了。”“父亲后来成了名，有了可观的收入，做菜仍一如既往，乐此不疲。悠闲自得地在家中做些吃食，和亲人一道品品口味，是他在紧张笔耕之余的一大嗜好。他又非常好客，客人来了，他总愿下厨房露两手，以博得高朋赞许为快。我们家几度迁徙，从北京、到上海、到苏州、再回到北京，处处都有一些亲友来家中‘打牙祭’。见面一声：‘又流口水了！’父亲便热情地张罗起来。我们小时候最盼望两件事，一是父亲停笔，一是宾客临门，因为我们又可以吃到美味佳肴了。”“父亲作为家里的‘掌勺人’，带给我们许多快乐，也‘熏’陶了我们的兴趣。我们兄弟姐妹六人都会炒几个菜。特别是五妹观淑、六弟观洪，他们配制整桌酒席，竟与真正厨师不分轩轾。前几年，京剧艺术家张君秋举行家宴，还请观淑去主厨呢。”

由此可见，还珠楼主不但是民国武侠小说“大宗师”，而且称其为民国著名“老饕”，亦绝非过誉。

写出民国天津唯一“左翼”长篇小说的王余杞

王余杞在天津的留影

民国天津文坛上，虽然报载长篇小说极丰，甚至部分作家的连载结集出书后，曾风靡南北市井，迷翻朝野众卿，但当年新文学家及“左翼”文人对此却视如草芥，并横加贬损——尽管如今他们中的刘云若、还珠楼主、白羽等人的作品已登堂入室，不但进入中国现代文学的研究视野，而且还引起了海内外相关学者的关注。

与之形成鲜明对比的是，同为沽上文人的王余杞在同一时空写作的长篇小说《海河汩汩流》，在天津《益世报》副刊“语林”连载后，其单行本于1944年在重庆甫一推出，便引起了新文学家的注意，并给予佳评。如现代著名作家、评论家李长之当年就对这部作品的思想性及文学成就给予过极高评价。他在1944年5月出版的《时与潮文艺》第三卷第三期“书评”副刊上曾言：“中国在近代，好讽刺小说固不易见，能写一个地方色彩，运用那一地方的地道口语的小说，尤为少有。但我们现在却见之《海河汩汩流》。原稿作于二十六年七七事变的前夕，内容却也就是作者当时所居的天津的一个剖面。”“全书一方面能反映

'七七'前夕的天津市各方面(包括走私和浮尸那些丑陋而惨痛的记忆),一方面极有线索而不紊乱。二是在这个大时代的变动的写照中,却有一股时时流动着的汩汩的海河,当作了全书的节奏:那代表着帝国主义的侵略的洋楼和铁桥造起来了,海河仍然汩汩流着;春天给天津带来了活气和闹意了,但海河不管,汩汩流着;天热得昏昏然,一切像不能支持,海河呢,照旧汩汩流着,最后,抗战的意识觉醒了,海河便又在应和着,汩汩,汩汩,汩汩流着!因为有这节奏,给全书增加了活力,增加了韵致。让全书不只是讽刺,而且在根底上像一首诗。——民族的潜力就仿佛是那'不废江河万古流'的海河似的!"

《海河汩汩流》初版本封面

在当年天津报纸上写长篇小说连载的作家中,能够获得同时期新文学家如此评论与褒扬,王余杞和他的《海河汩汩流》应该是个唯一。但尽管如此,其人其书也已渐为人忘,如今除台湾文学史家司马长风在香港出版的《中国新文学史》里偶有提及外,大陆出版的各类文学史与小说史中,可谓难觅其踪。如果说尚有例外,那便是近年出版的《天津文学史》对其尚有一小节的介绍。

王余杞(1905—1989),笔名隔槃、曼因,四川省自贡市人。他早年在家乡上学,1924年考入北平交通大学,此时受反帝爱国思潮影响,积极参加进步学生活动,并由此开始了文学创作。其短篇小说处女作《幺舅》发表在刚刚开辟新小说栏目的天津《国闻周报》上,颇受名编辑何心冷的好评,频频向其约稿。1928年,他将在《国闻周报》上陆续发表的小说结集,题名《惜分飞》,由上海春潮书局出版,郁达夫为小说集撰序,称之为"力的文学”。从此，他与郁达夫成为好友，经常书信往来。同年，他在上海见到了鲁迅和郁达夫。1930年大学毕业后，他被分配到天津北宁铁路局工作，业余时间继续从事文学创作，相继出版了长篇小说《海河汩汩流》《浮沉》《急湍》《自流井》和小说集《朋友与敌人》《落花时节》等。1935年他参加“北方左联”，并受在上海的“左翼”作家宋之的委托，在天津编辑出版被北方“左联”认定为机关刊物的《当代文学》。1937年初在津加入进步诗社海风社，负责《诗歌小品》编辑工作。天津沦陷前夕，他因被日本人注意，遂离津南下。

对王余杞在天津的这段文学活动，当年邀请其写作《海河汩汩流》的《益世报》副刊“语林”版编辑吴云心曾有如下回忆：“左翼作家王余杞也是“语林”主要的写稿人。”“王余杞除发表一些短文外，为“语林”写了长篇连载《海河汩汩流》小说，通过写一个世俗的商人，反映天津人民在日本帝国主义魔爪下生活状况，着重以海河浮尸案为主要关目。当时天津海河不断发现浮尸，显系被害者，但始终没有破案的报道，据说是日本帝国主义者秘密修筑工事，浮尸即是被害的苦力。因此，《海河汩汩流》在当时影响很大。”

关于《海河汩汩流》的写作，王余杞曾在该书单行本自序中披露：“（1936年）‘双十二’事变平复后，举国如狂的爆竹声，震撼了隐匿在天津日本租界的敌阀和浪人们。他们早已把都市当作了侵略华北的根据地的，而在今天，根据地的天津就响出了历乱的爆竹声。那响声，它使得中国人的头脑愈加清醒，也使得敌阀和浪人们魄散魂飞！于是他们就更摆出一副狰狞的面孔，干涉政治，武装走私，诱掠壮丁，制造汉奸，尤其是制造汉奸，简直明目张胆地大肆活动起来。汉奸论调散布到各角落，迫使我口头上沉默了——然而在别一方面，我却并不甘于沉默的。这就又提起了笔，开始写出这本《海河汩汩流》。因为文章系应天津《益世报》的副刊‘语林’而写，笔下便刻画着天津怪有趣的风土人情，并且掇拾当前的时事，组织人文。这岂但为了增加阅读的兴趣，实在也做了掩护全书主题的外衣。”

《海河汩汩流》在《益世报》副刊“语林”上的连载，我们目前尚可查到踪迹。连载始于 1937 年 2 月 5 日，中断于当年的 7 月 24 日。对此，王余杞后来也有追忆：“我的《海河汩汩流》，写的就是天津，时间从‘西安事变’终结时开始，因为我住在河北（区），对河北（区）稍觉熟悉，就写河北（区）的日常生活。后来李长之在重庆看到这本书，认为活画了天津的风物。这小说是我给‘语林’主编吴云心刊登的。在我是激愤难忍，不得不写；又认为只有《益世报》上适宜发表。那时候，《庸报》已转卖变质，《大公报》打不进去，所以给吴云心。幸好，小说一开始就因写天津，引起了读者的兴趣，我也就因势利导，故事引向深入。写到走私，写到海河浮尸，引起老年人和年轻一代之间的矛盾，就到了七七事变的时候。”而就在七七事变后的第 17 天，随着日伪对藏身意租界的《益世报》馆的封锁，《海河汩汩流》的续稿无法送达，连载遂告中断，直至 1939 年他在重庆加写一章后，方才“足成全书”，由重庆建中出版社 1944 年 3 月出版单行本。

从已出版的中国新文学史或中国现代文学史上看，民国时期天津文坛“左翼”长篇小说的创作与出版是个空白。但通过以上对当事人的回忆梳理，我们可以发现，作为被长期尘埋的民国天津唯一一部“左翼”长篇小说，《海河汩汩流》及其作者王余杞，是应该被载入中国新文学史抑或中国现代文学史的。

在津“落水”的辛亥功臣何海鸣

流亡日本时期的何海鸣

翻阅辛亥革命尤其是武昌首义史料，我们总是能发现何海鸣的名字。在国内出版的一些有关辛亥革命的书籍中，对这位当年武昌首义中的风云人物也多有记述。但遗憾的是，无论是内部史料，还是公开出版物，均是对其早年的“革命”生涯记载颇详，而对其后半生，或语焉不详，或错谬频出。如1982年中华书局出版的《辛亥武昌首义人物传》，便是如此。该书在“何海鸣”条目中，不但对其详前略后，而且对他结局的表述也与事实不符。据词条文末称：“后来国民党南京政府也未给他一个噉(啖)饭地。只能在上海写点无聊文章自活。一九三六年病死。”其实，何海鸣并非死于1936年，更不是凄惨地在上海度过晚年。他的晚年除了“求幸福”于天津外，还过得颇有“故事”。

祖籍湖南衡阳的何海鸣，原名时俊，1891年出生于广东九龙。15岁时负笈武汉，考入两湖师范礼字斋，后辍学转投新军任下级军官。此时期，他与革命党人蒋翊武等组织振武学社、文学社等革命团体，共同谋划推翻清政府。不久，任《大江报》副总编辑。1911年夏，他因在《大江报》发表

《亡中国者即和平》短评，被湖广总督瑞澂逮捕，判处死刑。在等待行刑之时，辛亥革命爆发，他被救出狱后，任汉口军分政府少将参谋长。1913 年春，袁世凯派心腹在上海刺杀宋教仁。血案发生，全国舆论大哗。此刻何海鸣来到上海，他配合陈其美等革命党人在最短时日将凶手缉拿归案。据说在此次行动中，何海鸣身手不凡，为案件的侦破立下殊功。

刺宋案的侦破让袁世凯恼羞成怒，遂于 1913 年 7 月发动了对南方国民党人的进攻。7 月 12 日，江西都督李烈钧在湖口起事反袁，二次革命爆发。7 月 15 日，黄兴在南京宣布江苏独立并出任江苏讨袁军总司令。经过一番血战，至 7 月 28 日，起义失败，黄兴逃出南京潜往上海。危难之际，身为黄兴随从的何海鸣忽然挺身而出，重举义旗，与袁部队进行了殊死决战，并于 8 月 8 日占领都督府，重新宣布江苏独立。不久起义军哗变，并欲将何海鸣献给袁世凯。但两天之后，部分人再次起义，重新占领都督府。获救后的何海鸣不畏危险，于翌日再次宣布江苏第三次独立，并重新拿下南京城。8 月底，袁世凯再次重兵攻打南京。危难时刻，何海鸣亲任总指挥，再次与袁部队交战。但终因力量悬殊，于 9 月 1 日被袁军及驻守徐州的张宗昌部击溃，血染雨花台。何海鸣于乱军之中逃出南京，亡命日本。江苏的二次革命终以失败告终。据说袁世凯事后曾悬赏十万购何海鸣的人头。

在日本，何海鸣写下了在当时影响颇大的《讨袁计划书》。以孙中山为首的中华革命党在日后的活动中，一定程度上采纳了计划书的建议。这期间，他因居无定所，生活拮据，故也在认真反思自己。据史料记载，他曾和同样流亡日本的军阀张尧卿等人，与中国驻日陆公使多次密会，但他没像张尧卿那样向袁政府自首，而是不久便乘船悄然归国。

1915 年 3 月，何海鸣以一介闲人身份潜入上海。虽然此时他意志消沉，思想正在发生重大转变，但他仍和友人合办了《爱国报》与《爱国晚报》，继续撰文讨袁。翌年 6 月，袁世凯故去。闻此消息，何海鸣似乎感到自己的“革命”已经成功。虽然这年他仅 30 岁，却时时发表看破一切的言论,处处以“老革命”炫耀。此时他已将早年的笔名“海”“一雁”“孤雁”等易名为“行乐”“求幸福斋主”,由此也可看出,多年的出生入死与颠沛流离,已使他厌倦政治,不愿再以斗士的面目出现,而是渴望过上幸福美满的生活。最能集中体现这种思想的,便是他在这一时期连载于《爱国报》上的《求幸福斋随笔》了。在这一系列文章中,他以嬉笑怒骂的文笔,在讥讽嘲弄当局的同时,也对自己早年的“业绩”进行了玩世不恭的反省。在随后爆发的五四运动中，虽然他已身居北京，但并未将自己再次融入这场洪流中去，而是作为寓公，躲进小楼开始了小说创作。此时期他写了不少短篇，大多以妓女为素材。小说稿酬为生活困窘的何海鸣带来一定收益,1922 年 1 月,他终于下了鬻文为生的决心,在上海《半月》杂志上登出了《求幸福斋主人卖小说的话》。此后他除了写有大量短篇“倡门小说”外,还出版了社会小说《琴嫣小传》《怒》《奇童纵囚记》《摩登女儿经》,武侠小说《朔方健儿传》《平平大侠劫富记》《孤军》《黄埔血泪》及《求幸福斋丛话》《中国工兵政策》《学校军事教育》《海鸣说集》《何海鸣小说集》等,内容庞杂,但佳构难觅。

民国版《求幸福斋丛话》封面

随着北京局势的动荡,何海鸣和许多北洋政客一样,于 1927 年迁居天津,买下了法租界三十一号路益安里 14 号住房,过起了寓公生活。为了应付日常开销,他仍是在不停地写作。好在此时天津报业繁兴,各报均需小说连载吸引读者,加上他的“名士”头衔,故其作品还算抢手。如 1932 年的《天风报》上,与还珠楼主《蜀山剑侠传》同时连载的,便是他的《此中人》与《青黄时代》。但由于其小说议论太多且说教味道太浓,很快便引起读者反感,纷纷要求对其“腰斩”。小说创作上的失利,使他颇为苦恼,但为了“求幸福”生活,他只得在寓所门前挂出“出售墨宝”的招牌,卖文不成又开始卖字。一个早年以革命起家的英雄，后又因文章扬名的文人，落魄到如此地步，可谓穷途末路了。但他并未由此沉没，“求幸福”生活的渴望使他在伺机振作。

市隱生涯
燕京花史
白玫瑰
萬國汽車行
白金龍香烟大減價
南洋兄弟

天津《风月画报》上的何海鸣小说连载

天津沦陷前夕，创刊于 1926 年在沽上颇有影响的《庸报》，变成了日本“北支派遣军”机关报。本就与日本有着扯不断关系的何海鸣，为了过上“幸福”生活，此刻竟不耻地附逆出任了该报社论主笔兼文艺部长。在此任上，他除了与原《中美晚报》的岑某轮流撰写每日社论外，还与其他汉奸文人组成随军记者团，配合日军宣抚班下乡进行宣传，并参与组织了所谓“名流”赴日“观光访问团”。与此同时，作为《庸报》文艺部长，他还将报纸副刊办得像模像样。在战前以写杂文、随笔著称的报人宫竹心，此时困顿风尘，生活无着。何海鸣见状遂连蒙带骗，邀其为报纸写小说连载。宫为生存，只得应允。1938 年初，宫将自题为《豹爪青锋》的长篇武侠小说第一章送到报社。何海鸣阅后认为书名纯文学味太浓，大笔一挥，遂

何海鸣小说《倡门红泪》封面

按书中主人公绰号，易名为《十二金钱镖》。此小说在何海鸣策划下，于1938年2月在《庸报》连载，旋即引起轰动，并由此为该报拉来众多读者。不久日伪为便于舆论管理，成立了“天津新闻记者协会”，何海鸣出任理事长，由他向各报提供每日必须见报的日伪宣传稿，组织各报记者随军视察，并在历次“治安强化运动”中，由他组织统一欺骗宣传的口径。

何海鸣的结局是可悲的。1944年，日军为集中力量撑持战局，将华北各大城市报纸统一交中国人代办，于北平成立了《华北新报》总社，汉奸文人管翼贤兼任总社社长。华北各城市成立《华北新报》地方分社。天津则将《庸报》改组为《天津华北新报》。由于日伪各派系间的相互倾轧，何海鸣被日方遗弃了。不久，他迁居南京，深居简出，闭门思过，陆续写下了一系列考证文章。这实际是其为了糊口，又恢复了卖文生涯。1945年初，他开始撰写回忆录《癸丑金陵战事》，记述他早年抓获刺杀宋教仁凶手后与袁世凯部队在南京交战事，但未及完篇，便于是年3月8日于贫病交加中死去。

自轻自卑自贬自损的“白羽”

白羽本姓宫，名竹心，白羽只是他多个笔名之一，此外，尚有杏呆、宫槑、槑、耍骨头斋主等。1938 年 2 月，在沦陷的天津，他用“白羽”笔名于《庸报》连载了武侠小说《十二金钱镖》，一炮巨响，其人其书旋即走红，当时平津众多租书铺门口所贴“家家读钱镖，户户谈剑平”的对联，便是该

不同时期的白羽照片

书轰动的真实写照。此后，随着其“钱镖系列”的先后推出，“白羽”笔名迅速风靡南北，妇孺皆知，以致其本名及其他笔名均渐为人忘。

关于“白羽”笔名的由来，目前人们大多沿袭白羽哲嗣宫以仁先生的解说。1985 年，天津作家冯育楠以白羽为主人公创作了一部传记小说《泪洒金钱镖》，在单行本付梓之际，他请以仁先生作序。于是在 1986 年初，以仁先生在写序的同时，又将其扩充成一篇长文《谈白羽传记小说〈泪洒金

钱镖〉》，交香港《明报月刊》发表。就是在此文中，以仁先生首次披露："一九三八年初，先父亲自把题为《豹爪青锋》的长篇武侠小说的第一章，送到(《庸报》)报社。报社文艺编辑大概认为这个书名纯文学味太浓，大笔轻轻一挥，改作《十二金钱镖》。细心的叶洪生先生发现了《十二金钱镖》初版版本有"豹爪青锋"的副题，来由即是如此。先父回到家中，很感慨了一番，大骂文艺编辑的无知、庸俗，对家人说：'我不能丢姓宫的脸，写《十二金钱镖》的，姓白名羽，与我宫竹心无关；白羽就是轻轻一根羽毛，随风飘动。'"此文一出，便成为后来研究者在论述白羽笔名由来及寓意时的依据。笔者关注民国北派通俗小说及白羽生平与作品已近三十年，而且与以仁先生经常见面，甚至有段时间曾经朝夕相处，在研究及交谈中，我们对白羽武侠小说的方方面面都有涉及，对"白羽"笔名之由来及寓意，笔者毫不怀疑地依据了以仁先生的解读，并在多篇文章中因袭此说。

发现此说有异，是在日前终于读到了多年苦觅而不得的一篇白羽轶文《生之磨炼》后。此文是白羽在中华人民共和国成立之初，应当时天津市文化局首任局长阿英之约所撰长篇回忆录之首章，连载于1950年2月16日至4月3日的天津《星报》(阿英主编)上。据当年组稿编辑周骥良后来回忆，此文连载不久，便遭到内部非议，认为中华人民共和国报刊不应该为旧时代文人提供阵地，故不但回忆录惨遭腰斩，而且阿英还为此做了检讨。但就在这篇命运"不济"且散佚多年的忆旧中，面对生存环境"沧海桑田"的变化，白羽怀着对旧时代苦乐滋味的告别和对新生活茫然中的诚惶诚恐，终于主动"实话实说"地亲自披露了"白羽"笔名之真实寓意与由来——

那是在民国二年(1913)，白羽随在军中任职的父亲由天津迁居北京，后"在小学时代"，他读了英国作家A.E.W.马森的小说《四根羽毛》，"后来拍成电影叫《四羽毛》"。故事叙述出身军官家庭的英国青年哈里·法弗沙姆"在幼年时，精神上受了过度恐怖的创伤，变成小胆。到兵役年龄，三个好朋友邀他一块去投军，他害怕自己受不了战场上血的刺激，悄悄躲

白羽武侠小说《偷拳》在民国报纸上连载时的题图

了"。不久,当他正和未婚妻黛绮"谈情说爱时,三个朋友寄来一封信,剖函一看,只装了三根白羽毛,大概欧俗是以白羽毛象征懦夫"。黛绮"诧异的诘问他,他擦着愧汗辩解,但当他一掉脸之际,三根羽毛变成了四根羽毛"。原来是黛绮从手持的羽扇上也折下一羽毛加在其中。未婚妻"也把他看做懦夫了。后来,由于友谊和情爱的激励,卒使'懦夫有立志',他去为祖国当间谍,作了有甚于死的恐怖颠险事业,湔洗了懦夫之诮,朋友(和)未婚妻收回了四羽毛"。于是白羽有感而发,"由此获得了一个笔名"。"白羽到了(liǎo)也是懦夫,他伤感地在虎口卖文,而写逃避现实的传奇小说。他在小说叙文上自比优娼:'无能充隐,臣朔苦肌,稗官无异于伶官,鬻文何殊于鬻笑!'又说:'侍窗聊著换羊书,投笔长吟不丈夫。'用这笔名,写这小说,在他是一种痛苦。纵然在作品中,尽力消毒,尽可能加些东西到里面,而在他依然很痛苦。"

原来如此。白羽亲述可谓彻底颠覆了我们此前对"白羽"笔名由来及寓意的认知,也更进一步知晓了其为何总是在"自责"地"悲情"。"白羽毛"的典故源自欧洲古典宫廷斗鸡,大凡所斗之鸡身上杂有白色羽毛者,其争斗中大多表现懦弱,故以"白羽毛"比喻懦夫之说在西方由来已久。对此,前些年火爆全球的英国电视剧《唐顿庄园》可资佐证:在该剧第二季中有这样一个场景,当人们在小镇的教堂集会时,两个女人走了进来,给每一个在场的年轻男子发放白羽毛,以嘲讽他们是懦夫,不敢上前线去打仗。由此可见,白羽以此西典自命笔名,实乃含有自贬自损之意,这也正是他曾自叹"青年未改造社会;社会改造了青年"的真实写照。

白羽这篇自曝笔名由来的《生之磨炼》写于1949年底,翌年2月刊于天津《星报》。其时以仁先生已负笈北京，故而未能亲眼目睹，加之《星报》本身就是中华人民共和国成立之初在天津仅存在两年多的一张小报，几十年来沧海桑田，世间留存甚微，因此后来的研究者也极难寓目。笔者与以仁先生及其他研究者在谈论白羽时，都知道当年《星报》刊有白羽自述写作生涯的文章，但其文字为何，却无人知晓。此次尘封已久的《生之磨炼》被发现，实乃为白羽生平研究增添了难得的一手资料。由此遥想，以仁先生在天有灵，也是应该感到欣慰的。

在弄清了“白羽”笔名的真实由来与寓意后，我们便亦知晓了白羽在其武侠小说爆红之时，1938 年 11 月他于《十二金钱镖》初版“自序”中，为何开篇便要写出如下话语了：“白羽，懦夫之号也；白羽用此自名，何居？羽之言曰：雕虫小技，壮夫不为，词赋尚尔，况丛残小语？叙游侠以传奇，托体愈卑；杂俚谚以谐俗，等之平话。柳麻子有作，方且笑人！……将非懦夫，谁肯为之。”

这便是白羽的悲剧，以武侠小说扬名爆红，而又总被一种自轻自卑自贬自损的心理折磨。命运如此，笔名亦然。

真实身份扑朔迷离的李山野

在民国天津社会言情小说作家中，虽然李山野的真实身份扑朔迷离，但他的小说创作应该引起人们的关注。我们仅从眼下可以看到的《茜窗绮梦》《秋水天长》《飞絮残红》《津沽春梦》《红豆相思记》等几部长篇中，便可感悟到，这是一位有想法、有追求的作家。对此，白羽在为其《秋水天长》所作之序中，曾认为："这部小说虽然也是报章小说，但是描写的对象，却是含着都市与农村的问题，恋爱与家庭的矛盾，这自然相当的是有

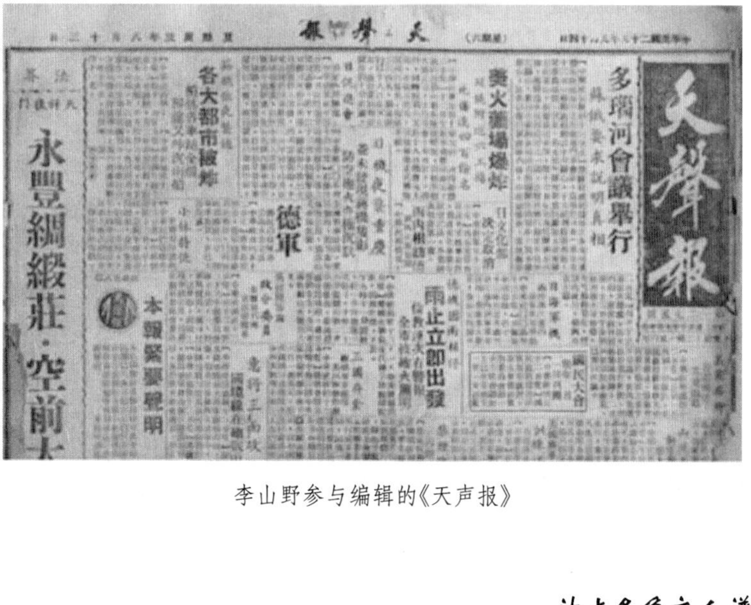
天聲報
多瑙河會議舉行
各大都市被炸
德軍
本報緊要聲明
永豐綢緞莊·空前

李山野参与编辑的《天声报》

意义之作了。山野先生是青年作家，青年作家对于人生具有种种的热，这热映射于作品中，也可以唤起读者的热来，这就是共鸣。《秋水天长》是能引起读者共鸣的书，所以是好书。”

如果按照白羽作品一定要“引起读者共鸣”，方为“好书”之标准，那么李山野的几部长篇，在当年的天津，确实也已经做到了能让读者“悠悠然而喜怒哀乐”（见《天风报》1933 年 6 月 18 日第一版《飞絮残红》广告）了。其实，从上述几部作品中，我们不难看出，李山野的小说创作，走的是刘云若“社会言情小说”的路子，而且其作品在当年，也确实是被广告标为“社会言情小说”的。其作品，写的也都是天津人；说的也都是天津事；甚至在谋篇布局与行文走笔上，也是与刘云若有着几近相似之处；更为难得的是，他与刘云若一样，也多次在作品中再现了发生在那个年代津城里的许多大事要事。如他在二十世纪三十年代末创作的《红豆相思记》，不但详述了袁世凯称帝始末，而且还正面描写了五四运动在天津的情况，并塑造了一个学生领袖“赖恩周”，其原型便是周恩来。也正因此，我们今天在重新审视民国通俗小说作家的成败时，不应忘记在当年的天津，还有一位“社会言情小说”作家李山野。

关于李山野的生平，我们目前知之甚微，仅知他在天津沦陷时期有过一段“不光彩”的历史——为汉奸报纸《天声报》和《天声半月刊》做过副刊编辑。《天声报》于天津沦陷后的 1938 年初创刊，为四开四版日报。创办人是日本籍台湾人谢天惠（又名谢龙阁），此人在当年天津民间非常有名。天津沦陷前的 1931 年 11 月，驻津日本特务头子土肥原贤二策划的以流氓、混混儿为主要成员的天津“便衣队暴乱”事件，谢天惠便是直接指挥者。由他组班的《天声报》管理层可谓一个彻头彻尾的汉奸班底。其所聘社长吴宁靖（又名吴霖青）在天津沦陷前就是日本特务机关的雇用人员，天津沦陷后他又出任敌伪塘大警察署署长。报社经理杜虚生（笔名杜鹃）虽常年混迹于新闻圈，但也和日伪关系密切。他们将办报地点设在战前报馆集中的南市荣吉大街中段，编辑人员几乎全部来自此刻已暂时停刊的毗邻《中南报》，这其中便有李山野。他负责编辑第三版“乐园”副刊，版面直接模仿天津老牌小报《天风报》副刊“黑旋风”，以各类戏曲、曲艺讯息为主。此外，长篇通俗小说连载是其强项，除大牌名家刘云若、郑证因的长篇外，尚有他自己的社会言情小说《秋水天长》《红豆相思记》(续集)、王曰叟的武侠小说《粉牡丹》、徐剑胆的社会小说《风流大夫》、陈怡侠的武侠小说《雍正歼侠记》等。据老报人王木回忆：1941 年太平洋战争爆发后，天津各报只留下日寇直接办的天津《华北新报》外，其余大小报纸一律停刊。《天声报》因有日本特务机关的背景，日报停刊后改出《天声半月刊》，由李山野、张恺二人继任编辑，并约高扬、王孑民等撰写戏剧曲艺方面的特稿。每期封面还有北平名画家于非闇、齐白石等人的作品。1945 年三四月间，《天声半月刊》停刊。

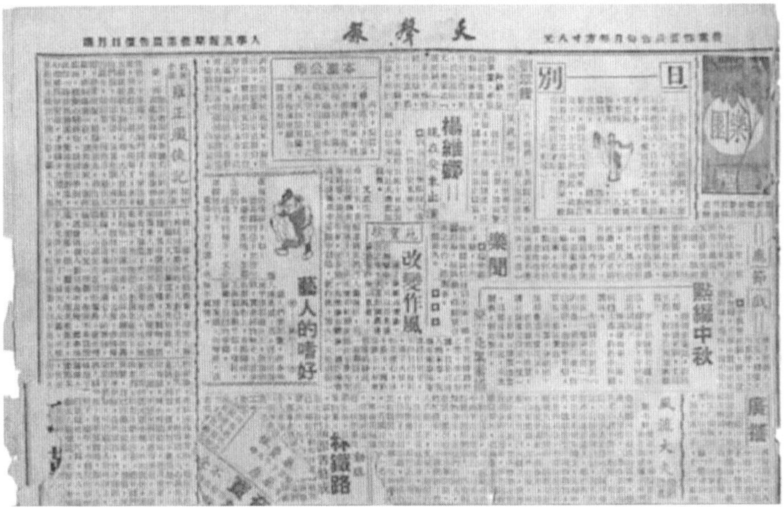
天聲報

改變作風

藝人的嗜好

點綴中秋

李山野编辑的《天声报》文艺副刊“乐园”

作为沦陷时期敌伪报刊的编辑，李山野在抗战胜利后处境如何，我们不得而知。但有一则吊诡的史料却不容忽视。在 2003 年天津人民出版社出版的《天津报海钩沉》一书中，收有老报人张北侯的文章《〈宇宙画报〉隐藏着地工人员》，据该文回忆：“1947 年 5 月由张北侯、王鹤亭合办的《宇宙画报》创刊。社址在河北博爱道荆华西里张北侯家中。张北侯为

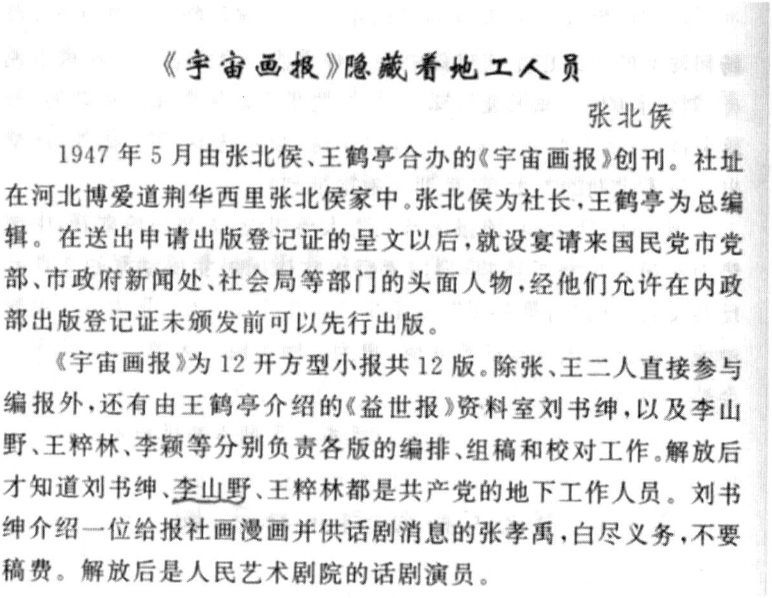
《宇宙画报》隐藏着地工人员

张北侯

1947年5月由张北侯、王鹤亭合办的《宇宙画报》创刊。社址在河北博爱道荆华西里张北侯家中。张北侯为社长，王鹤亭为总编辑。在送出申请出版登记证的呈文以后，就设宴请来国民党市党部、市政府新闻处、社会局等部门的头面人物，经他们允许在内政部出版登记证未颁发前可以先行出版。

《宇宙画报》为12开方型小报共12版。除张、王二人直接参与编报外，还有由王鹤亭介绍的《益世报》资料室刘书绅，以及李山野、王粹林、李颖等分别负责各版的编排、组稿和校对工作。解放后才知道刘书绅、李山野、王粹林都是共产党的地下工作人员。刘书绅介绍一位给报社画漫画并供话剧消息的张孝禹，白尽义务，不要稿费。解放后是人民艺术剧院的话剧演员。

2003年天津人民出版社出版的《天津报海钩沉》中有关李山野的史料

社长，王鹤亭为总编辑。”《宇宙画报》“为12开方型小报共12版。除张、王二人直接参与编报外，还有由王鹤亭介绍的《益世报》资料室刘书绅，以及李山野、王粹林、李颖等分别负责各版的编排、组稿和校对工作。解放后才知道刘书绅、李山野、王粹林都是共产党的地下工作人员”。

这则史料实在是让人一头雾水。从张北侯的回忆看，作为当事人《宇宙画报》的老板，其提供的事实不应有误。据《天津报海钩沉》一书编者徐景星介绍，该书是他在1999年“受市政协文史办公室之托，协助清理历年文史资料未刊存稿时，看到一些老报人所写的多篇记述解放前各个时期天津报纸和报人事迹的稿件，弃之可惜”，遂“编排成册，以资保存”。并且在出版之时，还蒙老报人“刘书申同志和张道梁同志以极大的热情，严肃负责的态度，冒酷暑逐条逐字详加审阅，校正疵误，补缀遗漏”，三位老报人的通力合作层层把关，也应该保证了史料的真实性。而且刘书申就是当年与李山野同为“共产党的地下工作人员”的刘书绅，李山野如非地下党，刘书申在“严肃负责”地“逐条逐字详加审阅”时，肯定会予以订正。由此可见，李山野是“共产党的地下工作人员”，应该确凿无误。现在的问题是，地下党李山野，是否就是当年在天津沦陷时期做敌伪报刊编辑并写有多部社会言情小说的那个李山野？如果不是，则此吊诡之疑纯乃同名同姓之误；如果确系一人，那么这里面的真相就要复杂得多了。彼李山野是怎么变成此李山野的？这个李山野在1949年后的名称为何？他在共和国年代里是怎样生活和工作的？其结局又是如何？对此，随着当事人的相继故去，我们也只能将破解如此扑朔迷离之谜底的希望，寄托于人事档案部门甚或涉密机关了。

未“杀日兵”身先死的戴愚庵

留日返津后的戴愚庵

1945年4月30日，北平《369杂志》第581期刊登了一则消息：“天津名作家戴愚庵氏，别署娱园老人，著作甚丰，如《秋雨销魂录》《花市春柔记》《嫁娶镜》《沽上英雄谱》等，散见各报及出版发行者，不下数十种，文笔犀利，情节曲折，极为读者所欢迎。尤以近年在本报刊载中之《沽水游侠》，为其得意之作，戴氏于去冬积劳成疾，日见增剧，而对于本报续稿，依然扶病撰寄，不稍延误，其责任心之重，殊足感佩。上月间来书谓：病已就痊，对于稿友何海鸣氏谢世，深致哀悼。不意其忽于上月三十日突罹心脏病，继何氏而西逝矣，戴氏遗作尚未出版者不下十数种，易箦前，嘱其令郎整理保存，闻内容极为精彩。惟《沽水游侠》一稿乃随撰随发之作品，故在存稿刊完后，只好中辍，愚庵泉下有知，亦必引为遗憾也。戴氏生前执教各校，桃李盈门，交游亦广，惊耗传出后，各方均甚悼之。”

戴愚庵死了。死于日本投降数月前的1945年3月30日。其一生创作

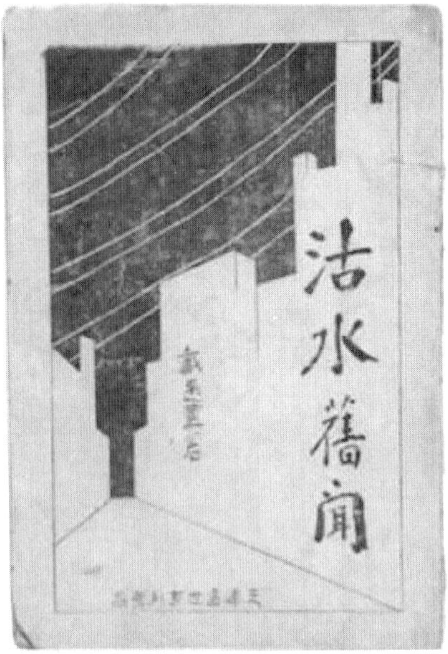

益世报馆出版的《沽水旧闻》初版本封面

的最后一部作品，以天津人耳熟能详的大刀王五为题材的长篇小说《沽水游侠》，也因此成为未完的残稿。对此他无须遗憾，因为早在十余年前，戴氏便在掌故随笔集《沽水旧闻》中，就有一节专写“大刀王五杀日兵”。其中云：“（光绪）二十六年夏，联军占据津门，胡毛为复仇，言于日本军官，谓王五为天津义和团首领。胡引日兵十二人往擒之，王以马刀杀日兵七人，身受十余弹始亡。夫王五，一混混耳，以只身而杀日兵七人之多，诚足以愧天下后世之弱丈夫矣。”关于《沽水旧闻》，当年约其撰稿的《益世晚报》副刊编辑吴云心先生曾有评论：该书最初在报上连载时，“正是日本进攻上海，‘一·二八’抗战的时候。又不久，日本接连在华北制造事件，逼着中国承认伪满，承认他一连串制造的既成事实。中国的处境，真像戴愚庵所写的混混天天过热堂。中国人民实际也意识到，中国只有团结抗战一条路，而抗战必是长期、艰苦的，只有不屈服，才能有最后胜利。因此戴愚庵所写混混的不屈服精神，颇能引起人们的联想。这也是当年出版《沽水旧闻》（旋又出版戴氏记述混混生活的《沽上英雄谱》）的动机之一。”

戴愚庵蔑视日本，在其多部作品中，都有中国人杀日军的故事，其实这是有原因的。

戴氏名锡庚，字渔清，号愚庵，晚年别署娱园、娱园老人，祖籍浙江绍兴，1890 年出生于天津。幼年曾上私塾，后进新式学堂，并以优异成绩考上官派生，于 1910 年进入日本早稻田大学学习政治经济学。由于耳闻目睹了因日本人强迫袁世凯承认“二十一条”而爆发的留日学生抗议活动，

天津午報
本市外滙
大條持平
上海外滙
河北

1936 年《天津午报》上的戴愚庵小说连载

深感国家振兴必自教育做起。正是怀着这种教育救国的理想，他在 1917 年毅然乘船返国回归天津办教育，先执教于天津城里草厂庵小学，旋即被教育部门委任地处南门里的天津官立第八小学校长。

其子戴冠津先生近年回忆，天津沦陷后，戴愚庵曾多次以自己早年在日本留学之闻见对子女及学生们讲，日本是中国人的心腹之患，其亡中国之心早已有之。并举例说："在二十世纪初的日本小学里，教师总是在上课前拿一些鸭梨分给学生吃，吃罢便问学生好吃吗？得到肯定答复后，教师便说：'我们日本不产梨，这么好吃的梨产在中国的天津，将来你们长大了要吃梨，就要去占领那里，"戴愚庵就是以这样的话语与事例告诫学生与子女，日本人在觊觎中国，中国要注意，中国要自强，而自强就要办教育、办报馆、写文章。也正因此，他在二十世纪二十年代中期，于办教育之余，开始涉足文坛，写下了众多以历史鉴现实的"掌故小说"，终成一位专讲津沽往事的"掌故大家"。

所谓“掌故小说”，便是文体具有一定的纪实性，再加上作者的合理想象，从而演绎出的亦真亦假的说部。其实仔细追究，戴愚庵的作品，并非都是小说，有些只能算是“笔记”。

1932年出版的《沽水旧闻》，戴愚庵写了“大刀王五杀日兵”；1937年初出版的《沽上英雄谱》中，他为大刀王五专设一章；而在1944年底至1945年初，在已沦陷的津沽，他又创作并连载了以大刀王五为主人公的长篇小说《沽水游侠》。由此可见戴愚庵对大刀王五故事的情有独钟。而这钟情的焦点，便是“杀日兵”。虽然《沽水游侠》只写三章他便病逝，但从全书结构来看，戴愚庵是要写王五一生之故事，如此便又要写到“大刀王五杀日兵”。在日军侵华行将战败的困兽嚣张之时，敢于如此为文，亦可见戴愚庵的勇气与胆量。只可叹，天不假年身先死，未“杀日兵”心不甘。

小说与相声“两门抱”的“大梁酒徒”

《津门艳迹》初版本封面

血色残阳下，逆光而现的津沽老城暗色剪影，沧桑中带有些许凝重。那楼阁，那亭台，包括楼阁亭台上方那翻卷的廊檐，无不使津城读者倍感熟悉，惚如置身其中。尤其是在典型津味老城背景上凸现的“大美人”，更是带有极浓的老天津月份牌画的特色。齐眉刘海儿与过宽双目配以通鼻樱唇，让她有别于娇俏的江南女孩而尽显津城少女神韵；身着绣着花边的宽袖大襟夹袄则使她成为那个时代天津女子的时装“模特”。

这是 1940 年，一部风靡天津的名为《津门艳迹》的长篇章回小说的封面。它的出现，使身陷沦陷区的沽上读者颇感诧异——已处于日寇铁蹄下的天津能有何“艳迹”可循？但看到这津味美景配着津味美人儿，好奇的人们还是忍不住争相购阅。只可惜阅过全书方知上当——这里面没美人儿嘛事儿。此书非但不“艳”，而且字里行间，均是一些“捋胳膊挽袖子”的沽

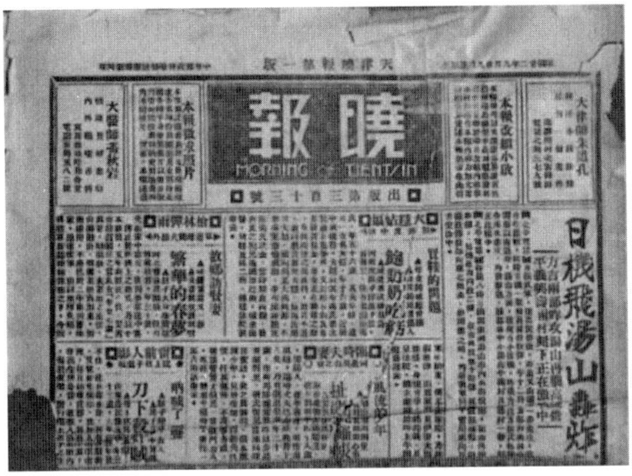

李燃犀任编辑的天津《晓报》

上“混混儿”好勇斗狠之事。正是这名实不副的商业炒作，使该书发行取得意想不到的效果。据当年报纸称，此书“日售数百”，读者争相传阅。其作者便是天津本土文人，自称“大梁酒徒”的李燃犀。

李燃犀大约出生于1900年，久居津沽，其学名李柏年，晚号醒庵，长年居住天津北门内晋丰里胡同一号。中学毕业后，李燃犀曾在英国洋行当翻译。对此他晚年曾回忆：“当时给的薪水很低，大约是一般翻译薪水的一半，可我还是干了，因为我可以借机会矫正一下我的读音。他给的薪水低，我就借机报复他，反正他与买方一个不懂中国话，一个不懂英国话，凭我翻译，我把报份提高，还价降低，这样他就成交不了。做不成生意他怎么赚钱？可是，也不能总做不成生意，这样人家也就不用我了，我一个月总得叫他做成几笔。”凭此“工作”，他倒把英语发音练纯正了。但他性格喜欢无拘无束，“成天待在办公室，来生意谈谈生意，没生意就坐着，我受不了，不愿意干。我就找我舅舅戴愚庵去了。他是办报的，也是写小说的。我和他说：‘我想干干记者！’舅舅同意了，我就在报馆里干了起来。”在当时已是著名掌故小说作家的舅舅戴愚庵提携下，他先后在《津报》《中南报》《晓报》做编辑，并也模仿着舅舅写起了掌故小说，如《同室操戈》《危机四伏》《桃代李僵》《流云锁月记》《粉红色的三不管》《老哏正传》《妈妈大全》等，但写得最好并在今天仍被研究者提及者，还是《津门艳迹》。

其实,《津门艳迹》能够流传至今,并被写进近年出版的几部现代文学史,纯属偶然。二十世纪八十年代中期,地处天津的百花文艺出版社以天津师范大学图书馆馆藏民国通俗小说为底本,适时推出了一套“现代通俗小说研究资料”。在劫后不多的底本中,出版社选中了《津门艳迹》这部还能体现旧时天津风貌的作品,与刘云若的《红杏出墙记》、张恨水的《夜深沉》、耿小的的《滑稽侠客》等于1986年出版。岂料发行后大受欢迎,不仅行销全国,而且多次重印。一些现代文学研究者近年编写的现代文学史,在论述北派通俗小说时,由于资料掌握有限,纷纷以这几部小说为例。这样,《津门艳迹》也就“史上留名”了。

虽然与同时期津门通俗小说大家刘云若、还珠楼主、白羽作品相比,《津门艳迹》无论是谋篇布局,还是人物刻画,甚至在语言叙述上,均难望其项背,但由于作者在书中惟妙惟肖地再现了当年天津二道街、北门外、竹竿巷、侯家后、针市街、东浮桥及陈家沟子等繁华场所“混混儿”争斗的故事,故面世后还是名噪一时,形成热销。尤其是书中对天津人脾气与性格的描画,更是使沽上读者阅后顿生身临其境之感。如其中写道,河东陈家沟子李记渔锅伙因卖黄花鱼与海下来的鱼贩子发生殴斗,李记渔锅伙请“袍带混混”穆西楼前去“说和”,穆氏听罢原因却连连推辞:“不是海下人不好惹,实在海下人的性子没有咱这儿的人活动。他们说话,板上钉钉,只要是出了价儿,不能还价儿。再说天津人遇见嘛事,有前劲没后劲。……天津人遇见事,先闹炸毛子,一下子唬下去就算得了。唬不下去,自己先没劲了。海下人专会制卫里的人,你不是有前劲没后劲么,我给你们不紧不慢,格不住水磨的工夫。日子一长,卫里人把事搁凉了,全歇了心,人家这海下人才动手,你想这还有好儿么?”此话可谓是摸准了老天津卫人的脾气秉性。这种“有前劲没后劲”的毛病在今天不也还在我们“老乡”的身上出现吗?

除办报写小说外,李燃犀还拜师评书艺人海文泉,学说相声,擅演段子有《对春联》《羊上树》《六口人》《王宝钏洗澡》《六部大审》等。二十世纪四十年代初，李燃犀曾以票友身份参加在天津北洋戏院举行的名艺人相声大会，颇受欢迎。此后又在天津电台演播单口相声《王宝钏》《老冯卖鱼》《五福捧寿》等，亦受追捧。但他嗜酒如命，据说有一次酒后表演《戏迷杂学》，说到过摆渡，他想起了《打渔杀家》，于是就扯开嗓子放声大唱，唱到兴奋处，竟不管不顾，提起舞台上的椅子就往台下扔。由此，落了个“李疯子”的绰号。从保留下来的照片看，其长发蓄须，醉眼迷离，这正是他常年嗜酒的结果。

李燃犀（坐者右一）在相声艺人常宝堃（艺名“小蘑菇”，坐地者）拜师仪式上

李燃犀最受观众欢迎的段子是《王宝钏洗澡》，里边的经典名句就是“池子里王宝钏王娘娘有没有？”据说当年因此还引起了天津众多澡堂子老板的抗议，后经多方斡旋才得平息。表演之外，他还写有相声段子《抓张子》《奇席面》《人比菜》等。1943 年，他将舅舅戴愚庵创作的相声《化蜡扦》改编为相声剧《孝子》，并参与导演，上演后曾笑翻了天津卫。

由于只作“票友”不“下海”，故而他从不以说相声为职业，偶尔“票”上一段，也只为了消遣娱兴。据说有一次正“玩票”，碰到一个“踢场子”的。按行内规矩，艺人走江湖需拜师，没师承不能擅自“撂地”。当年相声场的桌上放着三物件：一醒木，二扇子，三手帕。但见此人上来按道上规矩将扇子横在醒木上，手帕往上一盖，就“盘道”：“你是哪门儿的，师父是谁？”李燃犀报出名号与师父后，那人一听立马傻了。好家伙，他比当时享誉平津的“相声大王”张寿臣还高出两辈！尴尬间，李燃犀却摆摆手让其走了。因为按行规，他的辈分高，那人踢了场子，要包赔他一天的收入。正是凭此秉性，李燃犀在道上走出了“范儿”。辽宁大鼓女艺人那月林初在津门登台，名弦师马涤尘找到李燃犀说：“六爷，那月林首次来津，您捧捧吧！”他说：“行！”随后便送了一个小花篮，下款写“大梁酒徒赠”。不久，几个天津“混混儿”见着他说：“六爷，您怎么捧那月林啦？她唱得太不怎么样啦，我们本想砸场子，可看见您送的那个花篮，我们就没敢哄！”此外，著名相声演员常宝堃收徒苏文茂，那份生死合同便是李燃犀写的。拜师会上常宝堃“请六爷讲几句”，他只说两句：“本事要长，毛病不要长。”

1949年后，李燃犀穷困潦倒，最没辙时还搭小评戏班演过《刘巧儿》中的无赖王寿昌。生活虽落魄，但从年轻时落下的酒瘾却丝毫不减，整日酒不离口。1966年8月，他于贫病中故去。其病逝前所写《天津的“混混儿”》《旧天津的婚礼习俗》等文章，目前已成为研究天津传统民风民俗难得之史料。据说其生前尚有在写两部表现旧天津“混混儿”害人的小说，其腹稿已成，但随着他的去世，也只能“胎死腹中”了。

旧津文坛故事多

严复等人在津首倡“小说界革命”

中国现当代小说的兴起与繁荣，源自二十世纪初年的“小说界革命”。

1902年11月，梁启超于日本横滨创办《新小说》杂志，其在创刊号上发表了被后人称为“揭开了中国小说史上新的一页”的《论小说与群治之关系》。此文开宗明义便讲：“欲新一国之民，不可不先新一国之小说。”并称“诸文之中能极其妙而神其技者，莫小说若，故曰：小说为文学之最上乘也。”在文章中，他发出激情呼吁：“今日改良群治，必自小说界革命始。”此文一出，文坛应者云集。对后世中国现当代小说创作与评论产生深远影响的“小说界革命”，由此开始。

严复在天津

然而，细查史料，我们便会发现，梁启超掀起的这场“革命”，绝非是他“先知先觉”使然。在此之前，视小说关乎国运民治之舆情便已蔓延，而且一些有识之士也已著文呼吁并且付诸行动。这其中，对梁氏影响最大也是迄今学界认为最早者，便是 1897 年底天津《国闻报》刊出的《本馆附印说部缘起》。对此，梁启超在 1903 年亦言：“天津《国闻报》初出时有一雄文，曰《本馆附印小说（说部）缘起》，殆万余言，实成于几道与别士二人之手。余当时狂爱之，后竟不克裒集。”

“几道”者，近代中国知识分子中真正“学贯中西”第一人严复（1854—1921）是也；“别士”者，乃为近代著名历史学家夏曾佑。本是一则报馆“启事”，却由此二君操刀写出“万余言”，还被梁启超称为“雄文”，《本馆附印说部缘起》在当年之分量，由此可见一斑。那么，此文到底讲了什么？其在当时及此后产生了何等影响？对此，我们还要从《国闻报》说起。

國聞報

華俄道勝銀行

刊发了《本馆附印说部缘起》的《国闻报》

1897年5月，严复、夏曾佑、王修植、杭辛斋等维新人士欲筹建国内首家维新派舆论平台——《国闻报》馆，几经考察，他们将馆址选在了当年华洋杂处的“天津紫竹林海大道”。作为天津地名，紫竹林现今已渐为人所忘，但在清末，它可是国内著名的几大“西洋景”之一。据史料记载，紫竹林原是一座寺庙，约建于清康熙年间，此后该地段被称为紫竹林村，它距天津旧城东南城角五里许。1860年10月，英、法两国胁迫清政府分别签订了《北京条约》，增开天津为通商口岸。随后，英租界、法租界便在天津出现。因两国租界都位于紫竹林村周边，故外文资料习惯称之为“紫竹林租界”。严复等变法维新人士最终将《国闻报》馆择址于此，也正是看中了“紫竹林租界”这一毗邻京都的清廷“法外之地”。

1897年10月26日（光绪二十三年十月初一），作为国人在津创办的首张中文报纸，《国闻报》面世。在其存续的两年间，除了力挺维新变革外，其另一突出业绩，便是刊发了直接导致随后“小说界革命”的《本馆附印说部缘起》。此文1897年11月10日开始连载，当年12月11日刊竣，前后历时一月有余。综观全文，便会发现，它应该是中国小说从古代发展到近代后，在其迈向现代的过程中，国人所发出的用西方进化论原理揭示小说内在机制与外在功用并将小说抬到与“经史子集”并重地位的第一声。对此，从以下三方面可以得到印证。

首先，《本馆附印说部缘起》一文将西方“进化论”的观点和“物竞天择”的原理，首次引入文学领域，并提出了“英雄”与“男女”是文学乃至人类的“公性情”之说。而所谓“公性情”，也就是我们今天所说的“人性”。其次，文章首次提出了小说是“正史之根”。严复等人认为，今日人情世态的呈现，就是来日史家所作史书的素材。小说具有鲜活地解构当今社会人情世态的功能，因此它就是将来人们书写真实历史（正史）的根据。最后，也是该文的最大贡献，便是发出了小说具有与“经史子集”同等地位的“离经叛道”之声。将小说家之“稗史”提升到“典籍”之列，可谓严复等人“石破天惊”之识见。这种对中国传统固有文化秩序的挑战与冲击，彻底颠覆了国人视小说为“丛残小语”而不登“大雅”之观念。也正是在此等观念影响下，梁启超等人随后便掀起了轰轰烈烈的“小说界革命”，使得小说的地位陡然上升，并一跃而为“文学之最上乘”。据日本汉学家樽本照雄统计，近代中国小说数量曾高达 19156 种，其中翻译小说约 5346 种，创作小说约 13810 种。而这其中，绝大部分是在《本馆附印说部缘起》一文刊发后出现的。

从上述史实可知，《本馆附印说部缘起》一文实乃发出了“小说界革命”之先声。它不但将传统中国不受主流阶层待见的“稗官小说”提升到了“典籍”位置，更是将西方的小说理念与范本引进了国门。从此之后，小说在中国文坛不但有了“头牌”之位，在经过一番曲折反复的“洗心革面”后，其更是以全新的“现代”面貌而矗立在中国文坛的潮头。

严修与还珠楼主登报寻稿

严修（1860—1929）为民初居津的教育名宿，其一生不但频繁办学、桃李天下，而且勤于著述，交游甚广，颇受时人拥戴。但也正因此，造成了他文事繁杂，友朋间烦请其题词、作序者络绎，甚至更有友人将文稿托其保管。如此诸事纷纭，出点“乱子”便也就难免了。

晚年严修

1918 年春天，严修就遇到了“乱子”——他将挚友的两部文稿弄丢了。为此他深感不安，情急之下，便想到了登报寻稿。于是当年 4 月 2 日天津《大公报》上就出现了一则《严修告白》：“亡友王君寅皆有亲笔文稿两本（三裁仿纸本），一曰《思罔斋文集》，一曰《劫后文存》。曩存敝处，今忽遗失，远近亲友及大小书坊，如有收得此两本者，恳即见告，愿以现银百元相易。”

稿本主人王寅皆名春滋，天津人，丁酉年（1897）拔贡，其为严修挚友，在办学兴教及新式学堂创建方面与严修志同道合。据严修日记记载，

1901年，严修等人“改定先人所设义塾课程,王君寅皆、林君墨卿、张君伯苓终日讨论学事”。1902年秋，严修自费东游日本，考察东瀛学校制度和设施。归来后其与王寅皆、林墨青等津门士绅掀起了一个兴学高潮，在不到两年内，他们集资将会文书院与问津书院改建为天津民立第一、第二小学。随后他们又得天津知府之令，废庙兴学，建起官立学校多处。在他们的带动下，一时间，津门新学之风甚盛。然而天不假年，就在王寅皆与友人致力新式学堂之际，却不幸中年早逝。

目前已不知《思罔斋文集》与《劫后文存》内容为何，但王寅皆喜欢作诗填词却是事实。据史料记载，其与赵元礼、王守恂亦为好友，三人皆喜欢诗词。从严修“告白”看，两文稿应为王氏亲笔誊抄的个人诗文集。尤其是后者，当是经过义和团战乱后的幸存之物。至于两文稿为何存在严修处，至今也未见史料说明。严修居于天津老城西北角文昌宫西侧严翰林胡同，据说拥有大院套小院约计百余间屋舍。经历了庚子之乱及列强攻城的王寅皆，怕自己心血之作再次遭劫，而存入天津士绅且拥有深宅大院的严修处，应该是符合情理的。然而正应了天津卫那句“怕嘛有嘛”之谶，越怕丢失结果就真的丢了。或许是王寅皆故后，作为生前挚友的严修，为了原其之愿，欲将亡友的两部文稿付梓，但在筹备阶段，忽然发现亡友的稿本不见了，其心急之情可以想见，于是我们就看到了报纸上的《严修告白》。弄丢亡友遗稿，不仅登报说明，并且还要以“现银百元相易”，这便是当年文人的操守，严修的君子之德亦由此彰显。

此事过去十五年后，天津报纸上又出现了另一则登报寻稿，而这次的失主则为民国著名武侠小说作家还珠楼主。

据1933年4月24日天津《天风报》上的还珠《徵求〈青藏番族志〉》一文所言：“青海为西北重地，康藏咽喉，甘新孔道，幅员辽阔，物产厚丰，山明水秀，沃野千里。顾以连年国家多事，国人徒致力于鸡虫之得失，作萁豆之相煎，对此神皋奥区，视为瓯脱，良可慨也！”在发完以上感慨后，还珠写道：“曩吴子玉将军方鼎盛时，不佞曾托友人致意，劝其注力西陲，上有《开发西北计划》一书，纲举甚详。当时颇蒙采纳，并派员赴甘向陆仙槎索取青海地图。洎地图取至洛阳，战祸旋起，吴亦无暇西顾；而甘肃陆军测绘局耗国帑巨万，费时四年而成之青海地图，亦随劫火以尽。”幸者还珠已留备份。“迨战事平定，不佞观旧日各院，暮气沉沉，令人闷损，遂辞职携图入青，实地考察，单人徒步，经行崇山广漠、人迹不到之区，备见彼邦之特异风俗人情，犹与中古部落时代无异。足迹数千里，阅时年半，遇险频数，卒草成《青藏番族志》一书，归来遍谒当道。旧日官僚，多尸居余气、书生之见，除收到许多虚伪之温言嘉赏外，一无成就。”无果情况下，还珠于“民十八供职傅宜生（傅作义）将军戎幕，乃以是书托王君小隐，登入《商报》。当时曾白王君，再三敦嘱，勿令原稿损失；及后王君有东北之行，不佞屡索原稿，迄今未蒙归还，未知是否散失”。

军人时期的还珠楼主

行文至此，还珠对王小隐颇为不满，遂于此文末发出带有讥讽的寻稿启事：“不佞诚不如费县博士之多文而贵，雅不愿将自己心血，平空虚耗，用借本‘风’，代为徵求。读者如藏有民十八《商报》十一、十二、一月合订本者，敢乞割爱，或赐借一抄。”至于酬谢，则非严修之“现银”，而是“拙著《蜀山剑侠传》六集”。

商务印书馆当年在津买卖多

1905年12月28日，天津《大公报》第七版刊出的一则广告，标志着以上海为代表的海派文学与文化正式登陆沽上。据这则以《上海商务印书馆分设天津金华桥北首》为题的广告称："本馆开设上海有年，向延名宿编译中西各种书籍、图画，颇蒙各学堂采用。兼售各国纸张、机器、铅字、铜模、油墨、照片铜版。精印书报、五彩石印等件，久荷惠顾。兹因诏废科举，振兴教育，本馆复加聘中外通才，编辑完善新书，以及教科各书图

商务印书馆在天津商业兴隆的大胡同选址开业

画，专备各学堂应用，以期大加推广，热诚学务也。”而卧于此广告中的“先行交易　择吉开张”八个大字，更是耀眼。

翌年1月5日，仍是该报该版，又登出一则消息：“上海商务印书馆分设天津金华桥，原名河北大胡同，丙午正月，择吉开张。”月余之后，吉日终至。《商务印书馆开市》的新闻终于在《大公报》第四版刊出：“上海商务印书馆在天津河北大胡同，金华桥北首设立分馆，已于二月十八日开张。一切仪器、图书、学堂应用之件皆备，亦书肆之巨观也。”至此，具有得域外文明之先的海派文化在津沽租界之外的中国地得以传播。虽然此前的天津文坛因受租界文化影响，已呈开放之势，但人们看到的具有现代气

天津沦陷时期的商务印书馆门脸

息的文学书刊与文化产品，多为舶来之物，而且其流通范围也仅限在各国租界之内。商务印书馆天津分馆的开设，不但让天津普通民众开始接触国人自创的与世界接轨的文学作品与文化设施，而且其带来的海派营销理念也迅速地改变着天津人的思维。

商务印书馆天津分馆的首任经理，为安徽籍总馆旧人朱皎如。此人

深谙总馆经营之道，头脑活络，精明能干。他受派来津独撑分馆后，迅速打开局面，不仅频登广告，更是扩大经营，很快便将天津分馆办成文学与文化的大卖场。如其所售商品已不只局限总馆所编辑的《汉译世界名著》《林译小说丛书》《严译名著丛刊》《简明教科书》《实用教科书》《共和国教科书》等书籍，以及《小说月报》《东方杂志》《教育杂志》《学生杂志》《少年杂志》《妇女杂志》《英文杂志》《英语周刊》《农学杂志》《留美学生季报》等十大期刊，而是兼营起了总馆制作及引进的众多文化产品。我们只检索其在《大公报》1919 年半个月内所刊广告，便会发现，该店在书刊之外的买卖甚多。

重建后的商务印书馆 1949 年后成了新华书店

5 月 16 日的广告是卖总馆“精制折扇、纨扇”——折扇分有“金玉、全漆、全粽、全檀、象牙、玳瑁等十四种”；纨扇“书画均就古今名人真迹影印，凡行楷、隶书、仕女、人物、翎毛、花卉、山水、博古，无一不备”。

6 月 1 日的广告是卖“自来墨水毛笔”——“此项毛笔系本馆所创制，将墨水注入笔管内可用至数日之久，携带既极简便，书写又极便利，实为自制各货中最称适用之品”。

6月2日的广告是卖“自制模型”——计有“矿物模型”“植物模型”“植物发生放大模型”“矿物结晶模型”等。产品均系总馆“延聘技师加工制造，凡学校必须模型，无不备具”。

6月2日另一则广告是卖“美国运动用品”——“各种最新网球、网球场界线带、网球鞋、各色篮球、各色队球、各色垒球、各种垒球用手套、游水翼、跑冰鞋、孙唐握力器、阻汗带、手腕皮护、跳鞋、跑鞋、足球鞋、手球、手球用手套、健身房用鞋。其它种类甚多，不及备载。以上各品均新自美国运到”。

6月3日的广告是卖“人体模型”——计有“人体解剖模型”“人体骨骼模型”“桌上人体模型”“人体内各种模型”等二十余种。“上列各种模型皆由本馆自行设厂制造，形状毕肖，质地坚固，较诸外洋出品并无逊色。”

6月3日另一则广告是卖“自制墨水”——计有红色、蓝色等不同包装。“上列各种墨水皆由本馆自制，色泽鲜明，浓淡得宜，与外来者直无丝毫之异。”

6月3日再一则广告是卖“地球仪”——计有“复转地球仪”“各式地球仪”“地形模型”“地理教授模型”“地质构造模型”“矿山模型”等。“上列各种模型及地球仪实为学校必须之品，本馆特行设厂制造。”

6月9日的广告是卖“仪器文具”——“本馆前于上海宝山路印刷所内设立制造厂，延聘专门技师制造各种仪器、文具，已成者计得二千余种，兹为约列如下：理化器械（五百七十余种）、博物器械（一百余种）、测绘器械(九十余种)、标本模型（二百四十余种）、文房用品（六百四十余种）、音乐器械（五十余种）、体操器械（一百十余种）、玩具恩物（一百八十余种）”。

7月14日的广告是卖“印机、铅字”——“此外尚有磨铅皮、铸字、裁纸、刨铅线、切书、裁版、打洞、烫金、切纸版、铁丝钉书、烘纸版、包扎，浇铅版、轧墨等机器”。

而10月5日的广告最为“霸道”——“京汉、津浦两路之广告均由本馆一家经理，凡客车内、客室内、月台上、轨道两旁一切广告均可代为装设。”

从以上广告可知，当年文化、体育产品的经营平台极少，书店、书局恰恰填补了这一空白。而商务印书馆作为当年出版发行业的龙头老大，其生产、经营范围已涉及了众多文学与文化产业。总馆如此，分馆亦然。

胡适在津访友考“红楼”

1921年的胡适。这一年4月30日他来到天津访友访书考“红楼”

1921年4月30日至5月1日，新文学发起人之一胡适(1891—1926)应天津青年会之邀，由北京赴津参加“旅津全国校友联合会”成立大会。居津两日间，除了出席大会晚宴并发表演说外，其余时间大多用于访友访书及考证《红楼梦》。对此，其于日后补记的日记中，均有详细披露。

据胡适日记记载，4月30日，上午“八点，上火车，去天津”。“到天津东站下车，王镂冰先生(瑾)来接，同到他家吃饭。同席的是魏冲叔(易，即与林琴南合译小说的)、吴清泰先生(曾在梅溪教英文)、罗光道先生(鑑龙，曾译E.R.Dawson的*The Causation of Sex in Man*)、董显光先生(英文《密勒评论》的北方编辑人)、戴练江先生(新学书院的国文主任)、王治平先生(青年会干事)、高朗夫先生、喻鑑先生。”席间,“魏冲叔对于新文学的运动颇有问难,我一一答辩了,他颇满意。罗光道也略有问题,但他读书太少,所问都不甚有理,我也一一答了。”胡适认为:“这一席的人也可算是天津良健分子的一部分的代表,但领袖人才终不易见。主人王镂冰似是一个可以有为的人,颇沉默,架上颇有些书。”胡适的眼光不错,王镂冰此时任职顺直水利委员会,几年后便参与创办并主持了在华北赫赫有名的《庸报》与《商报》,同时受聘南开大学总务长。

当日下午四点,胡适在南开中学教务主任喻鑑的陪同下,来到南开大学。据胡适后来回忆:“张伯苓先生与凌冰先生都不在。伯苓在华园洗

书斋中的胡适

浴,在电话上邀我后天演说,我没有答应。”随后,他来到青年会休息,此时“李广钊先生来,凌冰先生来,张伯苓先生来”。晚上“七时,赴旅津全国校友联合会的成立大会宴”,并做了“个人与他的环境”的演说。

翌日，胡适“早起，江泽涵来谈”。胡适是江泽涵的堂姐夫。1919年初，胡适回乡省亲，对江颇欣赏，遂将其带到北方求学，当年夏天江考入天津南开中学，其仅用三年时间就修完中学全部课程。此刻他来见胡适，是与堂姐夫商量毕业后的升学问题。具有包容心态的胡适没有逼他选择文科，而是根据他的爱好劝其报考南开大学数学系，投奔中国近代数学先驱姜立夫先生。1922年，江如愿升入南开大学数学系，师从姜立夫教授，后成我国拓扑学研究的开拓者之一，并长期担任北京大学数学系主任。

送走江泽涵，胡适于上午“十时，去访严范孙先生(修)。他病了一年，现在用杖可以动了。说话时，他的精神还好，这是很可喜的事。我问他天津图书馆中的《楝亭全集》是否他的书，他说不是，想是傅沅叔先生当日经手买的。他问我为什么要查此书，我因告诉他我与顾颉刚因考证《红楼梦》而牵涉到曹寅的历史。他很高兴，我就把我的考证稿本及颉刚几次来信都留下给他看。谈了一会，我就走了”。随后，胡适紧赶慢赶，在“十一时，访凌冰先生及其夫人。李广钊先生也来，就同在凌家吃饭。又访在凌家住的姜蒋佐、锺心煊两先生。锺先生治生物学，姜先生治数学，皆今日之学者”。姜蒋佐即姜立夫。事情有时就是这样巧合，胡适刚刚劝江泽涵投奔姜立夫，此刻便与姜不期而遇。至于二人是否谈了江泽涵的升学问题，因胡适日记没有披露，现在已无从稽考了。

下午一点半，胡适离开凌府，赶到“太和里看范静生先生，他不在家，投片而去。二时一刻，到河北天津公园里的图书馆”，阅看《楝亭全集》，并由此得出《红楼梦》作者曹雪芹祖父曹寅“兄弟的禄田在顺天府管下武清、宝坻两县之间。曹寅的禄田‘在宝坻之西’，与东皋相近，当在香河的南边，离北京不过一百多里”的结论。黄昏时，胡适在友人陪同下，到北郊郊游。“郊外春色甚好，昨夜新雨后，树叶怒放，地无飞尘，我们竟不像在尘污的天津了！”

晚上“六时，访程伯辉，他家里有朋友玩牌”，胡适没有久留，很快于“六时半，到江南第一楼，赴李广钊先生之约”。同席者，有张伯苓、凌冰、姜立夫、锺心煊、史泽宣诸人。饭后，众人意犹未尽，仍在畅谈，而且“颇及时事”。夜归后，胡适“心里略有所感，竟不能安睡。梦中似遊北京万牲园中的四烈士冢，大哭而醒。醒时，捩开电灯看表，正当一点钟。枕上作一诗，用铅笔抄出，方才睡好”。夜间又得严修有关《红楼梦》作者信息函，遂连夜回信求教。

转天早上，胡适“九时上火车，九时二十分开，十二时到北京”。

以上便是胡适在津两天的活动，可谓安排紧凑，“马不停蹄”。但就在这紧张的演说及访友访书中，他在学术上仍有重大发现，那便是依据天津图书馆所藏《楝亭全集》，他作出了“曹寅的生年当在顺治十五年戊戌(一六五八)”；“曹寅的生日为九月七日”；“曹寅的死年当在康熙五十二年(一七一三)闰五月以前”；曹寅任两淮巡盐御史的时间及曹雪芹作《红楼梦》的年代，“当在乾隆十年与十五年(一七四五——一七五〇)之间”等一系列考证，并由此奠定了他作为“新红学”考证派第一人的地位。

还珠楼主与尚小云“艺结金兰”

与尚小云结拜时的还珠楼主(李寿民)

1928年暮春的一天傍晚，地处天津法租界马家口福煦将军路(今滨江道)福厚里的春和大戏院(今工人剧场,已拆除)内,座无虚席。被时人誉为“伶界四大金刚”之一的京剧名旦尚小云(1900—1976)正在旅津献艺,当天贴演的剧目是《昭君出塞》。尚那刚健挺拔、潇洒大方的台风与节奏鲜明、铿锵有力的唱腔不时博得满堂喝彩。

台下三排的一个包座上,一位身着蓝布长衫的青年正聚精会神地看着演出。每当尚唱到精彩处,他总会忘乎所以地领头叫“好”;有时他又蹙眉凝望,似在若有所思;也有时他还会从袖口里变出纸笔，悄悄地记上几笔。此时台上的尚小云也在琢磨:“台下这位穿大褂的是谁啊? 我的戏,他怎么一场不落呢? 看他那时而喝彩、时而深思的表情,应该是个行家。可是他时不时地又在记什么呢? 呦! 别是哪儿的访员在记我的毛病,回头再在报上骂我吧……”

又一个夜晚,当开场锣响后,那个青年再次坐到包座上时,一个茶房弯腰送过一碗茶水,并悄悄说:“这是尚老板让送的。他请先生散戏到后台叙叙。”

终场锣鼓响了,青年人疾步走向后台。此时尚未卸妆的尚小云正手持小茶壶喝着滚烫的茶水,见他到来便一边招呼跟包备茶,一边迎上前握手问道:“敢问先生大名,何处发财?我的戏您怎么场场必到呀?”

“我叫李寿民,在报馆做事。自小喜好听戏,在各位名家中,最喜欢您的戏。不知尚老板找我有啥子事?”青年人急促而又虔诚地用四川话答道。

“尚某有一事不明,您听戏怎么还在纸上写写画画呢?”尚小云见他果真是报馆的,而且一脸不安,一口川腔,便单刀直入,径奔主题了。

李寿民没想到尚小云会有这个疑问,他忐忑地说:“本人对史书和戏词都感兴趣,我是在记尚老板唱词中的典故,回去好与史书互证。”

尚小云听罢,仍是狐疑,遂又急问:“那李先生能否对尚某的戏词和表演做一番评价?”

李寿民想不到这位誉满大江南北的一代名伶竟是如此谦虚,他在感动之余,便也就以诚相见:“戏词都是老祖宗留下的宝贝,本人不敢妄评。倒是对尚老板的表演,略有一二心得,说出来您别见笑。一般人只知武戏要文唱,却不知文戏也要武唱。其实,它们的道理是一个,就是讲究动静、冷热、刚柔、急缓的结合。武戏文唱,可避免过火;文戏武唱,可防止太温。不火不温,入情入理,才是好戏。譬如这出《昭君出塞》,尚老板的表演,能够做到文戏武唱,这正是秀出班行的独到之处。若是再多排些可供武唱的文戏,那就更好了。”

尚小云听罢,眼睛顿时亮了,颇有相见恨晚之态。他紧紧握着李寿民的手说:“李先生所言极是。看来您对梨园行研究很深,但不知李先生肯不肯屈尊为尚某写些本子?”

“本人不才,但尚老板若不嫌弃,我倒愿意一试。其实就刚才这出《昭

尚小云主演根据还珠楼主同名小说改编的京剧《青城十九侠》

君出塞》，如果对有些唱词与表演略加改动，那文戏武唱的特点就更突出了。我老家川剧中也有昭君戏，叫《汉贞烈》，在这方面较有特点，我可以结合着试写一稿。”李寿民激动得有些不知所措，唯恐尚小云变卦，忙又找补一句：“一周后我给您送来！”

三天后，李寿民便将已易名《汉明妃》的《昭君出塞》修改本，送到戏院后台。尚小云仔细阅罢，深为剧本的扩展与几处增删拍案叫绝。他拉着李寿民的手说：“就是您了！尚某今后的戏，还望李先生多多费神。新戏您写，老戏您改，咱哥俩这叫缘分。”

以上便是由四川省长寿县（今划归重庆市）辗转来津谋职，此刻正在天津《大公报》馆任编辑的文学青年李寿民与京剧名旦尚小云的初次相

元興茶莊
電話改裝自動機樓上批發部電話二三七五五 樓下門市部電話二三七五四
天津地址北門外
法租界馬家口
春和大戲院
今日準演
戲劇專刊
第一六三期
THE WORLD OF DRAMA
No. 163.
尚小雲（後排中立者）新排花蕊夫人最精彩之一幕 ◦還珠樓主贈刊◦
花蕊夫人 寥心
▷名伶尚小雲「花蕊夫人」裝像◁ ◦還珠樓主贈刊◦

尚小云演出还珠楼主编剧的《花蕊夫人》剧照及相关报道，刊于1931年10月3日《北洋画报》，文字由吴云心撰写

识。但让尚小云怎么也想不到的是，几年后，就是眼前这个貌不出众甚至略带迂腐的青年，竟以“还珠楼主”的笔名在天津开笔写出了一部名震大江南北的神怪武侠小说巨著《蜀山剑侠传》。不但此作连写17年、出书55集、达450万言而未终，而且其一生共撰武侠小说四十余部，总字数高达1700万言，并由此而成为民国武侠小说大宗师——但这已是后话。

当下，李寿民也确实没让尚小云失望，经他手整理扩充的《汉明妃》，经尚小云凭借精湛演技再度出演后，立马轰动菊坛。在此后的几年，他又连续为尚小云编写出多部适合尚派特点的新戏，如《芙蓉镜》《花蕊夫人》《林四娘》《白罗衫》《前度刘郎》《空谷香》《绿衣女侠》《比目鱼》《龙女牧羊》《虎彩飞仙传》《荒山怪侠》《青城十九侠》《卓文君》《北国佳人》《九曲黄河阵》《九阳钟》等，并再次为尚改编整理了《乾坤福寿镜》《梁红玉》等传统戏。此外,在尚小云应萧长华之约,帮忙整顿富连成科班时,李寿民又应尚之约,专门为班中名丑叶盛章编写了丑角剧本《酒丐》(即后来台湾电影《大醉侠》的原本)。实际上,从 1928 年到 1933 年这五年间,身居天津的李寿民,已成了尚小云名副其实的专职编剧。

尚小云与李寿民不但在京剧艺术上珠联璧合、合作默契,而且还秉性相近、脾气相投,均为侠肝义胆的性情中人。他们二人自 1928 年春天在津相识,相知相交四年后,终于在 1932 年的春天,换帖相拜,结为金兰之好。

洪深“隐居”津门创作《农村三部曲》

洪深(1894—1955)是中国话剧与电影奠基人之一，其在二十世纪二十年代创作的话剧《赵阎王》《少奶奶的扇子》，曾轰动沪上享誉全国。1931年春天，就在他任编导的中国首部有声电影《歌女红牡丹》于各地陆续上映、好评如潮之际，他却突然从上海滩神秘消失了。不但任职的上海明星影片公司难觅其人，就是沪上经常相聚的一干密友亦不知其踪。

1931年4月14日《北洋画报》发表洪深来津自述

一时间，洪深去向成了海上文坛艺林中人纷纷猜测之谜。谜底是被当年4月9日天津《北洋画报》捅破的，据这则《洪深来了》的消息称：“电影家而兼戏剧家之洪深氏，于日前来津就大陆银行秘书长职。星期三上午曾出席大华饭店之联青社聚餐会演讲‘中国电影事业’，当晚并在致美楼招待报界。”

对这次聚餐演讲，4月11日名记者吴秋尘在《北洋画报》上有详述：“八日午，初晤洪氏于大华，因与谈影界事，记其谈片如下：'中国影片，确有相当成功者，第不如不成功者之多耳。以个人所知以《爹爹爱妈妈》为最佳。所有之电影女明星，前有杨耐梅，后有胡蝶，余不足论。因二人容光姿态，变化无穷，表情更多独到之处，饰贫、富、老、少、悲剧、喜剧，无不相宜。男明星则以演《一脚踢出去》之龚稼农为最佳，龚之貌不如朱飞、王元龙；而朱王只是朱王，不是剧中人，龚则确乎是剧中人，作戏是很卖力气的。《歌女红牡丹》有声片，成绩尚好。虽不能谓为够得上艺术，但至少可以赚得观众之眼泪。对话全用国语，主演之胡蝶，因幼居北方，故国语颇娴熟而动听。'"

其实洪深此次宴请津门报界并发表演讲，实乃出于无奈。据其4月14日在《北洋画报》曝料云："我此次到北方来的理由，一是因为在上海住得太久，认识的人太多，生活太复杂，太不能够清静了。二是因为这几年来，我身体忽然发胖，重到一百八十六磅，每天老远地跑到真如和江湾去，还要演讲好几个小时，实在受不住。我从上月十八到了之后，原希望过一种比较安定、有规则、清静的生活。一方面忠勤于我现在所做的职务，一方面得到一点空闲的时间，将于从前所买而未读的关于艺术文学的书，从容地阅读一下，并将历年所编写而未曾完工的文稿，整理一番。决不欲再做一个公众注意的人，最好是完全没有人知道我来。"然而"还不到一个月，我已经是失败了"，其原因则是"因为我喜欢吃。赵道生先生，不是就在起士林门口，当我低头疾趋故意走避的时候，一把拉住我的么！其余在紫竹林北安利等处，都总遇见老朋友旧同学，他们不会不传说出去，所以渐渐人家都晓得'洪深来了'"。

在此文中，洪深还纠正了他在津的"任职的地方，绝对不是大陆银行。我的地方，不愿意在报上宣布"，因为这"也是胖子在疲倦的时候，保护自己的一种心理。说我在大陆银行任职，是错误的"。至于真实的任职处所，他虽然不说，但吴秋尘却在此前已于报上订正为"任大陆公司(前报误为大陆银行)秘书长"。

文章最后，洪深写道："总之，我现在是个极安分，极需要清静的人。

请社会上人，从我的艺术作品中认识我，了解我，而不要注意我个人。”

洪深《农村三部曲》之一《五奎桥》手稿

洪深此次居津时间并不长，由于身份暴露，天津也“不能够清静了”，于是他在当年夏末便返回上海，重新投入到话剧、电影的创作中。但即使这样，他在津还是有所收获的。因为从 1930 年冬到 1931 年秋，他相继完成了独幕剧《五奎桥》和三幕剧《香稻米》的创作，此两剧加上他在一年后写出的《青龙潭》，构成了其一生话剧创作的代表作“农村三部曲”。而客居津门的这段时间，应该是他写作、整理《五奎桥》《香稻米》的时光。

邵冠祥殉难海风社

邵冠祥等海风社成员编辑出版的《海风》

1937 年 7 月 27 日上午，天津水产专科学校应届毕业生邵冠祥，背着行李，匆匆从地处河北铁道外的学校赶往老龙头车站，欲乘火车去塘沽，再转搭翌日开行的海轮回浙江舟山老家探亲。然而阴差阳错间，竟错过了当日上午的班车。随后他得知，就在几小时前，已侵入天津的日军先头部队控制了车站。邵冠祥似乎预感到了危险，为避人多眼杂，他又匆匆返回学校，打算改乘下午的车次出走。岂料刚刚吃过午饭，几个日本特务便来到学校，在确认邵冠祥就是海风社主持人后，随即将其抓捕。与此同时，海风社另一主持人曹镇华也在街头被日方捕获。三天后，随着天津沦陷，二人惨遭日军杀害。

对此，当时既是天津《益世报》副刊“语林”版主编，又是海风社成员的老报人吴云心晚年曾有如下追忆:“邵冠祥为举办纪念鲁迅的集会,被日方搅了会场,邵随后遇难。(当时情况是,邵为组织纪念会,经人介绍,借得河东特别二区市立二十九小学——圣慈庵小学,今河北区建国道民主剧场以西。会开了不久,有两个日本人进来,自称日本人也很崇拜鲁迅,因此也来参加,并问主持人是谁。邵无法拒绝,只好让了进来,会便草草散了。次日,邵在寓所被绑架。后来他终于牺牲在日人之手。与他同时牺牲的,据说还有诗人曹镇华。)海风社从此结束,不久,天津即告沦陷。”

那么,身为青年学生的邵冠祥和小学教师曹镇华是因何遇难的呢?难道仅仅是因为纪念鲁迅?海风社又是个什么组织呢?其为何遭到日本人如此仇视?这一切,还得从两年前说起。

1935年,19岁的邵冠祥由故乡考入天津水产专科学校。由于少年时期是在湖光山色的杭州度过,或许天堂美景早已滋润了这个文学青年的情思,在负笈津门之前,他已开始了新诗创作。迨至来到天津,他更是意气风发,诗如泉涌。然而此时的天津不比杭州,它已成为中日较力最为紧张的地方,大有山雨欲来风满楼的意味。面对着民族的生死存亡,邵冠祥热血沸腾,他一反往昔的抒情咏志,而是以笔为枪,写出了大量救亡图存的诗篇。对于这种转变,他在后来出版的诗集《白河》自序中曾言:“由于所取的题材,证明我另一倾向的开始。”很快,他的身边便聚集起了一批年轻诗人,并发出了时代的呐喊。翌年初,邵冠祥受邀主编天津《庸报》副刊“诗讯”,他先后推出了王亚平、江岳浪、虹飞、曹镇华、白莹、徐寿云等众多平津青年诗人的激昂诗作,为沉寂的津沽文坛带来了一股清新之风。此时,他已成为天津新诗歌运动的带头人。

1936年9月,为了将松散的沽上诗人凝聚起来,共同肩负起民族救亡的责任,邵冠祥发起成立了日后在民国北方诗坛颇具影响的海风社。作为主持人,他和诗人曹镇华以实名向天津市政府进行了登记申请,这也为他们二人后来遇难埋下了伏笔。诗社成员包括王余杞、张秀亚、白莹、简戎、徐寿云等二十余人(1937年5月已发展到五十余人),并下设事务股、印刷股、发行股、宣传股。10月10日，代表着海风社救亡倾向的《海风诗歌小品》杂志创刊。其作者除海风社成员外，当时国内著名作家、诗人如田汉、蒲风、王统照、臧克家、刘白羽、王亚平、雷石榆、徐中玉、林林等，也纷纷加盟。一时间，《海风诗歌小品》成了平津地区抗日救亡文学作品的重要阵地。据当年海风社成员吴云心后来回忆："海风社每周在徐寿云处集会（上海新华银行天津分行，在天祥市场北面，今长春道），我和王余杞也经常参加。这样的集会，也就是革命文艺青年的初步组织所谓'读书会'了。他们在1936年10月出版了《海风诗歌小品》，又出版了一个杂文刊物《孟子》，发表诗歌和小品文，以团结抗日为主导思想，和北平青年作品的旨趣是完全相同的。"

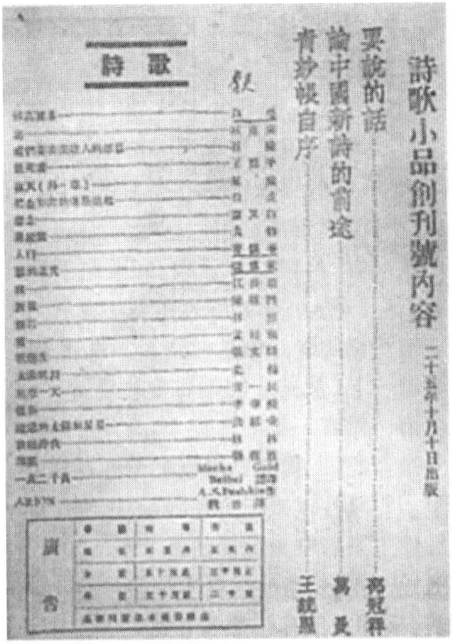
詩歌小品創刊號內容
二十五年十月十日出版
要說的話……邵冠祥
論中國新詩的前途……葛曼
青紗帳自序……王統照

《海风诗歌小品》创刊号目录

要說的話 邵冠祥

邵冠祥为《海风诗歌小品》所写创刊词

1937年初，海风社与天津草原诗歌会、北平黄沙诗歌会、南京我们诗歌社、苏州诗歌作者协会、山东齐飞诗会、上海诗歌青年社、广州今日诗歌社、江阴风沙诗会、青岛诗歌出版社、湖州飞沙诗社等国内14个诗歌社团，联合发起成立了中国诗歌作者协会，呼吁全国诗人联合起来，为争取中华民族胜利而创作“国防诗歌”。当年 5 月 30 日，由邵冠祥等人发起的天津文艺座谈会召开，天津各文艺社团的代表、作家共三十余人参加，决议将海风社“作为将来新组织的基础”，并推举邵冠祥、曹镇华、白莹、简戎、余秋阳五人为筹备委员。史家称这次会议“标志着天津文艺界抗日民族统一战线的形成”。7 月初，以海风社为主要成员的中国诗歌作者协会天津分会在北宁公园成立。作为执委，邵冠祥、曹镇华等人向全市民众发表宣言称：“我们要毫不犹豫地肩负起民族兴亡的责任！我们更将以笔代口地高声呐喊，在广大的读者群中散播下救亡的种子，集合起我们微弱力量，担当起一份实际工作……”

尤其让我们不能忘怀的是，邵冠祥在 1937 年《诗歌杂志》第二期上发表的新诗《九月的夜》，经著名音乐家吉联抗谱曲后，在抗战之初曾被人们广为传唱，成为当时著名的抗战歌曲。1938 年 9 月 1 日，汉口短波广播电台和汉口广播电台同时推出预告，此后每逢周二、四、六“广播各种戏曲，以增强各地民众的抗敌情绪”。而当天晚上播放的，就是《九月的夜》。

邵冠祥与海风社的行动，早已引起在津日本领事馆特工的注意。随着日军对天津的步步近逼，恼羞成怒的日本特务终于凶相毕露，于是便出现了本文开篇那悲壮的一幕。

白羽为何在“自传”中“装疯卖傻”

1939年，白羽整40岁。前一年二月，一部《十二金钱镖》开始在天津《庸报》连载，其轰动效应让他迅速由津沽“名记”变身为著名武侠小说作家。此刻，他的作品在华北乃至全国都炙手可热，大名如日中天。然而，就在《十二金钱镖》连载如火如荼，其“钱镖系列”接踵推出的1939年底，40岁的他却暂退“江湖”，急不可待地写作并出版了自传《话柄》，而且通篇自讽自嘲，全书“装疯卖傻”。这是为何？

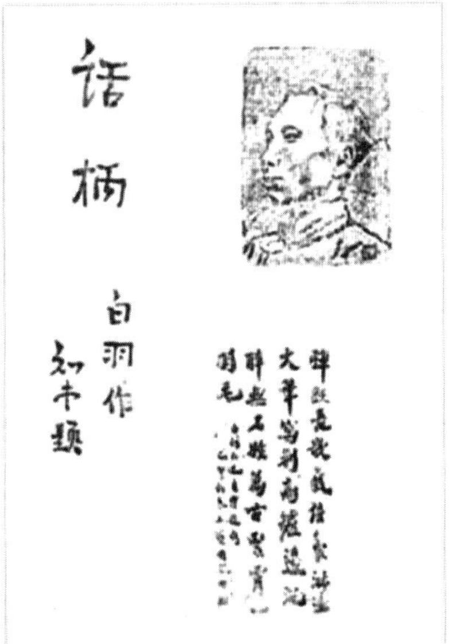

《话柄》1939年初版本封面

其实，40岁的白羽为何要写自传，他自己在《话柄》自序中已有交代：“现在环境又教我写自传了。今日之我哀乐中年，饱经世故。回想从前种种，令人汗下。”但在今天看来，这也不完全是实话，这里除了“现在环境又教我写自传了”是句话里有话的实话外，其余均为说了等于没说的“障眼法”。那么是什么“环境”教白羽写自传的呢？他又为何将自传写得如此颓废，如此狼狈呢？白羽在《话柄》里没讲，于是人们便颇费猜疑。

此谜一拖便是十年。直至1949年底，深感“换了人间”的白羽在处境尴尬、诚惶诚恐中，终于开始自揭谜底了。这年秋天，出任刚刚成立的天津市人民政府文化局局长及市文联主席的新文学家阿英，在津创办了中共执政后的全国首家文艺小报《星报》。在组稿时，阿英强调千万不要冷落了旧艺人与旧文人。而在旧文人里，他慧眼独具地选中了民国时期蜚声全国的社会言情小说作家刘云若与社会武侠小说作家白羽。于是1950年2月16日，在《星报》创刊号上，白羽又与读者见面了。但这回白羽的作品不是武侠小说，而是一部既像检讨又像回忆的自传《生之磨炼》。就在此文中，他首次披露了十年前写作出版《话柄》的真实原因：“他（白羽）身在沦陷区，写起了技击小说了。……正是铅一般的滑稽，大日本皇军的刺刀闪着光，白羽伏案拈笔而写游侠，‘户外风沙亦浑忘之矣’，显见是装点门面的假话。民国二十八年冬，感到空气紧迫，敏感的写了一本《话柄》自叙传，摆出颓废的面孔，以示无他；‘四十而无闻焉，死亦不足畏也已！’把七口之家的小照全登出来，以欺骗‘大东亚圣战’的英雄们。果然‘友邦’的狗不再来嗅了。”“这样‘鬻文办学’，印卖小说糊口，谬托‘劫余病骸，与世无竞’，一直混了八年”。

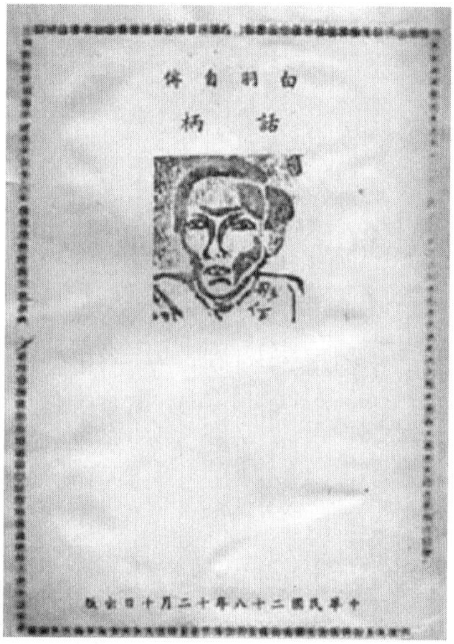

《话柄》扉页上的“病态”白羽

至此，我们已洞悉了部分谜底。十年前，白羽话里有话所言的“环境”，便是指1939年的冬天，他深感“空气紧迫”，“‘友邦’的狗”经常来“嗅”。而为了免除这种“环境”的骚扰，他便“敏感的写了一本《话柄》自叙传，摆出颓废的面孔”，以达到“谬托‘劫余病骸，与世无竞’”之目的，并且还“把七口之家的小照全登出来”作“人质”，以迷惑日伪当局“既然活到四十都未闻达，那么生死对我来说已无所谓”，本人现在实在不想闻达，只想除了“‘鬻文办学’，印卖小说糊口”外，就是“老婆孩子热炕头”地混日子了。结果，“‘友邦’的狗”果然“不再来嗅了”。

通过以上自述，白羽虽然回答了其 40 岁为何要写作出版这部既颓废又狼狈的自传之因果，但对“空气紧迫”，“‘友邦’的狗”经常来“嗅”这一“环境”生成的具体原因，仍是语焉不详。好在文史学者李辉近年的一个“偶然”发现，或许能够对此有所弥补。据李辉披露，某年某月的某天，他在某图书馆曾见到过一本馆藏的白羽自传《话柄》，“此书居然是宫白羽本人的藏书。在扉页和第 15 页空白处，有他在 1949 年 6 月 22 日用钢笔写下的两大段话。在这两段话中，宫白羽对他在‘大日本皇军’的孽威下仍然卖文糊口颇为内疚，自视颓废。……兹引一段如下：抗战期间，困居津市，用白羽为假名，‘鬻小说以糊口，办小学以宅心’，谬为颓废，苟自韬晦。掩护地下工作，略尽天职。书贾盗印案起，匿名揭穿，谍探钩稽四邻，遂感危迫。不得已，廿八年冬，作话柄自传，一文丐耳，以自表白，佯示无他。又将阖家七口小照揭登卷头，暗示不逃，幸而获免。”

《话柄》插页中的“白羽七口之家”与“白羽三儿女”

虽然李辉发现的这段“自述”，让我们对白羽在当年写作自传的“环境”与目的有了进一步了解，但此段话无意中却又为我们留下了新的谜团，那就是何为“掩护地下工作，略尽天职”？何为“谍探钩稽四邻，遂感危迫”？对此，到目前为止，我们尚未发现白羽有更详实的文字表述。能够再次深解此谜者，则只有听听白羽哲嗣宫以仁先生那“死无对证”的“口述史”了。

以仁先生生于1930年，到白羽深感“空气紧迫”的1939年冬，他已年近10岁，已经如其所言“可以看懂并记住事”了。在一次交谈中，他给笔者讲了以下故事：“《十二金钱镖》连载不到半年就火了，我父亲一看，写武侠确实能赚钱，就和帮他设计武打招式的郑证因说，现在兵荒马乱无处谋生，咱俩一块儿写武侠，多开几部连载，完了再出书，稿费和卖书的钱或许就能养活我们了。他们说干就干，很快‘钱镖四部作’就分头连载了。让我父亲想不到的是，小说的畅销和影响力，引发了不法书商的疯狂盗印。起初我父亲并未在意，但后来越盗越多，我父亲急了。于是他假冒报馆记者，写了一篇采访投给主管部门予以检举，岂料此文弄巧成拙，引起了日伪当局的注意，他们根据文章线索很快便查到我父亲在沦陷前曾任职天津社会局，有从政经历，同时还办过通讯社，作过多年记者，社会关系熟络，当然，最重要的，是眼下他已成著名作家，有很高的知名度与号召力。于是，我父亲的文友何海鸣登门了。他是附逆报纸《庸报》的社论主笔和文艺部长，我父亲成名作《十二金钱镖》便是他命名并拉到《庸报》连载的。此刻他已被日伪当局内定为伪新闻记者协会理事长，他是来游说我父亲出任副理事长的。在遭到拒绝后，他仍不死心，记得还来过三四次。后来，他不来了，天津伪新闻管理所所长阎家统来了，于是我父亲除了外出躲避便是装病。再后来，连《庸报》编辑局长日本人坂本桢及新闻管理所顾问竹内都来了，并以武力相威胁，还派日伪特务向邻居打探我父亲的行踪。我父亲见实在躲不过，便绝食几天，让本就瘦弱的身子更瘦，面色更难看，并时常装疯卖傻。日伪当局见他软硬不吃，身子板又如此虚弱，便暂时放过了他。我父亲坚决不任伪职，一方面是出于中国人的良心，另一方面则是有难言之隐。与我父亲有着十多年交情的文友郭云岫是国民党地下抗日人员，此时他就住在我家，以我父亲小说发行代理人的身份为掩护，从事抗日情报工作。对此，我父亲心知肚明。他也是怕郭云岫暴露，才装疯卖傻唬弄日本人的。”

综合以上史料，白羽在40岁写作并出版自传的真实原因与完整始末，便彻底清晰了。同时，也得到了《话柄》为何写得如此颓废、如此狼狈而又如此自讽自嘲的答案——一出生便是“纨绔子弟”；军官之家因丧父而倒霉；笔尖下讨生活却总是受骗受穷；进了政府机关却不务正业去搞“婚外恋”；办通讯社当记者被累得吐了血；写武侠小说纯粹是为全家混饭辙……而这一切，都是为了告诉日伪当局：本人是个胸无大志且玩世不恭、不务正业的纨绔子，千万别指望我能为你们做什么，何况还有七口之家的拖累，我也确实不敢做什么……

郑证因与白羽首次“分手”内幕

创作《十二金钱镖》时的白羽木刻像

民国时期生活在天津的著名武侠小说作家白羽与郑证因是好友，而且是有“故事”的好友。

多年来，人们熟知的，是天津沦陷后白羽在《庸报》连载武侠小说《十二金钱镖》，因“不懂武术”，遂邀既是好友又是“练家子”的郑证因帮忙设计武打招式，白羽则为郑氏修改其武侠处女作《武林侠踪》的文字——郑证因文化不高，文字功力较弱。但不久郑证因便因另有“办法”，在送给白羽几本拳经剑谱后便赴北平经营“生意”去了。

这是二人的首次“分手”。然而关于“分手”原因及郑证因在北平经营何种“生意”，目前人们却是知之甚微，见诸文字者，更是语焉不详。对此，笔者曾询问过白羽哲嗣宫以仁先生。以仁先生开始也是遮遮掩掩，欲语还休。在笔者不断追问下，以仁先生终于说出了谜底：“他在北平开了一家大烟馆。当时他住在我家，帮我父亲设计《十二金钱镖》中的各类武打招式，正在关键时刻，他北平的朋友非叫他过去。我父亲当时还劝他说：‘现在兵荒马乱，你就别想着做生意了，咱俩一块儿写武侠多好。’但他去意已定，留下几本武术书籍就走了。当时《十二金钱镖》中‘飞豹子’劫镖刚刚得逞，后面更大的一轮武林争斗尚未展开，我父亲当时对绿林道上的事还不十分清楚。无奈之下，他只能另起炉灶，推出了‘杨柳姻缘’。岂料歪打正着，一下子吊起了读者的胃口，因为写社会市井毕竟是我父亲的长处。他们老哥俩的这次分手，我记得很清楚，那年我已经八九岁了。”

协助白羽写作《十二金钱镖》时的郑证因

对此，在白羽自传《话柄》中也可以找到佐证：“《十二金钱镖》初写时，我不懂武术，邀友人证因帮忙。可是两人合作，只写到第一卷第二回的上半，证因另有办法丢下笔杆不干了。”虽然白羽在这里没有透露郑证因“另有”什么“办法”，但对郑证因走后他如何续写《十二金钱镖》，却表述甚详：“这时候二十万盐镖甫遇盗劫，铁牌手正血战护镖，我独立接过来。又正忙着办学校，对于寻镖的事还没有算计好，怎么办呢？避重就轻，舍短用长吧，我就把铁牌手押回海州，送入监牢，立刻创造了黑砂掌父子，一对滑稽角色。柳研青父女本该在寻镖有下落，夺镖正开始时，才让她仗剑突然上场。我却等不及了，我自问于铺设情节上，描摹人物上还行，起打比武却怕出错，因此按下夺镖的开打，敦请柳研青姑娘先行出场。女角挑帘，自易吸住读者的眼光。又想柳研青应该有丈夫，丈夫的武功尽可以不如娘子，于是又写出杨华。但把柳研青写成穆桂英，把杨华写成豆腐渣，也太没意思了，我遂又教杨华以一手连珠弹，保住了藁砧体统，不致为妻子所笑。一般小说把他心爱的人物都写成圣人，把对手方却陷入罪恶渊薮。于是设下批判，此为‘正派’，彼为‘反派’，我以为这不近人情。于是我把柳姑娘写成一个娇豪的女子，目中有己无人，但尽管她性行有若干缺点，她的为人仍还可爱的。这才叫做‘人’，而不是‘超人’。所谓‘纣之恶，不若是其甚也，是以君子恶居下流。’那种‘归恶’与‘归善’的写法，我以为不当。我愿意把小说(虽然是传奇的小说)中的人物，还他一个真面目，也跟我们平常人一样，好人也许做坏事，坏人也许做好事。等之，好人也许遭恶运，坏人也许获善终。你虽然不平，却也无法，现实人生偏是这样！”

本着如此识见，其结果却是出人意料。据白羽称：“这样糟的结构，竟意外邀得读者的同情。读者来信商讨杨、柳、映霞的结局的，先后数十封，个个似比那二十万盐镖还关心。”正是凭借“柳研青一出场，得了挑帘彩，使《十二金钱镖》邀得多数读者”，同时“又替我拉来十几家邀稿者，我限于精力，先后只答应了七处。现在我给三个日报、两个期刊写稿。这是谁的力量？为了吃饭，我感谢柳姑娘介绍之功。”

如今研究者均认为白羽武侠小说在当年“鹤立鸡群”，既写出了绿林道上的烟尘，亦真实地摹写了世情百态，因此将其视为“社会武侠小说”的开山立派之人。殊不知，这种结果的酿成，正是被郑证因的“分手”倒逼出来的。从此之后，白羽便找到了自己武侠小说写作的“秘籍”，一以贯之地坚持写“凡夫俗子”的“世情江湖”，即使当郑证因重新回到自己身边时，也套路不改，且多次纠正改写郑证因作为“枪手”所代写的部分文稿，并最终成为一代“社会武侠小说”大宗师。

或许郑证因自己也预想不到，一年后，当其“生意”破产时，他又鬼使神差地回到了此时已因《十二金钱镖》而声誉鹊起的白羽家中，协助其筹办正华出版部，并偶尔为白羽小说“捉刀”。1940年春，当他将早年所见所闻的帮派争斗与习武经历架构成一部武侠巨著时，他便再度离开白羽，决定另立门户独闯“江湖”。不久，其轰动南北的技击武侠成名作《鹰爪王》便横空出世了。

《采菲录》出版引发的牢狱风波

《采菲录》封面(民国版)

1931年5月,天津《天风报》副刊"黑旋风"上一个名为"采菲录"的小专栏出现了。作者署名"灵犀",与"黑旋风"主编"姚灵犀"系同一人。不久,平津文化名人潘凫公、王伯龙、魏病侠等便有品评文章面世,对其或褒或贬,引起一场争议。

1933年底,天津书局将文章结集为《采菲录》出版,上市迅速风行,三个月即告售罄。1934年5月,作为总发行的天津书局又委托天津《大公报》社印刷部重印此书,仍是热卖不衰。姚灵犀见该书如此火爆,又于1936年初再出续编。随后,三编、四编也于1936年与1938年由天津书局付梓。与此同时,天津时代公司印刷部于1936年又将该书初编及续编再版。1941年天津书局在推出《采菲录新编》后,旋于同年再出《采菲精华录》上下两卷。随后又有以"金莲小史"为副题的《采菲新编》现于坊间。

在不到十年时间里,《采菲录》以不同形式出版十余个版本,发行十余

《采菲录》所描写的“三寸金莲”

万册，在平津乃至全国掀起一股“采菲”热，这不能不说是一种奇怪的文化现象。那么《采菲录》究竟是一本什么书呢？答曰：这是一系列专述旧时妇女缠足的史料汇编，分为亲历、考证、从钞、撮录、杂著、劝戒、琐记等类。在时代新旧蜕变之际，人们既对新生活充满好奇，又对旧习俗进行反思，因此该书吸引了当年经历缠足与放脚的每个家庭。按姚氏自述，其编此书之目的，旨在告诫世人缠足之弊。然而令他想不到的是，为此他却遭遇了一场牢狱之灾。

据台湾性学研究专家柯基生医生近年披露，《采菲录》出版后，姚氏先获骂名，继而成为“名教罪人”，并以“风流罪”被关牢狱。其出狱后，曾有五言诗《出狱后感言》存世。从诗中可见，其不但被拘监，而且还被罚“二百金”，最后导致“焚笔毁砚”“掷毛锥”的家道中落。对此柯基生医生感叹“近代名儒姚灵犀因著《采菲录》，详述缠足助性生活获罪。西元 1944 年当金赛（美国性学研究开拓者）获得企业捐助，专研性学时，姚灵犀因风流罪罚二百金破产，从此东西方性学研究进入消长分水岭”。

对此次“牢狱之灾”，著名学者来新夏教授近年也有回忆。来先生二十世纪四十年代初在旅津广东中学读高中时，与姚灵犀的女儿为同学，而且来先生的父亲与姚灵犀还是朋友，来先生父子当年还曾去过位于天津张庄大桥（现赤峰道）英法租界交界附近一条名叫义庆里的胡同的姚宅拜访姚灵犀。据来先生讲：“当年对此案就有不同传说：有说是传讯，有说是收监。据我父亲说，姚先生被监禁过短时间，但一直没有直接证据。”直到后来来先生在台湾出版的《人物春秋》杂志上，看到了曹亚瑟先生所写的《两个金瓶奇人的遗际》后，方才知道姚灵犀入狱之事并非虚言，因为来先生在此文中发现了姚灵犀所写五言诗《出狱后感言》的全文。

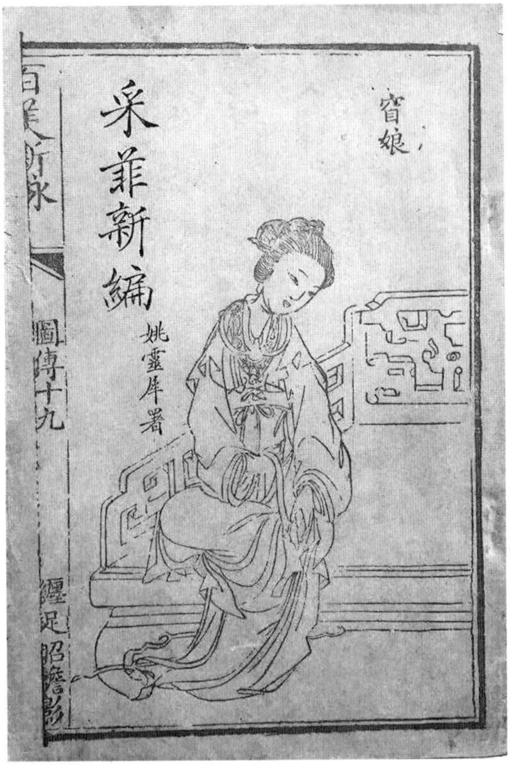

姚灵犀《采菲新编》封面（民国版）

行文至此，姚灵犀因编《采菲录》于1944年被拘遭罚至破产的“公案”已清晰可见。遥想当年文坛，因“赤化”与“革命”而“获罪”者不乏其人，然而在北方最大商埠的天津，因一套文化史料而入狱者还是极为鲜见。也正因此，如今已被遗忘但当年却极为“怪异”的姚案不应被忽视，起码在天津乃至中国图书出版史上应留下一笔。

姚灵犀生于1899年，原名君素，江苏丹徒人。其何时到津不详，仅知二十世纪三十年代在津以小职员兼报馆编辑及投稿人谋生。著述除《采

姚灵犀和他的朋友们(前排右起:王元龙、周信芳、王芸芳、叶庸方;
后排右起:魏病侠、姚惜云、姚灵犀、乔伯光、许良瀚)

菲录》外,尚有研究《金瓶梅》的《瓶外卮言》等。由于他的著述与收藏均“涉性”,因此当年人们认为他有伤风化。但站在今天的视角去回审其一生所著所藏,便会发现,他其实是个“性学研究者”。这在今天的中国已是一门新兴学科,人们已见“怪”不怪。如果说他的“研究”尚有可商榷之处,那就是他没有把握好“批判”与“欣赏”的界限,不加筛选地将史料中的“菁华”与“糟粕”共糅。然而从其在抢救与保存中国社会文化史料方面所做的努力上看,我们还是不应忘记此人。

沈从文为救助青年诗人义务卖字

1986年春节刚过，一篇从遥远南国寄来的稿件落到了笔者手里。这是广州部队诗人柯原专为笔者供职的《天津书讯》报撰写的《沈从文和"益世报"文学周刊》。那时沈从文很热，沉寂了几十年的他，像他晚年研究的出土文物一样，被人们重新发现，许多报刊都刊登有关他的文章，因此接到此稿，笔者特别兴奋。在动笔处理此稿时，下面的一段话引起了笔者的注意：

> 一九四七年秋，长期当小职员的我的父亲因病去世了。当时我家中只靠姐姐当小学教员的微薄工资，以及亲友的接济度日。父亲的治疗及去世，使家中负了一笔债，母亲和姐姐都十分愁苦。这时，我抱着试探的心情，给沈老写了一封信，打算预支点稿费，以偿还部分债务。沈老对此十分关心，马上写了信来，提出要为我义务卖字。接着，就在《益世报》文学周刊上登出启事。

当时笔者想，如果能将沈老当年的"启事"糅进文章岂不更好？但当时手边没有这类资料。于是抱着试试看和面见偶像的心情，笔者抄下每期给沈老寄样报的地址就踏上了赴京的列车。

民国时期，沈从文与夫人张兆和合影于天津

当我这个不速之客敲开沈老家门时，84 岁的沈老由于疾病折磨，正卧床休息。沈夫人张兆和听笔者说明来意后，将笔者让到了沈老的卧室兼书房。笔者见沈老虽躺卧在床但精神尚好，便向他问过安后直接说出了来因，并将柯原的稿子念给他听。尚未念完，沈老便将手指向了书柜的上方。沈夫人张兆和边从书柜顶端拿下一摞《沈从文文集》边对笔者说："要不是前些年柯原到家中看望他提起此事，他已经记不起救助的是谁了。"经沈老指点，我们从书中找到了 1947 年 9 月 20 日天津《益世报》刊出的沈老"启事"。

有个未识面的青年作家，家中因丧事情形困难。我想作个"乞醯"之举，凡乐意从友谊上给这个有希望的青年作家解除一点困难，又有余力作这件事的，我可以为这作家卖二十张条幅字，作为对于这种善意的答谢。这种字暂定为十万元一张，我的办法是凡要我字的，可以来信告我，我寄字时再告诉他如何直接寄款给那个穷作家。这个社会太不合理了，让我们各尽所能，打破惯例作点小事，尽尽人的义务，为国家留点生机吧。

你们若觉得我这个办法还合理，有人赞助，以后我还想为几个死去了的作家家属卖半年字。这些人的作品，可能是你们在作学生时代常常接触，影响到你们很大，他们的工作意义极有助于文学进步和社会重造，却死于工作辛勤或时代变乱中。我们值得从这个方式上表示对于人类的爱和文化知识的尊重。扩大我们的爱和尊重，注入于我们工作中，生活中，信仰中，社会明天就会不同得多！

沈从文敬启

一九四七年九月

读罢此文，笔者第一感觉便是老人的厚道。为了维护“青年作家”的名誉与自尊，他没有在“启事”中道出柯原的姓名与地址，而是让求字者径直找自己，待对方得到书法后再将笔润寄给柯原，这是多么的体贴与宽厚。联想到其他文章中所写沈老的善良，笔者不禁脱口而出：“您真是既行侠仗义又善解人意！”沈老听后淡淡地说：“社会太黑暗，文人能做的只有这些。”

在天津编《益世报·文学周刊》时的沈从文

至于沈老“启事”刊出前的背景情况和刊出后的结果，近年作家穆祎在文章中曾有披露：

1946 年 8 月，沈从文从抗战时期居留的昆明回到北平，继续在复校后的北京大学任教。10 月，他接受了天津《益世报》的邀请，出任该报副刊“文学周刊”的主编。第二年的夏天，沈从文陆续收到一个笔名“芦苇”的作者的诗歌。诗歌颇富激情，沈从文喜欢，便在7月19日，刊出了这位作者的诗作两首。这一下子点燃了诗人的热情，他又不断地向《益世报》投稿。接下来的几个月，几乎每月都有这位诗人的诗作刊出。一些诗稿，沈从文还推荐发表在北平的《平明日报》"星期艺文"副刊上。这家报纸的副刊，也是由沈从文主编的。

被沈从文救助的柯原后来成了广州军区政治部著名诗人

不刊用的稿子，沈从文还负责地退回。退稿信，沈从文亲自来写，有时还附出具体意见。这使得诗人与这位编辑先生亲密熟悉起来。这位"芦苇"，就是柯原。

柯原当时只有16岁，是天津河北高等工业学校的一名学生。他所学专业虽然是化学工业，可却喜欢文艺。在艾青、田间、绿原、李季等诗人诗歌的阅读中，他开始了新诗创作。据他后来回忆：当时年龄小，有闯劲。买不起稿纸，找些边角白纸，自己刻蜡纸，在学校油印机上印出，成了自己独特稿纸。诗作发表，有时收不到样报，就在傍晚时，拿把小刀，在阅报栏上把自己的稿子割下来。几个月之后，柯原与时常通信的沈从文就有了一种特别的信赖感。就在此时，柯原当小职员的父亲因年老被裁失业，随即又得了急性肺炎。当时可以救急的西药极贵，一小支消炎用的盘尼西林(青霉素)，竟需要十几万法币。治疗未久，父亲去世。期间花销及丧事费用，使他家欠下一笔债务。当时柯原家只有姐姐一人当小学教员，菲薄的薪水根本不足撑起这个家庭。看到母亲和姐姐的愁苦状态，16岁的柯原便向沈从文写了一封信，说明家境情况，并提出想预支一些稿费的请求。结果沈从文便为他登出了“启事”。

因为沈从文著名小说家的名气，加之许多人都闻知他的一手章草写得确实漂亮，于是便陆续有人致信，将自己对字的规格、内容写上，沈从文写出寄回时，再告诉柯原家的地址，以便寄款帮助。从后来接到寄款的柯原家所知，当时乐意花钱买沈从文字的，也并没有什么大款阔佬，多是一些善良的普通人。他们都实诚地按地址寄去了钱款，有的还写信表达亲切问候。柯原后来回忆，他家陆续收到了寄来的款项有二十多份。用这笔钱，他家终于还清了债务。他当然更清楚：“这是在当时情况下，沈从文老师对一个无名诗人所能尽到的最大限度的捐助了。”这样的情分，自然不能忘怀。后来许久，柯原的母亲还“一直叨念和祝福这位没有见过面的好心肠教授”。

行文至此，笔者还想起了一个插曲。我当时不知道“乞醯”如何念、是何意，沈老便告诉我，语出《论语·公冶长》。返津后，经查典籍，方知“醯”念“希”音，作“醋”解。

以上便是笔者借柯原之稿去面见沈老的一次经历。需要说明的是，此次拜见，不但让笔者弄清楚了沈老对柯原的救助，而且沈老也在不经意间帮助了笔者。因为正是在与沈老的谈话中，他所言“解放前天津新文学不发达，反而通俗小说很兴盛”这句话，让喜欢“旧小说”的笔者找到了研究方向，从此开始了对民国天津通俗小说作家与作品的研究。

文人笔下旧津沽

刘云若“佐证”天津为何俗称“小扬州”

《小扬州志》是津沽才子刘云若的代表作之一，这部长篇小说1930年在天津《中华画报》甫一连载，便引起沽上读者的浓厚兴趣，因为津人对“小扬州”之名倍感亲切。天津金元时期被称“直沽”，元人宋无（朱希颜）1291年中秋寓此，眼见四处的水乡景色与江南扬州十分相似，遂作《直沽》诗云：“直沽风月可消愁，标格燕山第一流。细问名花何处去？扬州十里小红楼。”由此天津便和扬州扯上了联系。明清之际，文人墨客在诗文中，就干脆直称天津为“小扬州”了。作为土生土长的天津作家，刘云若一生所著小说四十余部，均以天津为背景。从《小扬州志》的“志”字也可看出，该书是其表现天津风土人情较为典型的一部，对此刘云若本人也言：“在下既是中国治下天津生长的人，似乎不必好高骛远，另去混说些什么，还照样谈谈天津好了，所以就写了这一部《小扬州志》。”

该书开篇，刘云若没有像他后来的小说那样，先声夺人地设置主人公落败子弟虎士与平民少女青青的情恋，而是别开生面地先“佐证”了一番天津旧时为何俗称“小扬州”——

“未说天津，先谈一段诗话。中国旧诗人，近来也被新诗人骂得苦了，然而旧诗人有一种手段是未可厚非的，就是能用几个花花绿绿的字眼，给人们一个不可磨灭的印象。像张船山的《过津沽诗》‘十里鱼盐新泽国，

当年的海河两岸颇似扬州

二分烟月小扬州'，只十四个字，竟把天津说得水软山温，令人想着心销骨醉。但再细按起来，这自然还是当日荒城野水的情形，大异于今日洋楼马路的景致。可是若干年以前的天津，究竟是否如此，在下只可先拼命的引些旧诗，给船山先生多寻些补证。明李东阳《过直沽诗》曰：'二水合趋海，孤村斜抱城。'清秦大士《登天津望海楼诗》曰：'杨柳仙人市，帆樯估客舟。'清瞿佑《过津诗》曰：'潮水四时来海上，天河一脉落人间；挂帆商舶秋风顺，晒网渔翁夕照还。'另外还有朱彝尊《中秋宴天津兵备副使署诗》曰：'北里商歌倚笛床，津城秋色未苍凉。'丁屡恒《津沽中隐园诗》曰：'不遣繁音调北里，只余清景属南楼。'我们研求各人诗中之意，天津倒确是个小规模的扬州。当城外是绿野晴川，城内是笙朝笛夜，腰缠千万贯，虽无跨鹤仙人；月明二十四桥，当多吹箫玉女。加以北方民风淳朴，自然于水木明瑟之中，更有熙攘往来之气，教人回想起来，真恨未能早生一百年，领略领略这般风味。"

那么这般情形，又是何时才改变的呢？"这当然以庚子年联军之役为一个大关键，因为在庚子联军破城以后，地方毁灭殆尽，当然又照例行了一番破坏以后的建设。那时门户大开，东洋西洋的风任意吹来，渐渐把天津吹成这样一个世风日下的繁华景况，好似把天津的二分明月，遮蔽了一片烟云。所以如今要看天津独有的面目，是瞧不见的了。现在的所有高楼广厦，马路明灯，都是世界物质文明所产出的普通东西，地球上随处都见得到的，哪有一丝的天津乡土气味？所以天津固有的精神文明，都已消灭，只有高年野老，偶尔还在脑中回溯一下罢了。”

《小扬州志》封面（民国版）

通过以上“旧诗”的“佐证”，我们可知，往昔“水软山温”的“直沽”被称作“小扬州”，的确名实相副。然而，在“领略”了这“令人想着心销骨醉”的昔日水景的同时，我们也不免生出与刘云若同样的对“东洋西洋的风任意吹来”后，“乡土气味”尽失的慨叹——“真恨未能早生一百年，领略领略这般风味”。对此，我们只能从刘云若所引诗文中，去“臆想”一番诗人们当年沿运河北上时的观感了。

扬州地处多水的南方，湖泊众多，本不为奇。但一条运河从城中逶迤而过，硬是将花园般的小城一分为二，为其平添了几分水趣与传奇，同时也吸引了大批文人骚客前来观光咏叹。诗人们在领略了扬州大河穿城过的奇景和“粮艘商舶，鱼贯而进，迨无虚日”的繁盛贸易后，顺运河北上，随着行程渐远，视野中的水色与绿色也在渐逝。然而就在满目荒芜缺水少绿的北方河道上，他们突然发现了一块“绿洲”，那便是当年被称作“直沽”的天津卫。

天津卫地处九河下梢之地，自古河道遍布，沟壑纵横，加之一条海河横贯全城注入渤海，从而形成了北方城市独一无二的“江南水景”。诗人们在惊叹“轮蹄辐辏，舳舻扬帆，往来交错，尽昼夜而无休止”的商埠盛景之余，回首环顾，海河两岸的绿荫垂柳，似与扬州美景无异。再看看岸上满堆的芦盐，又与扬州河岸的淮盐何异？于是他们仿佛又回到了绿染湖面的古广陵，纷纷得出这是“杨柳仙人市”“天河一脉落人间”般的“小扬州”的结论。

虽然刘云若在书中对当年“小扬州”般的天津风土民情进行了细致描写，但这仅是文字述说，只能意会。当时天津景致与刘云若所借用的诗人笔下“二分烟月小扬州”是否相符呢？感谢《小扬州志》当年出版单行本时，画家朋弟所绘的封面画。碧蓝的天，泛青的水，河岸垂柳下，年轻的青青低垂粉面，含羞注视着手中定情物，短袖大襟小褂紧裹着她那丰满腰身。远处身着长衫偷窥她的青年，是虎士，还是也被她美貌迷住的男孩？是在海河边，还是在墙子河或其他小河边？其实这已不重要，重要的是画家为我们画出了当年天津“杨柳仙人市”般的意境，于是我们也就分不清这是天津还是扬州了。

还珠楼主笔下的天津旧市井

1940年，因“旷世奇书”《蜀山剑侠传》而蜚声海内外的还珠楼主，开始了自传体小说《轮蹄》的写作。该书1941年8月10日连载于北平《新北京报》，1948年更名为《征轮侠影》由上海三新书店出版。书叙1920年5月，知识青年周元荪（实为还珠楼主本人）因失怙弃养，由南京北上京津谋职的故事。书中，作者对当年天津市井百态及风土人情，均有着许多传神描写，至今读来，仍有一定的认识作用。

话说那周元荪有个堂兄名叫周少章，虽身为县长混迹山西官场，但长年往来于京津沪等大都市，吃喝嫖赌，胡作非为。此刻他因遇上麻烦也来到天津，躲进日租界旭街（今和平路北段）新旅社避祸。此时还珠楼主便借周少章之眼，对当时天津的街景及民风民俗做了形象描画：

> 两年不到天津，街上越发热闹。只见电灯辉煌，车马行人往来如织，电车铃声铛铛，一辆接一辆载满了人相继驶过，电线受了电咬子的摩擦不时闪出碧绿色的火花。大高个子的巡捕威风凛凛，手持短棍，在马路中间指挥，时而耍着棍花。洋车夫如拉空车走过，看去都似提着心，一个不留神，或是长就伤财惹气的脑袋，巡捕老爷一个看不顺眼，上去劈脸先啐一大口臭唾沫，上头一句“你妈的”，不问是车是

当年繁华的旭街(今和平路)街景

腿,扬手一棍,底下就是一“脚鸭子”,越年老走得慢的越吃亏。年轻点的小伙子吃了亏,不甘心,走远了就骂,老是骂骂咧咧。行人路遇,无不互相寒暄招呼,二三四五六七八爷各自乱叫。照例是一声几爷,底下对方接着,至少“爷”“爷”还上两个“爷”字,口要紧一点,让耳沉的人听连了宗,直似当街认爷爷。再底下不是“老没见”“你啦好”,就是“老爷子好”“老奶奶好”“弟妹他好”。全家问遍,恨不能连猫狗都问到,才把这“回头见”三字离歌吐了出来开路。再不即是“爷”“爷”之后互问“吃了”,互答“先偏啦你啦”“赶明儿找我去”“咱们哥俩不错”“得聚一聚”“玩会子”。再要细致一点,“先偏”之后,接问“你吃的嘛”,或是不等对方发问紧接自报食谱,不是名馆饺子,便是炖肉、馒头、打卤面、贴饽饽熬鱼之类,弄巧还有饶上几句“单你啦今儿没露”“这是怎么会说的”。对方自然也不示弱,甲说吃饺子,乙便说吃炖肉,说到归齐,还是“明儿见”。到底通商大埠,人们虽然多费一点唾沫,特别透着谦恭和气。

在新旅社里,周少章结识了天津“混混儿”马二,但只见这马二“人生得又高又大,一张紫黑脸膛,浓眉大眼,枣鼻阔口,两排牙齿却是刷得雪白,一边镶着一枚金牙。长衣已然脱掉,上身穿着一件天蓝素缎面,纽扣上盘蝴蝶的对襟小夹袄,却用紫酱色素缎做了夹里。胸前挂着一根黄得发出闪亮的金表链,也不知是真是假。两只小腌萝卜一般的无名指上各带着一枚戒指，看去足有三钱重一个，却是真金的。袖口卷着，露出雪也似白的绸小衣。下身一条与上衣同质的夹裤，两条缎带绑扎得又紧又整齐。一双千层底双脸缎鞋刷掸得一尘不染，底边却似穿日太久，磨去好些。一望而知是个混混一流的人物”。于是，一个贪官污吏，一个天津“混混儿”，便成了“朋友”。随后，二人与天津卫一群“惹是生非”之人一同上演了一出出闹剧。其中最“精彩”者，便是马二“单挑”天津警察厅长杨以德。

那是马二在惹了一场大祸之后：

本租界无法再混，仗着身材高大，乘别的租界考巡捕，补了一个名额，由此作威作福，尤混账是鱼肉商民，强取强买，当叉杆、吃靠家之外，专和中国大官为难，以显威风。只要所坐汽车经过他的岗位，便没错找错，连骂带打，百般挑剔，车主如若忍气，只是开汽车和跟车当差倒霉，稍一挺身和他理论，定吃他喷上臭唾沫，连人带车一齐带往工部局去，乖乖照章受罚，甚而还挨上两个嘴巴。狗仗人势，越来越凶

天津当年的租界街景

横骄妄，不料没有多时，便碰在钉子上。彼时正是杨以德的警察厅长，这日因往租界赴宴，经过他的岗位，马二正吃了些便宜酒饭前去值岗，认出那汽车是警察厅长牌号，知道西洋人专喜侮辱华人，每次和中国大官作对，洋人不但不究，反有奖语，说自己能守警章，不循情面，难得今天遇上老杨，他是当地警察厅长，我要把他窝下来，这个脸就露大法啦，好在我又没往上边闯出祸来，自有洋人承当，豁出永不往中国地去，怕他何来？想到这里，酒胆一壮，忙喊“站住！”其实杨以德车已过去，开车的如果一直前开，不去答理，他追不上，前面数丈便是别的租界，也就罢了。偏生杨以德觉着自己的车并没犯规，望见车后巡捕追来，急喊“站住！”意欲和他讲理，吩咐停车。马二不问青红皂白，上去连骂带打，硬说车夫不服指挥，最可气是开了车门朝杨以德道：“你不就是杨以德警察厅长吗？到咱租界里就得归咱管。今儿二爷管教的就是你，你还别不服气，乖乖下来，跟我局子里去。”随行副官刚一分说，迎头就是一口臭水。马路上人一听杨厅长挨窝，全跑过去看热闹，马二更觉得忘形，一边臭卷，一边吹哨，非将车主带走不可，还要伸手打人。杨以德此时如若有枪真恨不能将他打死，知他有心为难，一闹便吃眼前亏，正在忍受，闹得不可开交，西捕闻声驰来，总算听说是警察厅长，还讲

被还珠楼主写进小说中的杨以德

情面，可是表面上还将车牌抄下，带走一名副官。杨以德气得要疯，回到厅里立刻向租界当局办交涉，力叙自己的车并不违章，巡捕故意侮辱，非要这人不可。租界当局早将随从放回，始还袒护马二，架不住杨以德下有决心，宁肯厅长不干，闯出大祸，也非报仇不可。西洋人本是纸老虎，对中国人有何好感，见杨态度强硬，竟说到如不交人，以后洋人到华界决不保护，并要自率警队入界捕人，心想不犯为一巡捕伤地方官感情，只得屈服，仅在引渡之时再四和杨交涉，并请签字，不得将人枪毙。杨以德满口答应决不枪毙杀他。等引渡到厅以后，立将马二提到堂上，亲自审讯。马二平日狐假虎威，头两天听说洋人不肯交人，吹气冒泡，一百个不含糊。及听对方追得太紧，洋人不令值岗，推说保护，命在工部局内居住，不令回家，并还命人看守，防他私逃，渐渐上司同伙也板起面孔，连话都不许问，便自心头打鼓气焰全消，再四和西捕求告，自己为的是公事，千万不可将人交出。无如那专一凌残华人的西捕虽和他表同情，却作不得领事和总办的主，终于将他献出。

结果马二在遭到杨以德数番折磨后，最终虽未遭枪毙，却被活活打死。一个小小事件，不仅将天津“混混儿”、租界洋人及真名实姓的杨以德，描画得性格鲜明，栩栩如生，而且还地域凸显，津味实足。

能够如此形象生动地再现当年天津的市井风貌，除了还珠楼主本身就是小说家外，还与他和天津的缘分密不可分。还珠楼主 1920 年首次“北漂”，第一站便是乘火车从浦口沿津浦线到天津。此后虽然去了北京谋职，但八年后他又重返津沽，而且一待又是八年。在天津，他进《大公报》做编辑，为尚小云写剧本，成了傅作义中文秘书，当了电话局文员，坐了几次监狱，打赢了轰动平津的“拐带良家妇女案”官司，历尽周折娶妻生子，直至推出让他饮誉海内外的《蜀山剑侠传》。如此众多传奇故事发生在天津，其对天津的熟稔与情感便可想而知了。

两位"名记"为何会写出完全迥异的墙子河

天津两"名记"刘云若与吴秋尘1930年合影于《北洋画报》社

1931年4月14日，天津《北洋画报》刊有如下报道："墙子河由法国教堂至海光寺一段，水浅土淤，运砖船皆须拉纤而行，故不见游船。仅海光寺至南(开)大(学)一段，偶有一二小船而已。"据此可知，最迟在1931年，墙子河自今滨江道至南门外大街一段，亦即当年法租界与日租界河段，因淤泥壅塞，游船已无法通行。然而仅仅三年前，这里还是游船如织，货舟畅行——这有当年两位津沽"名记"的文字为证。

墙子河始建于清咸丰十年(1860)，北通南运河，起自今红桥区小西关，向东南至海光寺与卫津河交汇后，再沿今南京路至解放南路流入海河。由于竣工之时河宽八米，水深近两米，故早年河水荡漾，舟船兴旺。尤其是进入民国后，随着两岸租界建筑的不断涌现，其流经的英法日租界河段，更是成为中外富贾名流夏日泛舟避暑的上佳去处。

1928 年 7 月 29 日是个酷暑中的礼拜天。这日黄昏之际，津沽文坛大佬王小隐与天津《商报》总编辑王缕冰、《北洋画报》创办人冯武越（笔公）、冯夫人赵绛雪和胞妹（皆张学良之妻赵一荻之姊）及时任《北洋画报》记者的刘云若等人，毕集法租界五号路（今新华北路）《北洋画报》社，待日落之后，携美酒佳肴与琴弦诸乐，齐抵日租界住吉街（今南京路）与松岛街（今哈密道）相交之墙子河畔，雇小船两艘，泛舟河上以消暑。就在他们吹拉弹唱饮酒赋诗之际，船已驶至海光寺三岔河口，随后更有“文艺”的故事发生。而他们船只往返畅游之所，正是三年后“水浅土淤”游船已无法通行的法租界与日租界河段。

是日众人玩兴甚浓，不觉间，已月到中天。王缕冰见诸位游兴微阑，便倡议调转船头，返棹而归。翌日，刘云若受王小隐之托，作《湖上清歌记》一文，刊于 1928 年 8 月 1 日《北洋画报》上。其文云：

戊辰大暑后之六日，本报笔公发起为泛舟之盛会。是夕群贤毕集于北画，计男宾有许豪斋、王庚生、张缪公、王缕冰、李惠川、朱雪琦诸君；女宾有李雪痕女士、冯夫人及其令妹二人；云若亦侍吾师小隐偕往。既出发，男宾以步，女宾以车；抵墙子河畔，卖二小舟，兰桨徐摇，过两桥洞，方入海光湖之湖心（以湖近海光寺故，姑妄名之）。明月一湖，清光满眼，许豪斋君吹横

王小隐（左）与友人在河中泛舟游玩

笛以弄晚风，王庚生君歌昆曲和之，仙音法曲，听之荡气迴肠；而湖中其他游船，亦皆追随舟后，若李暮之擫笛傍宫墙焉。李惠川复拉胡琴，庚生、缪公复歌捉放黄鹤楼诸折。另一舟中诸闺秀，亦都逸兴遄飞，各啭珠喉，作低迴小唱，真觉耳目俱畅，人月双清；且水中月近，耳底声幽，虽在人间，疑如天上。纵观湖上，往来游船，舰首齐缀小灯，远远飘来，若丛苇中出渔火，此中大有诗意。小隐师欢呼以后，对月而捻须吟，笔公亦"不穿蓑衣卧月明"，居然一烟波老钓徒矣。王楼冰君枵腹从游，而食品仅备瓜果，此其所以逾吃逾腹痛者也。游次忽又闻他处弦管，驶舟就之，则见小船三四，铁索练之，舟上津门名票友刘叔度诸君及金碧艳，正大奏其合沓之笙歌。见余等船，欢呼相应，王庚生君虽未抱琵琶竟亦过别船去，与刘君合唱南阳关一曲。此种雅集，已久难得于堂会，不图于湖上得之，则此湖亦觉名贵之极。时夜深露重，游兴微阑，王楼冰君饿极思返，倡议返棹，乃同赋归欤。唯王庚生君有"同渡不同归"之叹焉。归途耳后笙歌，渐听渐远，豪斋复一弄笛，"长笛一声归去也"（隐师句），使人俯仰兴怀。隐师游湖口占中，所谓"声声玉笛江乡晚，不让东坡五百年"者是也。抵岸分途，犹觉余乐在心，余音在耳。翌日隐师命记斯游，拉杂书之如此。

民国时期的墙子河是天津消暑胜地

然而，不知是有意和刘云若“抬杠”，还是无意中据实而记，就在刘云若《湖上清歌记》见报一月后，当年9月1日，津沽名记者吴秋尘也在《北洋画报》发表《鲍鱼湖》一文，但其文笔与感觉却与刘云若大异其趣：

戊辰之秋，七月未望，返自八里台，将归于法砖（非法政专门之专，乃法国砖窑之砖也）。过海光之湖，臭风逐水面而来，触鼻欲呕，曰，难闻哉，此味也。舟子顾而乐之曰，湖臭，才不几年耳。曩时清波涟漪，虽其深两丈，而水底游鱼，固可数也。湖未臭时，有蛮子自南方来，古董客也，日蹲河岸砂啧上，每晨必双目炯炯，俯视水底，若有所属，祁寒盛暑，弗稍间断，如是者期年，见者皆怪之，不知其何所为也。吾侪过其前，辄予以钱，数十文，众者乐戏之。后忽不见，盖已南返，而湖水从此浑浊，且发其臭，盖水中宝物，已为窃去矣。言下为之太息。舟过一土堆，朦胧月色中，见小岛，问此何地也？舟子以各租界之垃圾山对。且谓有人计划将以此平湖，置房舍，度非五十年内事，五十年后或竟亦通衢闹市矣。若有不胜其沧桑者。因思“如入鲍鱼之肆，久而不闻其臭”之句。鲍鱼生水中，鱼臭，水庸有不臭者乎？此或即富产鲍鱼之区耳。吾友刘云若，以其近海光寺也，赐以嘉名曰“海光”，我则以为不如取其味而名之曰“鲍鱼湖”，敢质高明，果有当否？

间隔仅仅一月，两位“名记”加好友的笔下，为何出现景观迥异的同一条墙子河呢？窃以为，这是二人出身秉性与生存环境使然。

二十世纪二十年代末的刘云若，风华正茂，多年诗书浸润已使他以年轻之身跻入“名记”之列，他对自己的未来充满信心。加之长年生活在津沽之地，他已对生他养他的故土产生了深深的眷恋。故而在他笔下，沽上一草一木都是美的，包括带有腥臭味的墙子河；而吴秋尘则不然，原籍江苏吴江、生于济南而求学北京的他，少年时代便饱经颠沛流离之苦，入北京平民大学学的又是新闻专业。毕业后以记者之职奔走北京官场，见惯黑幕后又遭排挤，后赴津谋生。因此其所见所闻所思所想远比一出道便一帆风顺的刘云若要“现实”得多，且多年职业记者生涯已使他养成了据实而录的为文习惯，这也正是其笔下墙子河更“现实”的原因所在。也正因此，在以后时日，刘云若以其出众才华和对故土的热恋，终成一代专写津沽风情的社会言情小说大师，与张恨水、白羽、还珠楼主等通俗小说名家一同走进了中国现代文学史；而吴秋尘则在天津沦陷后，由于其过于“现实”的想法而沦为附逆文人，最终晚年客死北大荒，便不足为奇了。

刘云若小说中的“贫民窟”与“租界地”

小说稿酬让刘云若一家衣食无忧

刘云若的小说均以天津为背景，说的是天津话，写的是天津人，讲的是天津事。而这些小说在场景转换中，出现最多者，便是“贫民窟”与“租界地”。甚至可以说，描写民国年间天津形态各异的大杂院与租界洋楼，是刘云若的绝活，其笔下的逼真传神程度，不但在他之前无人可比，就是在此后乃至今日，仍是无法超越。这一方面需要生活积累，另一方面也是更重要的——创作需要慧眼、慧思、慧笔的天赋。对此，发现他的“伯乐”沙大风看得明白，当年在为刘云若小说《情海归帆》作序时，沙翁开篇便言“天津桥上，有怪杰焉，刘子云若是也”，并称其“下笔如有神助”。

天津大杂院既有别于老北京四合院，又不同于老上海里巷弄堂，它有着自己的特色。这特色其一便是“大”。大到什么程度？最大的大杂院里住着上百户人家，当然这是少数，更多的是院子里分割出的十几户或几十户。其二则为“杂”。杂又有多种“杂”法，既有院内整体环境的“杂”，又有各户人家门前不同景致的“杂”，更有五方杂处从事不同营生的人员之“杂”。二十世纪三十年代初，刘云若在小说《小扬州志》中，便有对这种大杂院的逼真描写：“见这两丈见方的院子，却有十几间鸽笼似的小土房。各房的窗子，全是用旧报纸糊着，每窗上差不多全有一块四寸见方的玻璃，和看西湖景洋片的镜子差不多一样，大约是各住户向外眺望的特别设置。满院里的檐下，横七竖八平扯着许多根绳子上晾着花花绿绿的破旧衣服，乍一看仿佛进了染坊。每一个房间门口，都放着一个柴灶，灶旁放着干柴，还有几只破旧花鞋丢在墙根……”

老天津的“贫民窟”

如果说这是作者一路白描下来的静态描写，虽写出了大杂院的外在景观，但未能将大杂院的氛围写活的话，那么随后他笔锋一转，使我们看到了另一番景象：“这时夕阳西下，暮色沧然，院中住户渐次归来。方才院中是没有许多人的，只这一会儿工夫，已由冷清变成热闹，十几个柴灶都生出了灶烟。一个没有鼻子的穷汉，正蹲在窗下和烧火的一个老妇人说话，肩上却蹲着个耍的猴儿。旁边还立着两三个十三四岁的小女孩，都穿着绸缎袄裤，却旧得不成样子，脸擦着怕人的怪粉，每人手里拿着一条手帕，正做着身段，在炊烟迷漫中小声合唱。忽然门外有人高喊借光让路，接着从外面晃荡荡的进来一座蓝色的山，把几个女孩歌场冲散。细一看时，那座山原是耍傀儡戏的布制的戏台，戏台进门以后，自到墙边靠住，才从幕布里钻出一个人来，进到一间屋里……”

在这里，刘云若所描画的，便是一个典型的旧天津“贫民窟”般的大杂院。两丈见方的院落面积虽不很大，但挤塞的十几间“篱笆灯”，却显出了其容积之“大”。其次便是“杂”，无论是横七竖八绳子上晾着的如染坊般花花绿绿破衣服，还是每户人家门前的柴灶与干柴，抑或是丢在墙边的旧花鞋，无不在向我们展示着院子整体环境和各户人家门前不同景致的“杂”。而夕阳黄昏时，从事各色营生的人们陆续归来后的院内嘈杂与袅袅炊烟，在表现出院落里骤然间出现生气的同时，也写出了居住于此人们的众生相。这种社会底层人群的生活图景正是当年散落于津城各个大杂院的真实写照，可谓笔下传神，津味十足。

二十世纪三十年代中期，已因《春风回梦记》《红杏出墙记》《小扬州志》等长篇社会言情小说享誉国内的刘云若，生活渐趋好转，于是他搬离了居住多年的天津老城里二道街王店胡同，迁居英租界盛茂道（今河北路）与围墙道（今南京路）相交的顺和里 4 号的三楼。据其后人回忆，刘云若居室的窗户斜对着围墙道上的墙子河。那时墙子河畔没有高楼大厦，隔河便可遥望位于伦敦道（今成都道）与威灵顿道（今河北路）相交的金城银行伦敦道分行及半条伦敦道。因此，英租界伦敦道当年的景致对他来说再熟悉不过了。很快，他便将其写入了小说中。

1938 年初，沦陷的津沽文坛萧索，此时《银线画报》上一部小说的悄然连载为苦闷的市民带来些许宽娱，这便是后来引起平津间那场有关妇女命运大讨论的刘云若新作《旧巷斜阳》。而恰恰是在这部作品中，刘云若为我们保留了当年英租界伦敦道的原貌：“话说在重阳后一天的早晨，暖煦的秋日阳光正铺满在墙子河南边一条宽阔街头之上。这条街可以算是全市最清雅美丽的胜地，四旁都是阀阅人家的高楼，街道上种植三行洋松，将全街分成四条走道：左右最外的两条，是行人之路；中间的行车路，也被一行松树隔开，分为上下行的。这街上很少看见警士，因为松树已代理了指挥交通的责任了。就在街的东端，有一座半新的楼房，是仿照美国古殖民地形式，又参合十九世纪的新外表，建筑得非常壮丽。由临街的铁栅门外可以看到里面的小花园，楼前种的花卉，多已在秋风中零落，只花畦中散立着六七株玉蜀麦和高粱，还在苍然耸翠。在这富贵丛中，很少见这种村光的植物，但它们反似傲视百花，在那里挺立，欲有以自豪。那爬上三层墙上的藤萝，像挂着一幅破碎的绿锦，还挣扎最后的生命。至于临近前面矮墙之下，有几株向日葵，已经长得够高，熟得够透，花朵长得比人头还大，已非那瘦细躯干所能支持，于是花朵便探到墙外，长日去阅看街上景物，细看路上行人。主人既不管它，路人也并未把它的头颅斩去，当作瓜子儿享用，可见这地方的清静了。”

老天津的“租界地”

这便是刘云若对当年英租界伦敦道及其路旁花园洋房的“现在时”描述。据天津地名志记载，位于今日“五大道”区域内最北端的成都道，1929—1932 年辟筑，东北起南京路，西南端至西康路，名伦敦道，又称 45 号路。1943 年日帝占领后改称南纬 20 号路。1946 年国民政府收复，以四川省成都市名命今名。路中间原设花坛绿篱，1961 年拆除。路侧多为二、三层砖木结构西式楼房。志书的书写虽科学严谨，但缺乏鲜活生动，因此当年伦敦道(今成都道)的宽阔幽静与花木扶疏便很难再现,比如“花坛绿篱”什么样,“西式楼房”又如何。幸运的是,刘云若在文学作品中给我们进行了形象描述。

白羽嬉笑怒骂说“过年”

1938年2月，白羽在天津甩出《十二金钱镖》，由此踏入“纸上江湖”。此后，随着“钱镖系列”的轰动，其一跃而为执民国社会武侠小说之牛耳者。然而此前，他所从事的却是媒体工作，除编报纸、跑新闻外，还写有大量社评、随笔，这其中，便有数篇与天津的“过年”有关。

《东方时报》1926年出现于天津，当时身居北京的白羽很快便成为其作者。1928年1月31日，他以笔名“杏呆”于该报副刊“东方朔”发表随笔《新年零感》。在议论了元旦与春节的优劣后，其笔锋一转写道：“年关难

老天津的年货市场

过，自古而然，于今为甚。虽然，一年年过去，到底没有把谁截留在关外的。说来说去，真个过不去年关的，只有猪羊鸡鸭，殒命于刀俎，做了年菜。思想起来，可怜煞人。大善士曰：所以我主张新年戒杀。小屠户曰：浑蛋。”幽默中不失对现实的嘲讽，与其后来武侠小说中“反讽”社会的“黑色幽默”如出一辙。因此文笔，他很快便得到编辑吴秋尘的赏识，被聘为“特约撰述”，并受邀移居天津，直至终老。

民国时期天津的过年街景

1933年2月13日，白羽又以本名“竹心”在天津《中华画报》刊出《春节风光》一文。面对东北沦陷、淞沪抗战等国难，他感叹：“这番春节，平津市民似乎过的不甚起劲，大概是忧国吧。由除夕到元旦，也许我睡熟了，却没听见怎样‘爆竹声欢’。只有糖瓜祭灶，和灯节大煮元宵的时候，隐隐听见津门阔人住宅区的英租界，很乒乓了一阵。街市上，照样悬灯结彩，倒也看不出国难气象。”然而商家的情况则相反，他举例说：天津“商店同人却个个咬牙咋舌。有个六七十岁的老掌柜，他承认具有四五十年的搪年债闯年关的阅历，然而这次他用尽全副本领，舌敝唇焦，还是捉衣见肘，险些失手。他以为世界不景气，东三省失陷和国内匪税如毛，是年不好受的三大背景，最后他只摇头道：‘太难了，这年月！’”“我想了想要写这庆年景，竟抓不住一点鲜明的印象，于是姑且说：风光依稀似当年！”

光阴似箭，转头又一年。1934年春节旋至，这年2月10日，白羽仍以"竹心"本名在《北洋画报》登出了随笔《升平气象》，其文曰："火树银花，点缀年景。由除夕到破五，辟拍之声不断，震破了不景气的天津。这一度年关，委实与历来情形不同。因受时局的影响，加之以废除旧俗，当局禁放爆竹，已有好几年了。平津爆竹商无不叫苦，最好看的花盒烟火，只偶然被游艺场利用去卖票，私人商店不能燃放，多少说是大煞风景。想起了秧歌高跷龙灯狮子等会，从前也是元宵节由民众公演，而今渐变成营业性质，农村旧俗渐归淘汰了。"但与往年相比，变化还是有的。"从易帜到津变，每度年关仅听见租界中爆竹声远远浮沉，今年却处处响彻通宵，可以点缀升平气象了。旧历旧俗暂不必阳奉阴违的革除，时局呢，由塘沽协定到榆关接收，已然指日好转。枪炮辟拍之声，只剩闽乱匪窟和孙马之争暂曳残响，南疆西藏远在边圉，便可置之度外。""于是有些机关学校悄悄地放了三天哑巴假。佩徽章的老爷们携眷逛逛天后宫，穿制服的小学生们，一伙一伙在街头巷尾，抖空竹，挑花灯，乒乒乓乓放著爆竹。火树银花，点缀了升平。"

民国时期天津娘娘宫前的年货市场

如果说以上几篇“过年”写的是社会情状，那么下面这篇刊发于 1934 年 2 月 17 日《北洋画报》上的《新年忆旧录》，则是他回忆幼时在津过年的另一番景象了：“吾少时过年情事，至今犹不忘者：四岁时，见人燃爆竹，辟历作响，久之始尽，吾乃俯拾未尽燃者，得数枚，线药犹半存，竟手握之，登堂上桌，就香炉燃之，砰然作响，香倒灰起，予满面皆香灰，失声大号，右手作创，痛极。……九岁时，已能读小说。临除夕，厨丁蒸年糕馒首，蒸汽迷漫满屋，予大喜。取圆形仿圈系带，挟木枪，跃登桌上，疾抛圈，中厨丁头，曰：‘看乾坤圈。’即飞跃而下。更取小爆竹，登高燃抛之，曰：‘掌心雷！’噫，儿时情事，回思皆有真趣。年事老大，意兴阑珊矣，年关当前，转增凄其！”今昔对比，儿时的欢闹富足与现今的颓唐凄冷于“年关”之际在其笔下尽显。而且由此亦可看出，在没有成为武侠“大咖”之前，少年白羽，已在做着侠客之梦。

旧时“过年”，对穷人家而言，便曰“年关”。白羽少时家境殷实，弱冠之年家道中落，因此“过年”便成了“年关”。此等情结，不但多次出现在其随笔中，而且后来也被其武侠小说反复借用。

吴秋尘为
劝业场与交通旅馆开业写广告

1928年岁末，在天津法租界梨栈冲要之地（今和平路与滨江道交口），两座摩天高楼相继拔地而起。先于12月12日开业的是当时华北最大商场天津劝业场，而其斜对角尚在装修中的六层高楼，则为当年津门最大旅馆交通旅馆（今称交通饭店）。两大建筑的主人，均为天津巨商富贾高星桥。

吴秋尘画像

早在当年10月27日，刚刚接替刘云若出任《北洋画报》记者的著名报人吴秋尘，便应高星桥之邀，对劝业场这座即将开业的“长江以北之大建筑”进行了采访，后写成以报道代广告的《行将落成之天津劝业场》一文，刊于11月1日的画报上。

据该文介绍：“全场占地仅五亩许，因建筑计画精巧，骤观内部，断不疑其止有此数也。楼凡六层，全用钢筋洋灰建造，工程坚固，莫与比伦。升降梯三架，楼梯十三座。建筑费五六十万元左右。”“场中已有热气管之装置，但恐内容过广，冬日暖气不足，

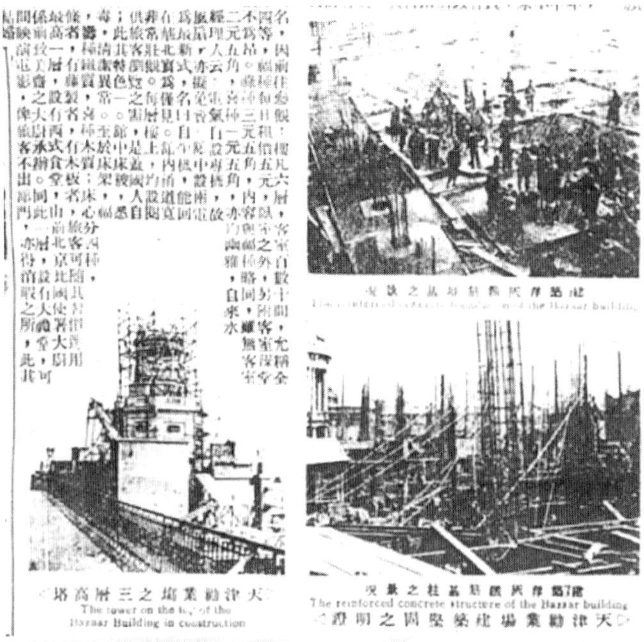

1928 年吴秋尘所写天津劝业场建造坚固的报道

因特由外洋购来新式放热回气风扇，使场内暖气绝不外溢，此种装置，在津门实为仅见。”对于场内布局，文章更有详介：“平地一层为洋货绸缎鞋履食物等店，同类商店，不得超过四家。第二层同样商店不得超过三家。惟第三层之珠宝古玩估衣等店，则求其多多益善，高君谓此类商店需本甚重，货色难齐，不怕竞争，宜于合作，故应使集中一处，亦即所以利便顾客云；所言诚有至理。而下两层之限制办法，则为防止排挤，调剂商务，用心良苦也。第三层尚有西餐馆山东饭庄茶点店以及球房，现在场中布置就绪者，只有天纬球房，内部宏敞异常，设备甚周，一广厅中容球台十座，不但津门所未尝有，想沪上亦不易观也。”

介绍完一至三层，该文又言：“第四五六三层为各种剧场所占有，数凡四：曰天华景京剧场；曰天宫电影院；曰天会轩杂耍馆；曰天仙蹦蹦戏院。场中凡有天字之商业，均有该场主人，投资合办，此四院及球房即是也。京剧场最大，谓可容千四百人，凡三层，戏台布景可以转动。”至于京剧场为何命名“天华景”,“高君述命名之理由,指同行绰号‘凯撒’kaiser(德皇)之顾海田君告吾辈曰:在昔吾津有戏院四家,其名均殿以升字,人咸知有四升,主者极端把持,不许他人另有同样之建设,此庚子以前事也。辛丑条约辟各租界,于是由顾君发起,就某名园中设舞台,立戏班,从此打破四升垄断政策。今租界戏院林立,其实创始者乃顾君。而当日租界中第一戏院,实名天华景,今兹重取斯名,所以志纪念云。”由此可知,当年天津曾先后有两家冠名“天华景”的戏院。前者乃“租界中第一戏院”,开业不久便落败;后者则为纪念前者而命名,其至今仍坐落在劝业场内。

除天华景京剧场外,“天宫电影院可容一千一百人,楼板均斜下,绝无阻碍视线之虞,惟电机房高出银幕者过多,不知能无碍否?煞是问题耳。至影片则拟购自欧洲,谓所以免除竞争云。天会轩可容八九百戏人,台上另有一层,其顶覆以宫室式之房檐,颇觉别致。天仙院最小,颇类天祥之新欣。六层上有两层圆室一所,高君谓将以之作美术展览之用”。而“直通美术展览所之升降机,其速度特慢,谓因嗜好古书画者多为老年之人,登高固不胜劳,乘机则嫌其疾,故特设慢行电梯,使感安适”。

场内布局、设施如此,场外楼顶的利用也是别出心裁:“高君导观屋顶花园,可谓容一千五百人;分左右两面,中央间以重叠之高台,是为屋脊。最高处设电影机房,夏日映射电影,故一面为露天影院,其他一面则拟招宁波戏班来演,赵君道生则建议设一滑鞋场,想亦能轰动一时者耳。屋顶另有高塔一座,仿佛中原公司之形式。”

在做完上述“软广告”后,吴秋尘文末点题曰:“故谓劝业场为科学的建设,殊非过誉也。”须知,“科学”在当年正是最摩登时髦的广告词之一。

忙活完劝业场的宣传,吴秋尘立马又投入到交通旅馆的广告策划中。虽然交通旅馆最终延至1929年初开业,但其在此前打出的广告词“敝馆为便利旅客起见,特备公共汽车一座,往来车站码头接送旅客”,却让津城百姓颇感好奇。进入二十世纪二十年代,天津旅馆饭店众多,然而旅馆自备公共汽车还是头一回。于是,吴秋尘带着“好奇”与“疑问”,便“捷足先登”了。随后他以《参观交通旅馆记》一文，刊于 1928 年 12 月 1 日的《北洋画报》上。

文章开篇首先综述了当时天津旅馆业现状：“天津为华北通商大埠，交通四达，商贾如云，近年商人苦于暴政，商业渐集中于租界，需要所及，乃不得不有大规模之旅馆之设。原来本埠客栈甚多，类皆旧式，一切设备，均欠完善；而负旅馆饭店之名者，则又多有藏垢纳污，聚赌纵烟，藉以图利，早为社会人士所疢病；洁身自爱者流，更不愿踏足其中；而游津旅客，更苦难得一清静高洁之所，以资棲息。旅馆既有他利可图，遂亦高抬房价，而旅客苦矣。”正是有鉴于此，“津门名商高星桥诸君，……购地鸠工，创造交通旅馆，业已落成，不日启幕。记者震其名，因前往参观”。

关于旅馆价格与布局，吴秋尘做了如下描述：“楼凡六层，客室百数十间，允称全津最大旅馆；客室分四等，福种每日租价五元，卧室之外，另附客室澡堂各一，设备华贵，价不为昂。禄种三元五角，内容与福种略同，虽无客室，而宏敞特甚。寿种两元五角，喜种一元五角，亦均幽雅，自来水盥具及热气管俱备。”至于旅馆设施，除自备公共汽车接送旅客外，“电气自设专机，故用电不加限制，夏日风扇，亦拟免费。馆中设两电梯，以供升降，其一为最新式，名曰自平机，能回复原位，毫丝不爽，在华北实为仅见。馆内甬道宽敞，且用木板作壁，非常壮观”。

1928 年《北洋画报》上的天津交通旅馆广告

随后，吴秋尘又总结出该旅馆四大特色：“每层楼上，均设阅书报所，藏置书报，供旅客浏览之需，是盖国人自营旅馆中所不常见者，此其特色一。馆中床被，悉用丝绸制做，随时消毒，清洁异常。至床架，福禄两种纯用有帐铜床，寿种铁质，喜种木质。床心分四种，有钢丝弹簧者，有钢条者，有藤制者，有木板者，旅客可随其习惯选用，此其特色二。馆之最高一层，设有西式食堂，由前北京比国使署大厨师专制西菜，中菜则系前致美斋之大厨承办。同此一层，设有大礼堂，可容三四百人，平时夜间映演电影，俾旅客不出馆门，亦得消暇之所，此其特色之三。遇有宴会结婚等事，礼堂可以租用，而礼堂后身，则另有一部分，为卧室一，厨房一，男女仆人房各一，云系专为远道来津结婚者而设，主人于布置上之考虑，可称极周到之能事矣。此其特色之四也。”行文至此，吴秋尘为保证广告真实性，特配有实景照片数张，且附言称：“参观之后，并摄影以誌其真相。”

其实，劝业场与交通旅馆在当年一出现，便吸足了天津市民乃至国内游人的眼球，即使没有吴秋尘的广告宣传，其也堪称当时国内顶级摩登建筑之一二。而吴秋尘这两文的价值，更在于对两座豪华建筑内部设置和服务理念的介绍，其一切皆为人性化的出发点，就是放在今日，对各类商家也仍有借鉴作用。

吴云心随笔中的沽上旧市相

做记者时的吴云心

丁酉年新正，吴云心先生女公子吴群女史归国省亲，曾以目前搜集到的其父所有作品相赠，阅过其中的新闻随笔类稿件，遂生以下所感：民国时期沽上报业繁盛，繁盛的报业催生了众多或专职或兼职的编辑与记者。编辑众多，便有了大报编辑与小报编辑之异；记者众多，则有了大报记者与小报记者之别。此间如有以上诸职一身兼者，吴云心先生应算是各中之一。他自1926年考入《东方时报》，至1949年脱离《益世报》，在二十余年的媒体生涯中，不但在多种大小报刊做了专职与兼职的编辑和记者，而且身处大报，能够宣传新文化、新思想，扶持左翼作家与作品；供职小报，则能洁身自好，以替底层民众呼吁疾苦为己任。对此，笔者仅举两例为证。

其一为“夜渡”惊魂诘问当局。

1930年11月18日，天津《北洋画报》曾刊出吴云老一篇随笔《夜渡》。彼时他年仅 24 岁，在《益世报》做编辑的同时，还兼职天津电话局，昼夜两班，白天服务兼职，夜间从事本行。据该文所记：

> 某夜，余自河东赴皇宫影院，至渡口，徘徊河岸，半晌，始觅得跳板。板距水面可二丈许，直至河心，悬空中，乃若长虹。板与岸衔接处，土裂欲崩，有绳系板端于岸上木椿，始得勉强行人；然板薄而长，举步辄颤动不止，若马戏上之走索者然。余奋勇登跳，心悬悬恐失足坠水，至船上，指跳板而示舟子，曰“岸土将崩矣”。舟子曰“无伤”。时月色如昼，陡视舟子面，狰狞如鬼，念及及时雨被困浔阳江故事，乃不敢复言，心惴惴焉，想到板刀面馄饨滋味。抵岸时，复临险境，盖日租界新修河岸，直如峭壁，临岸一梯，微倾斜，与水面几成直角，梯无蹬，无栏杆，登其上，必伛偻行，而足下滑甚，不慎，必至滑入水，余适著胶皮鞋，登梯困难万状，不得已手足齐下，蛇行始能上。比登岸，反顾渡船，已渡至河心，乃觉无异魔鬼，又若西游记所述通天河内之老龟，渡得唐僧到彼岸，而唐僧之恐惧可知也。伫立岸头，见中原灯火齐明，不禁有出险之感。

老天津的海河摆渡口

如果说上述所记仅是民生之苦和摆渡者无德，那么下面这段文字则是直接替百姓在诘问政府了：“今夏五月间，日意两租界间渡船上，发生有乘客落水淹毙事。适为某报记者所见，一度登报代死者鸣冤，时秋尘主办商报杂货店，亦为文论及，津市当局，且有调查之说；但事隔多日，大事化小，小事化无，一幕淹毙活人之惨剧，遂无后文，渡船上乘客依然，未有念及水下冤魂者矣。”

这便是吴云老当年的随笔文风，举凡其在民国年间的所有报道、时评、杂文、随笔等新闻笔墨，无不贯穿着这种为民请命、鞭挞当局的斗争精神。

其二为揭秘“离奇拍花案”。

五十余年前，笔者年少顽皮，常外出野玩，祖母管束，吓之曰：“赶明儿让拍花的把你拍走！”因好奇，询之故，祖母亦不甚其详，只言此乃沽上往日坊传。而就在吴群女史送我的吴云老随笔剪报中，笔者恰恰发现了吴云老于1931年5月7日发表在《北洋画报》上的一篇随笔《拍“拍”》，其所言正是此事。笔者读罢知晓了“拍花”案情，其文章峰回路转，颇有揭秘解惑之功效。

吴云老此文源于当年5月2日《北洋画报》上“蜀云”的一则报道，其文云：“日来拍花之风甚盛，(拍花者，拐带小孩之意也。至拍花二字之字根，究竟如何讲法，曾领教于老天津卫者数人，亦皆不能答，亦只好拍花之而已)于是大人不令小孩出门，小孩亦不敢大出门，人以此为谈助者多。”该文还例举数则传闻称，“甲曰：‘某日，有卖切糕者行市中，一小儿随其后，直奔，目不瞬，为警察所见，呼儿止，儿充耳若不闻，奔如前，强止之，儿不啼亦不笑，如痴。……’乙曰：‘我所知则更奇于君所知，西洋景不皆儿童所最嗜耶？某处，有玩西洋景者，其器制最精，凡儿之往看者，其双目必为玻璃镜收去，无一不盲者，拍花人所以取目，将以制药也。’丙曰：‘拍花之技，巧者多矣，某日，有携子而登电车者，遇拍花人，某不知也，其子极活泼，拍花人戏引之为笑乐，某亦不觉也，抵某站，拍花人下车，而儿狂哭，某父惊，举其腿，则生殖器已不翼而飞矣，拍花者影已渺不可复得。’”

言者均言之凿凿，唯拍花者如何作案，却皆语焉不详。对此，吴云老有如下揭秘——

据吴文披露，1931年春末，“津市离奇拍花案，街谈巷议”，而就在此

老天津街头的“拉洋片”也曾被吴云心写入文中

类事件频发，人们愈传愈奇之际，“特二区西方庵附近，复发生拍花者被拍之事，实亦拍花界之趣闻也”。西方庵又名涌泉寺，始建于明天启年间（1621—1627），清宣统三年（1911）废庙兴学，改为东于厂街官立两等小学堂。其位于今河北区胜利路中段西侧，曩昔此地“偏僻，多中等人家。每值夕阳西下，售食物之小贩，多在街头巷尾，设临时售卖部”。这一日午后，“有卖锅巴菜（天津之特殊食品）者，息肩路隅。就食者二人，一为四十许之中年妇人，一为十六七之童子。妇人方举箸，箸落于地，近童子足侧，妇乃请童俯拾，乘机投药于童子碗中。童子觉，佯作不知，故将已箸落于妇人侧，亦请于妇人，为拾箸，遂乘间易其碗，妇不知也。食已，妇双目直视，随童行，童东亦东，童西亦西，童遂奔赴警察，鸣于官。斯事未见诸日报，而西方庵一带居民，言之凿凿，当非虚构”。阅此笔者方悟，所谓“拍花”者，实乃武侠小说中之“施迷魂药”也。

迷魂药亦称迷药，武侠小说中又称“蒙汗药”，究其实，则为医学上之麻醉类药物。据传说，华佗研制之“麻沸散”，便是中医麻醉药之一种，其主要成分为植物曼陀罗。《水浒传》著名桥段“智取生辰纲”中，押运财物的杨志等人喝下被人下过“蒙汗药”之白酒，“头重脚轻，一个个面面厮觑，都软倒了”，便为此后武侠小说中“蒙汗药”之肇始。在科学尚未普及民众的九十余年前，不法之人利用麻醉药作案，坊间不明就里，遂被称作“拍花”奇案。而吴云老当年能够深入采访，揭穿此类奇案之谜底，实乃科学昌明之举。

还珠楼主“揭秘”旧天津餐饮“怪现状”

以小说家笔法写民国时期的天津市井，是有“当时人写当时事”之称的刘云若、李燃犀、李山野等人的专利。其实，作为当年著名神怪武侠小说作家，还珠楼主也有一部用“现在进行时”手法描绘旧天津“怪现状”的佳作，这便是他唯一的“入世”小说《征轮侠影》。该书有一大段描写 1920 年 5 月，山西污吏周少章避祸天津后，于日租界旭街（今和平路北段）新旅社与“混混儿”们交往的故事。这新旅社并非是还珠楼主的虚构，乃是日本人在津开设的集烟赌毒为一体的魔窟。据 1937 年出版的《河南统计月报》所载《天津日租界毒品机关一览》统计，截至当年 5 月，该旅社已有白面馆 27 家、烟馆土庄 61 家，其十余年前的“烟毒景观”，由此可以想见。

还珠楼主夫妇 1949 年合影

正是在这种真实的时空下，还珠楼主为我们讲述了一段沽上餐饮“怪现状”的故事——

鸿宾楼牌匾,1853 年清朝两榜进士于泽久题

这一日,周少章和他的“临时太太”阿细,正与沽上“混混儿”黄七、马二在新旅社“过瘾”。不明周少章避祸底细的黄七,为了巴结这位新结识的县长,提出要在新旅社附近的鸿宾楼请客。周少章知道,与新旅社同处旭街的鸿宾楼可是个老字号的大馆子,它是在清朝咸丰三年(1853)由几位宫廷流出的厨子和天津富商联手创建的,当时名噪津门的饭庄有沽上“八大成”、清真“九大楼”之说,鸿宾楼就靠着全羊席和河海双鲜成了“九大楼”之首。“盛情”难却下,周少章“夫妻”只得放下烟枪,跟着黄七、马二去赴宴。

及至到了鸿宾楼,“男女四人刚一进门,伙计便叫:‘七爷刚来,四位楼上请。’到了雅座,……店伙早把凉碟摆好,黄七略问二人喜欢吃什么,便命拣好的上:‘七爷吃嘛,你们还不知道?甜的马后(马后乃江湖行话慢点、不着急之意)。’伙计诺诺连声而退。一会菜来,四人且吃且说,越发亲密,又改了弟兄称谓。吃到中间,忽见伙计端来盘鱼翅。少章见那鱼翅用中盘盛着,虽是上等材料,摊得似杂烩一般并不整齐,味道却好。本是吃便饭,业已上了好几道,中间忽上翅子,心方奇怪,跟着伙计又端来一盘烤鸭,也是肥瘦俱全(彼时天津吃烤鸭不卖零碟),随带一碟荷叶饼,内夹着两张家常,忍不住问道:‘吃顿便饭,黄兄怎么这样破费?’黄七只是微笑不答。一会上的菜更多,一张小圆桌都被摆满,仍还来之不已。可是每样都是小件,有的还只大半盘,最奇的是咸、甜、冷、热杂乱无章,全不按着正常酒席上菜程序,说整席便是整席，说是随便点吃，只阿细点了一个炸肫，自己点了一个鸭丁腐皮，马、黄二人什菜未点，偏是应有尽有，内中还有一样重的，菜味都还不恶，好生纳闷。四人除阿细吃不许多外，少章食量中常，菜多人少，每样吃一点，早自吃饱。马、黄二人一样瘾士，却都能吃，马二食量更大得吓人，由入座上敬菜起，便盘盘光，后菜太多，虽然吃得稍好，却也所剩无几。吃完，伙计打上手巾把，黄七问吃多少钱，伙计笑答：'跟你老预备的是和菜，连酒饭共是一块六毛，已经给你老写上啦。'黄七遂由身畔取出皮夹，打开一看，里面花花绿绿满是汇丰、花旗、麦加利等外国银行的崭新钞票，略检了检，没有零的，又向身边一摸，摸出一块单元的交通票，两枚半元的银币，铛的一声扔在桌上，说这是交柜的小账，再将剩下的一块交票和一枚半块递在伙计手内道：'这个给你，七爷今儿带的零钱不多，赶明儿七爷再来再找补。'伙计笑道：'七爷干吗还赏钱？'黄七笑道：'一点小意思，赶明儿你有嘛事，冲七爷我说，大大小小帮你点忙。这个你先对付拿去。'……少章见五花八门吃了这大一桌，正账才一块多钱，休说如今租界酒楼，便倒退到光绪年间的物价也办不到，越发惊奇。当着伙计不便细问，一同下楼走出。门前柜伙又都整整齐齐一路叫应送将出来，暗忖：'照这吃法直和白舍一样，定是黄七有什势力，饭馆怕他，才会如此恭维，否则万无此理。'越想越怪，忍不住问道：'黄七兄面子真个不小，小弟南北宦游，这多年来还是头一次吃到这样便宜馆子，物美不足奇，难得是价钱奇廉，又在租界繁富之区。'阿细笑道：'我看这定是黄七爷的面子，要是人人如此，这家饭馆早被客人吃倒了。'马二接口道：'大嫂你啦不知道，这个没嘛，都是钱捐出来的。'还要往下说时，黄七抢口道：'嘛，捐来的，你怎么不捐一个？连翅子、海参带鸭子、羊肘子，甜的咸的八百多件，你吃饱啦没有？有话不会到烟馆里说去？'马二便不再言语。黄七又对少章道：'老大哥，你先不用打听，戏法人人会变，各有各的巧妙，这是小耍一般。咱哥们今儿个交上，往后是过命的交情，别说这个，花活多着啦。哥哥跟着兄弟走，包你吃不了亏，还得有面子，多会闲在，唱戏的讲话，我再细说根苗。'”

左边矮建筑为1955年鸿宾楼迁京后，天津和平路（原旭街）上的原址

那么才花了“一块六毛”，就在“租界繁富之区”的鸿宾楼“五花八门吃了这大一桌”的“戏法”，到底是怎么“变”的呢?还未等黄七说出“根苗”，马二便借着黄七上厕所的功夫给“刨”了。他见四下无人，便偷着跟周少章“夫妻”说：“刚才你啦吃鸿宾楼，瞅着摆啦一大桌，比他妈整桌翅席还多赛的，吃完一算账才他妈一块六，你啦奇怪菜码便宜。当着黄七我不好意思说，其实说出来这里头一点没嘛，也不是黄七有势力，鸿宾楼卖面，黄七漫说没嘛，满打有个牵牵连连，人那是正经买卖，也是满没听提，天津卫上边下边、河下海下人物字号多着啦，哪位手底下没有百儿八十个鸡毛蒜皮，要不论是人不是人都巴结，八个鸿宾楼也撑不住。这是客人精明，伙计们闹鬼，两凑合。别瞧鸭子翅子满有，闹的顶欢式，那都是别屋请整席，伙计打大桌上撤下来的剩菜，有的拿到灶上回一回锅，有那热和的，简直就用搌布把盘子边一擦，原样给端过来，只有那碟鸭子不是剩菜，那是遇上吃烤鸭的生产（生孩子），伙计给弄了一碟来。你不见饼顶新鲜吗？这归为叫飞菜，生座花钱，熟座也跟着吃鸭子，下余除开你老公母

俩点的两样，满是折箩，要不哪样菜都不多啦。”

“戏法”到此才“穿帮”，四位刚才吃过的这顿“连翅子、海参带鸭子、羊肘子，甜的咸的八百多件”的鸿宾楼“大席”，原来竟是别桌撤下的“折箩”。但即使如此，鸿宾楼卖的“折箩”也还是有“门道”的，要想知道这种特殊“买卖”的内情，请听马二接着“刨”：“可是你也别把他瞧短喽，黄七熬到这一份上也不是一时半时的工夫。第一得常去，跟伙计有个拉拢，第二小费得多给，柜上不知道客人好赖，全听伙计的，只当是常照顾的好主到啦，哪知道是里应外合，琢磨他去的。真要都是这样主到，他倒越去越欢，真肯花钱的好座，都他妈永不回头，从此别打算再来了。我这人心直，不爱跟下等社会打交道，该吃多少给多少。别瞧鸿宾楼隔得近，一个月少说也吃他个三五十磨，论起来，还真没黄七受欢迎。咱是规规矩矩么。黄七就为跟你露这一手，所以我一提做东，他就起急。我是宁得罪君子，不得罪小人，你请就你请，准知是跟着吃折箩，眼不见为净，有嘛关系？按说县长大哥千里迢迢来到此地，不是容易，既然一见如故，论起哥们这头一天说嘛也不能让你啦花，讲究交朋友吗。我打量连饭带大烟他都候啦，谁知道他不候账还拦着别人不候账，怕把他比下去。你啦请想，他这顿饭才吃多少，你啦公母俩这顿烟连抽带捎走的够十好几，哪个多？别瞧他钞票多，那是幌子。打前年我认识他，他就那一搭子原样没动，当着外人亮梢，胡翻腾，显他有钱是财主子赛的，归齐一张也没掉过，该用的就那三四块零的，早在别的兜里备好啦。你没看他给小费都打算盘，连块整钱都不给，给人一块中交票，谁还不知那是五毛，再搭上半块小洋呢，不是合不到一块整的吗？伙计遇上这类主到，也是倒啦邪霉。明知混充大爷，存心抹血，已然连上手，还不敢得罪，怕给东家那儿坏事么。你没见收小费时候嫌少不接，黄七直说，零钱不多，下磨再找补么。其实没有个找补，下次再吃行许更少，可是伙计东西给少了真翻眦，已然被他吃上有嘛法？”

听了马二的这一番“兜老底”，见多识广的周少章反应不大，倒是阿细由于“听说起吃的是别屋酒客的剩菜，越想越翻胃，想用热茶压一压，刚喝了一口，胃里早忍不住，哇的一声全吐了出来，闹得满床边都是，马二身上又溅了好些”。

至此，鸿宾楼当年的特殊“买卖”——伙计与客人“里应外合”卖“折箩”的故事，还珠楼主便讲完了。

张秀亚回忆西沽赏桃花

张秀亚辅仁大学毕业照

春天到了，桃花开了。如今津城人们春暖赏花爱去西沽，那里桃树成林，落英缤纷。其实，早在民国时期，西沽的桃林便远近闻名。那时的天津，小桥流水，河渠纵横。海河亦称白河，1937 年 5 月，天津海风社诗人邵冠祥曾出版诗歌集《白河》，抒咏的便是海河；沦陷时期，天津才子刘云若也曾写有一部以海河畔“落马湖”烟柳人家为题材的长篇小说，取名便是《白河月》。当年，白河上的木筏可随意载人划进沟渠，抵达西沽看桃花。

对此，台湾著名女作家张秀亚在散文《散步》中曾有如下描述：“中学时代住在天津，那是北方一个繁华的商埠，在那里，很难找到富于自然之美，吸引人徜徉流连其间的处所。只有水蓝草碧的墙子河附近，以及离市中心不远桃树成林的西沽，还可供人憩游。我和同学们常在假日坐了白河上的小木筏去西沽，在那桃林里散步，拾取满地的落英。”

曾拿过宝岛多个文艺大奖的张秀亚二十世纪二三十年代曾生活于天津，此文便是她对那时生活的回忆。张秀亚笔名陈蓝、亚蓝、心井等，

1919年9月出生于河北沧县(今黄骅市)北毕孟村。幼年曾随父宦游河北邯郸,1925年举家迁入天津。由于自幼酷爱文学,1928年,年仅9岁的张秀亚就在天津《益世报·儿童周刊》发表了诗歌、散文《月夜》《雨天》《我的家庭》等。高小毕业后,她瞒着债台高筑的父母,向同学借了一元钱,偷偷地考入了天津省立女子师范学校。二十世纪三十年代中期,张秀亚迎来自己第一个创作喷发期,先后在天津的《大公报·文艺》《益世报·文学周刊》《国闻周报》等发表诗歌、散文、小说等多篇作品,并由天津北方文化流通社出版了第一部短篇小说集《在大龙河畔》。她还是天津沦陷前著名诗歌团体"海风社"的主要成员,负责《诗歌小品》的编辑工作。其出众的才华,曾受到凌叔华、沈从文等文坛名家的嘉许。特别是1936年,萧乾主编的《大公报·文艺》将张秀亚作为文学新人隆重推出,更使她备受瞩目,赢得"北方最年轻作家"的美誉。

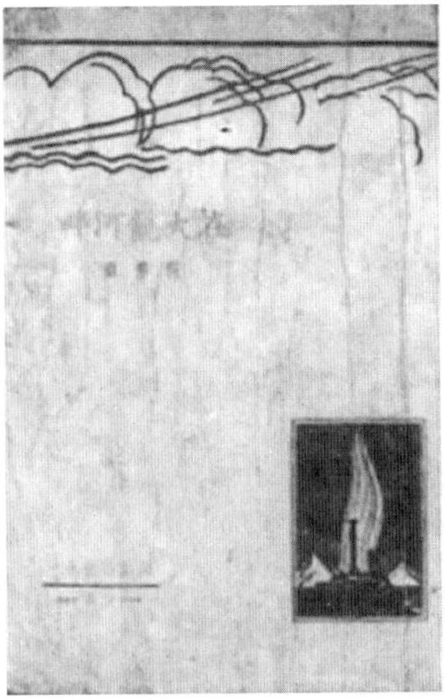

张秀亚小说集《在大龙河畔》封面(民国版)

1938年,张秀亚以国文科第一名的成绩考入北平辅仁大学国文系。记得1984年5月10日,笔者在北京采访著名作家严文井时,严老曾与笔者聊起过天津文坛。他从李叔同、曹禺聊到孙犁、梁斌。笔者清楚地记得,他深吸了一口烟,眯起眼睛,若有所思地说:"当年还有一个女孩儿,很有才气,在天津沦陷前,她出版了一本以天津为背景的小说集,叫《在大龙河畔》。"几年之后,当笔者开始研究民国天津文学时,知道了这个女孩儿就是张秀亚。再后来,笔者读到了《他仍在路上——严文井纪念集》中,其女儿严欣久的《父亲严文井和台湾著名女作家张秀亚的故事》,70年前发生在北平的少男少女"故事",似真亦幻,如梦缥缈。1943年,张秀亚与同学结伴奔赴重庆,接任已由天津迁此的《益世报》社论委员和副刊"语林"

版的编辑工作。此时，她与在“大后方”工作的于犁伯相爱并进入婚姻殿堂。1948 年冬，为了摆脱婚变的阴影，与儿女搭船远去台湾。

在台湾，张秀亚边在大学教书边抚养一双儿女，同时重拾笔墨进行文学创作，先后出版了《三色堇》《北窗下》《寻梦草》《牧羊女》《水上琴声》《圣女之歌》等散文、小说、诗歌、译著，数量达七十余部，被称为“台湾妇女写作的燃灯人”，深刻影响了台湾文学数十年。2001 年 6 月 29 日，张秀亚病逝于美国加州橙县医院。

“九一八”前后徐铸成亲历的天津日租界

著名报人徐铸成（1907—1991）虽出生于江苏宜兴，但他的新闻生涯是从天津起步的。1926 年，创刊伊始的天津《庸报》搞征文，时为清华大学学生的徐铸成应征获奖十元，此乃其文字首次见报。三年后他被天津《大公报》总经理胡政之相中，聘为记者，长年跑外。对此，他二十世纪八十年代重游津城时，曾回忆说：“按年序排列，北京是我进大学、开始跨进新闻界大门的地方，应是第二故乡。1929 年到天津《大公报》工作，安家落户逾两年半，跟张季鸾、胡政之学习，仿佛艺徒正式进科班，学采访、编辑，学写作评论，在这‘富连成’中，生、旦、净、末、丑，唱、做、念、打，文武场，都打下了一点根底。又值那时正在‘九一八’前后，中国开始国难深重，学生运动风起云涌，国家正在萌发‘否极泰来’的曙光。所以，天津虽是我的第三故乡，但我对她的感情特别浓郁。”

徐铸成 1929 年 11 月考入天津《大公报》时留影

1931 年 5 月，胡政之调徐铸成回报馆，

位于天津日租界旭街(今和平路)上的大公报馆

让他接编《大公报》副刊。此时,他住进了报馆楼上的集体宿舍。对报社周围环境,他晚年在《报海旧闻》一书中曾有如下追忆:“《大公报》设在天津的旧址,是在日租界最主要的大街——旭街。详细地址是:旭街四面钟对过。所谓四面钟,顾名思义,是有一个四面可见的大钟,也像上海海关的大钟一样,不过具体而微而已。它设在一家日商西药店三层楼的屋顶。”“四面钟旁边,有一幢四五层的大楼,名为德义楼,是日商开设的最大旅馆,而真正的旅客却望而却步。据说,里面设有各式各样的鸦片馆;此外,经常出入的是穿和服的、旗袍的花枝招展的莺莺燕燕。每当春夏季节,我们编辑部的窗子打开,浓郁的烟‘香’和脂粉香味,不时阵阵飘来。我们就有一位同事何心冷,受到这种诱惑,染毒日深,以致工作时精神恍惚,甚至发稿时写了几个字,笔提不起来,旁边催发稿子的工友一看,原来是睡着了。也有一位专做夜班照料工厂的庶务先生周作恭,每当夜深精神不继,就到对过去‘香’几口,积久也成了‘老枪’。”

就是在这样的环境中,徐铸成开始编副刊了。这期间,有些事让他终生难忘——

天津大公报馆对面的德义楼饭店(已拆除)和四面钟

我先住在集体宿舍旁边的小楼上，后来，和一位同事在小松街(今热河路)合租了上下各四间的小楼庭院,我的家在楼上。那里,离报馆不算远,只经过不到半里的一段马路,但每当看了大样回家时,常常会碰到抄身(搜身)。上海租界的“抄靶子”是迎面来,尽管被周身搜索,感到受一场侮辱,但思想上还有些准备。天津日租界的搜身,却是从后面来的,夜深人静,正想急急回家,冷不防从后面某个角落里窜出一两个日兵和便衣汉子，当你正想回身看时，一个硬邦邦的东西,已顶紧你的腰部,“举起手来！”一声吆喝下,被从上到下搜一遍,然后,这些人又“影”进黑暗里去了。

在旭街中原公司(当时天津唯一的大百货公司)以北,是一段闹市,马路背后,就是妓院集中的地方。旭街靠近法租界后面的几条马路,则到处可见挂着某某洋行招牌的小房子,听说它们的主要营业,是贩卖红丸、白粉和吗啡之类的毒品,也有贩卖枪支的。还有一些看去像是旅馆的铺子,门口的招牌上,却写着“五角随便”的大字。出五角钱就可以“随便”一下,这显然是诱惑车夫、苦力等劳动人民的陷阱，也是拐骗四乡劳动妇女的火坑。

总之，当时的租界，特别是天津的日租界，是黑暗的地狱，是罪恶的渊薮，是中国人民应该永志不忘的历史耻辱！

九一八事变那天，徐铸成已改编地方新闻，据他回忆——

“九一八”那天晚上，看完大样后，我还写了点东西，午夜1时许离编辑部时，并没有什么重大新闻。第二天翻开报纸，见要闻版下角有一小段加框的“最后新闻”，大意说，据北宁路(北平通辽宁的铁路，即今日的京沈路)局接沈阳电话，北大营方面的日军，忽于昨晚起对我军发动进攻，枪炮声迄今晨尚未停止。这一短短的新闻，想不到就是中国乃至国际局势转入一个新时期的开始（第二次世界大战的序幕)。

我到报馆，才知这新闻是记者汪松年得来的独家新闻。他和北宁路(路局设天津)局长高纪毅很熟；白天，高对他说，沈阳来电，日军调动频繁，景象异常，可能要出事。因此汪一直守在路局，在深夜一时，路局接沈阳电话，日军果然开火了。他打来电话报告时，要闻版早已截稿拼版了，于是连忙抽掉一小段，补进这“最后消息”。而日军于进攻后，立即切断通关内的一切交通线，所以别的报纸没有得到这个消息。

接着是中国军队奉命全部撤出沈阳，退守锦州一线，听候国联处理；而长春等处，旋即被日军占领，张景惠、赵欣伯等的“维持会”纷纷出现。

“九一八”后的第三天，张季鸾、胡政之召开全体编辑会议，讨论今后编辑计划。这样的“民主”，是从来没有过的。张宣布他和吴、胡商定的编辑方针，是“明耻教战”四个字。他阐述说，中日问题，非一朝一夕所致，而双方力量悬殊，不应仓猝开动战端。如何“明耻”呢？把明治维新以来日本逐步侵华的历史原原本本清理出来,向读者介绍。他当场指定汪松年主持其事,由王芸生加以协助。如何“教战”呢?请懂得现代战争的军事学专家蒋百里编“军事周刊”,向国人介绍军事常识。

后来有人说,《大公报》之反对立即抗战,是由于9月底蒋介石叫于右任给张季鸾一电,请他支持南京的“缓战”主张。根据我的记忆,如上所述,张、胡等的方针,早在于电前就决定了。至多,只能说是彼此同感,一拍即合吧!

就是在这样的环境中,徐铸成在天津亲历了“九一八”前后的一段时间。随后,他便作为《大公报》武汉特派员兼驻汉办事处主任,赴武汉履新去了。

李燃犀为天津各色“混混儿”写真

今日人们对旧时天津卫“混混儿”的认识，多来自冯骥才笔下的“玻璃花”——

十年前玻璃花还是一个无名的土棍，小名三梆子。有一次，他闯进香桃店，闹着“拿一份”。香桃店是侯家后俗称“大地方”的大妓馆。店大人多，领家招呼七八个伙计操着斧把儿围起他来。那时打架兴用斧把，因为斧把一端是方的，有棱有角，抡上就皮开肉绽。依照混星子们的规矩，必须往地上一躺，双手抱头护脑袋，双腿弯曲护下体，任凭人家打得死去活来。只要耐过这顿死揍，掌柜的就得把他抬进店，给他养伤，伤好了便在店里拿一份钱，混星子们叫“拿一份”。这天，三梆子就这样抱头屈腿卧在那儿，叫人打上一袋烟工夫。他仗着年轻气盛，居然没吭一声。一个在这店里拿份的混星子死崔，将斧把头砸在他左眼上，血糊糊的，只当瞎了。伤好后，眼珠子还在，却黑不黑白不白成了花花蛋子，那个打坏他眼珠儿的死崔，在江叉胡同的福聚成饭庄花钱摆一桌请他，当面赔罪。这死崔心毒手黑，暗中在靴筒掖一柄小刀，只要他闹着赔眼珠，就拔刀下手。谁知道，三梆子非但不闹，却花钱买下这桌酒饭，反过来谢谢他。这因为混星子们不带伤不算横，弄上这点彩儿，正是求之不得。真怪!这世上真是嘛人都有：有的对别人下狠手表示厉害，也有人对自己下狠手显威风；有的把伤藏起来，以为耻辱，有的就挂在脸上，成了光荣的标记。从此，三梆子得号“玻璃花”，也就名噪津门了。

津门“混混儿”的无赖相，的确让冯骥才写活了。其实，“混混儿”进入文学作品，并非始自《神鞭》。“混混儿”作为一种旧时的社会现象，清末于天津一出现，便引起了部分文人的注意。如张焘《津门杂记》中，便有“混星子”的记载。进入民国，更是有人将昔日“混混儿”们的“事迹”演为说部。这其中较有特色者，便是二十世纪四十年代流行于津沽的李燃犀“掌故小说”《津门艳迹》。若从当年该书封面上“大美人儿”和书名来看，该书应归入“香艳小说”类。没读过此书的沪上学者魏绍昌便是如此，在他所编的那部影响甚广的《鸳鸯蝴蝶派研究资料》中，该书就归类“言情小说”。然而此书非但“无情”，而且写的全是“混混儿”间“打群架”之事。

电影《神鞭》中的老天津卫“混混儿”

在该书之前，天津“混混儿”被写进小说，是李燃犀舅舅戴愚庵的专利。据戴愚庵之子戴冠津先生生前对笔者讲，李燃犀自幼在戴家长大。当年戴家居住城里鼓楼南，任小学校长的戴愚庵每晚归家，除了写作沽上旧事，便是与友人谈论天津的民俗掌故。精通文墨的李燃犀时常相守一边，眼观耳听，时间一长，“偷”走了不少“学问”。成年后，经

醉眼迷离的李燃犀

舅舅介绍，他先后担任几家报刊编辑，整日奔走于津城各处，在搜集了大量沽上风俗与掌故的同时，也结交了一批“道上”的朋友。不久，他便成了专门写“混混儿”的掌故小说家。但他笔下的“混混儿”，又与舅舅有别。戴愚庵的《沽上英雄谱》虽也是以“混混儿”为题材，但更多的是将民俗掌故与民间传说相连缀，所述故事与人物多有其原型与模特。李燃犀的《津门艳迹》则不然，这是他完全依靠个人构思而创作的一部以“混混儿”为主角的长篇掌故小说。

“混混儿”一词是旧时天津民间对地痞流氓的俗称，官方典籍则名曰“锅伙”或“锅匪”。揆之史实，他们原是清中叶一个反清秘密组织的成员。迨至清末，便已蜕变为混迹于市井中以打群架为职业的无赖。因此天津百姓又称其为“混星子”“无二鬼”“耍人儿的”。但他们又有别于一般地痞流氓，只有经过“开逛”而加入“锅伙”者，方可称为“混混儿”。所谓“开逛”，即是以斗殴打群架成名。打不过即“卖打”——躺在地上任对方殴打，这样也可成名。但不许喊疼，若一“唉哟”，则被称为“走基”，也即“栽啦”，从此为同行所不齿。有过“开逛”经历的人，便可以加入“锅伙”。“锅伙”最早是由一批无业游民在一起同居伙食而得名，后成为“混混儿”组织的专称。《清史稿·循吏传四》便有“天津民悍好斗，锅伙匪动为地方害”的记载。“混混儿”发迹后，便要“收逛”，即退出“锅伙”，而以社会“贤达”自居。遇上地方“混混儿”群殴，双方又不愿“归官”，便由他们出面“说和”。言语调解成功则罢，否则便要叩头央求，装疯卖傻，甚至以自毁身体某一部位而平息殴斗。因这类人平时交游广泛，上入官衙，下达市井，而且又是“混混儿”出身，故津人又称之为“袍带混混儿”。

《津门艳迹》全书共分十五回，回回殴斗，环环相扣。它以清末天津为背景，以“袍带混混儿”穆西楼为引线，在穿插了多起“混混儿”群殴故事的同时，也写出了当时天津地理、民风、掌故以及天津人的性格。既是一部形象的清末天津市井图，同时亦具一定的历史与民俗价值。例如其第三回便写道：“当年城西辛庄有些卖菜的。每日许多小贩，担着挑子，到城里来售卖。那时交通不便,西乡人下卫,必须由小西关进墙子。更因繁华中心在北门外一带,卖菜的都到北大关整担出脱,势必经过双街口针市街。那时大伙巷小伙巷,总名叫南台子,简称做台山。那里有一伙子耍人儿的。当年耍人儿的没有准进项,专仗着拿横钱,名为平地抠饼。他们见每日西乡担菜的接连不断,认为有机可乘,便有几个人出头,拦路拿用。凡有菜挑子由南台子经过,每一挑勒令拿几个钱的陋规。如若不给,立时便有横灾:轻者暴打一顿,将青菜作践了;重者身带重伤,永远不准由此经过。”于是辛庄的人恨透了小伙巷的人。恰巧一日小伙巷王宅娶了小稍直口荣家的闺女为媳,迎亲队伍要经过辛庄。于是辛庄“混混儿”认为报仇时机已到,便在庄口强行扣留新娘。小伙巷众“混混儿”闻知,欲赴辛庄“闹事”。眼看一场械斗难免,于是有人便请出穆西楼前去“说和”。穆西楼“接活儿”后便只身迳奔辛庄,用如簧之舌将对方说服,并保证辛庄人进城里卖菜“打这儿起,不但是免去拿用,还罚他们给咱安路灯。由小伙巷儿说起,到双街口儿,回去就办”。于是保出新娘,一场干戈转瞬化为玉帛。这就是当年津门“袍带混混儿”的本事。

《津门艳迹》在活现了“混混儿”与“袍带混混儿”的同时,还刻画了一个打架上瘾“没脑仁儿”的“女混混儿”。

侯家后有个养人儿的杨四奶奶,乃是个女混混儿,平日专与当地阔老交接,在侯家后一带颇有声名。她的孩儿杨金子曾在丁家小班搭住过,她和丁家颇有交情。她有个女儿嫁在河北关上。这天到关上看闺女,半路上听有打架的。杨媪不是省事的,听见竹竿巷有人打群架,她便不顾看闺女,先到竹竿巷看打架的来。到时方知是丁家的人儿被胡老抢走,杨媪大怒,恰巧地下不知什么人丢下一根棍子,被她捡起,舞着棍子搅入人群。侯家后的人见是杨四奶奶到来,大家掌不住齐喝一声采,恰似两军阵前来了一员大将。只听杨媪喊道:“你们靠后,看我一个人儿的。”说时舞着棍子往对面便打。胡老的人正自打着,忽见

李燃犀笔下的老天津卫“女混混儿”

对面人丛中闪出一个女人，身量不高，白面庞，一脸的白麻子，穿一件红靠褂子，手拿一根棍子，舞得车轮一般。有知道的喊道：“这是杨四奶奶，哥们儿留点神，她可有两下子。”……说亦奇怪，杨媪一根棍子恰似活龙一般舞将起来，棍无虚发，一棍一个，打得众人跌脚爬滚，披靡而退。……杨媪挺棍直赶到金华园门前，众人早已星散。杨媪大骂一阵，无人答应，回头挥着众人，得胜而返。及至回到丁家小班门前，把棍子一摔，忽然想起一件事，大叫“掌班儿恺，咱忘了点儿事。”丁三忙赶过来道：“怎么着？四奶奶，忘了嘛啦？”杨媪道：“咱干嘛儿去呀？”丁三道：“咱不是打架去的么？”杨媪道：“对呀，我知道。我问问你，为什么跟人家打架？”丁三道：“你不是知道么，不是咱院里的六姑娘教人家抢去啦？”杨媪拍着手道：“咱为抢人儿去的，人儿呢？”丁三猛省悟道：“嗳呀，糟啦，咱这回架白打啦。四奶奶，你为嘛不早提一声儿呢？”杨媪由怀中掏出一条青洋绉绣花儿的手帕，擦着脸上的汗道：“我可得顾的了啊，你们为嘛都忘啦这一手儿呢？”众人齐道：“我们看你老打人打得真溜爽，我们都看直了眼儿。你老头里走，我们只顾后边跟着瞧热闹，别的事全忘了。”杨媪跺着脚道：“你们这群人就会沏茶倒水，别的都不行。这是打群架，抢人儿，你们尽在我屁股后头跟着有嘛用？走，咱们回去要人儿去。”

这种栩栩如生、津味十足的“路见打架一声吼，该出手时就出手”的传神描写，正是作者常年生活在底层社会并长期观察体验的结果。

武侠小说闹津门

赵焕亭拉开民国北派武侠小说大繁荣序幕

赵焕亭像

中国武侠小说发展到民国后，在迈向现代风格之始，便分为了南北两派。而这两派的崛起，均与1923年发生在上海的两件大事有关。

其一是湖南平江人氏向恺然，以笔名“平江不肖生”在上海《红》杂志连载了武侠巨制《江湖奇侠传》，引起轰动，后被上海明星影片公司拍成由胡蝶主演的电影《火烧红莲寺》，更是风靡大江南北；其二则为祖籍河北玉田的赵焕亭，亦于同年在上海益新书局推出了他在天津完成的武侠力著《奇侠精忠传》，一时洛阳纸贵，人们争相传阅，在此后的十年间至少八次再版。虽然二人写作手法不同，两部作品亦风格迥异，前者以一种近似荒诞的文笔将前清文人笔记中的奇文异事讲得生动有趣，险象环生，而后者则用一种近乎拙朴的笔墨将清季绿林豪侠写得古朴豪壮，荡气苍凉，但由于两人均能摆脱此前旧说部模式，于传奇中塑造人物，故而被时人誉为奠基现代武侠小说“狂潮”的“南向北赵”，并被后来研究者认为共同拉开了民国南北武侠小说大繁荣的序幕。

《奇侠精忠传》是赵焕亭的第一部长篇武侠小说，也是他的成名作。

书叙清代乾隆年间义侠杨遇春等助官府平定边疆叛乱的故事。小说写得古朴遒劲,颇有《儿女英雄传》《三侠五义》等北方小说的“评书”遗风。赵焕亭本人也因此被时人喻之为“施耐庵”。其实,细究此书便会发现,燕赵峭拔之气虽弥漫全书，但间或也常有世态人情般的酒肉俚俗，甚或还时时夹带一些秽笔，这固然有他放达恣肆一面，但也未尝没有迎合市民读者的低级趣味之俗。

《奇侠精忠传》初版本封面

1933 年天津《天风报》上一位律师就指出:“赵焕亭的作品是偏在描写男女琐屑上的。”翌年白羽也在天津媒体上批评赵氏作品有“色”。其实，这是那个时代通俗小说为取悦读者的一种通病。也正因此,《奇侠精忠传》初版甫一面世,便因触犯禁例而进行了一次删改，随后修订本再度刊行，但终因脱离了连载的原汁原味,反而不如初版本精彩。环境影响着一个作家的写作风格,而风格一旦形成,再怎么增删涂改也会造成全书的蹩脚。

继《奇侠精忠传》之后,赵焕亭又相继写出《英雄走国记》《双剑奇侠传》《惊人奇侠传》《兰母女侠》《边荒大侠》等近二十部武侠小说,均陆续连载于津京两馆《益世报》上。1990 年春,笔者在参与编撰《中国武侠小说辞典》时,曾看到赵焕亭一部从未被各种研究资料著录的武侠小说——《清代畿东大侠殷一官轶事》。阅后感到，这部作品不但在赵氏的武侠小说中,就是在整个民国武侠小说中,也不失为一部佳作。而该书便是目前所知天津《益世报》馆为其出版的第一部武侠小说。书叙清代蓟州盘山大侠殷一官一生除恶扶贫、威震江湖之事。由于作者极厌恶一般武侠小说中的荒诞不经，固而他笔下的殷一官淳朴可爱，憨态可掬，在同时期的武侠小说中给人耳目一新之感。为此笔者曾于媒体著文介绍，并引来学者李林先生的一篇补正，对拙稿涉及赵氏生平处多有修订，近年北京学者顾臻先生也对赵氏用力颇勤，现结合几方发现，可为过去“生平不详”的赵焕亭大致勾勒出一个人生轮廓。

民国时期上海报纸上赵焕亭武侠小说广告

赵氏原名黼章，又名绂章、幻渟，祖籍河北省玉田县，乃正白旗汉军官宦世家。其祖父是武举，父亲曾任山东鱼台知县，大哥赵黼彤是秀才，二哥赵黼清进举人，三哥赵黼鸿为进士，均曾为官。1877年赵焕亭出生于山东鱼台，少年时曾师从晚清进士后官至山东按察使的赵菁衫，旧学功底扎实，对于诗、辞、曲及古文均颇精熟，据说当时他和二哥、三哥在济南被人称作“玉田三珠树”。至其成年，科举已废，便随父宦游鲁鄂川等省，眼界大开，喜闻奇侠轶事，每有所闻，便草记于心。据其亲友回忆，他在游历各处时，凡遇有练武卖艺和跑马唱大戏的，必驻足细观，凝视默记，同时还常到古寺深庙察看建筑布局，这为他日后写作武侠小说积累了素材。民国建立后，其双亲先后故去，生活陷于穷困，但其性格高洁寡言，不求时禄，遂以著文为生，写起了通俗小说。早在民国建立前一年，他便为上海商务印书馆创办的《小说月报》写过短篇。1915年《小说海》创刊，他又为其作短篇小说《铜驼恨》，但均未成名。不久，军阀混战，因不满于时政，他便长年隐居天津，将早年所闻游侠奇事现于笔端，正式“下海”写起了武侠小说《奇侠精忠传》。此时是1922年初，赵焕亭已45岁。

警世小說

流亡會

趙煥亭著

（九十五）

在《新天津报》上连载的赵焕亭小说

《奇侠精忠传》的成功，使赵焕亭欲罢不能，不久，《清代畿东大侠殷一官轶事》便由天津《益世报》馆付梓了。1927年，他又于《益世报》连载了《殷派三雄传》，内容续接《清代畿东大侠殷一官轶事》，讲述殷一官三位高徒出师后行为各异之故事。此书随后也由天津益世印字馆出版单行本。继以上几书之后，《益世报》又连载了赵焕亭的另一部代表作《英雄走国记》，并亦为之出版单行本。此后，赵氏的作品便打入南方，除1927年为天津《北洋画报》创作《山东七怪》，后于1929年出版单行本上下两册；

1942 年在天津《新天津画报》连载《白莲剑影记》外，其他作品多由上海书肆出版。

武侠小说的写作，在为赵焕亭带来极大声誉的同时，也使他获利颇丰，以至于有一个时期引逗得其子女也纷纷操觚任侠。据其亲属介绍，在其三子三女中，便有二子一女也在操觚任侠。笔者在一份武侠小说书目中发现，在当年，南方便有名为赵幼亭、赵亦焕、赵振亭等人分别撰有武侠小说《飞娘喋血记》《续江湖奇侠传》《蛮荒剑侠传》等。这三人是否就是赵焕亭的子女，抑或是慕其大名的枪手，尚不可而知。但由此亦可看出，此时在南方已至少出现了三位借其"蔓儿"者。

抗战爆发后，赵焕亭因不肯为附逆报刊撰稿，基本上结束了武侠小说创作，除仍写有文言笔记《今昔斋丛谈》和历史小说《明末遗恨》外，再未有新作刊行。此时期他虽生活陷于困顿，但一直拒任伪职。为了温饱，他不惜在天津劝业场等地挂单鬻字，据说求者甚众，他便依此小技得以存活于二十世纪四十年代。1951 年，他于寂寞中故去，终年 73 岁。

赵焕亭虽然祖籍河北玉田，但他武侠小说创作的黄金年代基本是在天津。因此，在叙述民国天津文坛往事时，我们不应淡忘了他。何况他开创的北派武侠小说套路，对后来崛起于津沽的还珠楼主、白羽、郑证因、徐春羽、朱贞木等武侠名家影响甚大。他是清代武侠小说旧模式向民国武侠小说新风格过渡时期的承上启下者，同时他又是民国北派武侠抑或通俗小说由天津打入南方的第一人。

揭秘《蜀山剑侠传》中的“妖邪”与“天劫”

不可思议的“天劫”

世人皆知，执中国神魔小说牛耳者为《西游记》与《封神演义》。其实不然，民国时期还珠楼主在天津推出的《蜀山剑侠传》《青城十九侠》等神魔巨著，在想象力与描绘力上，与两部古典名著相比，非但毫不逊色，甚至还高出其右。对此，七十余年前，文学评论家徐国桢便已发出“《西游》《封神》犹属小神怪，《蜀山》《青城》才是大神怪”的慨叹。

《蜀山剑侠传》是一部“旷世奇书”，这已是目前研究者的共识。虽然它的“奇”体现在多方面，但还珠楼主对一系列“妖邪”与“天劫”的营造，却令人叹为观止。例如他曾这样描写一个妖魔：“台中心孤零零设着一个椭圆形的宝榻，上面侧卧一个身蒙轻纱的赤身妖女，睡得正香。生得肤如凝脂，腰同细柳，通体裸露，只笼着薄薄一层轻纱，粉弯雪股，嫩乳酥胸，宛如雾里看花，更增妖艳。尤妙是玉腿圆滑，柔肌光润，白足如霜，胫趾丰妍，底平趾敛，春葱欲折，容易惹人情思。活色生香，从来未睹。”而当她“坐起后，只朝众人星眸流波，作一媚笑，懒洋洋把玉臂一挥。那般人面上立现喜色，纷纷起立，目注妙女神色，倒退十数步”。一会儿，“妖女忽由身后摸出一面金镜，朝那玉臂云鬟左右照看了两次，顾影自怜，柔媚欲绝。无意中右腿一伸，脚尖朝那道童的脸踢了一下。道童忽然兴奋起来，纵身站起，两臂一振，所穿短装一齐脱卸在地，立时周身精赤，一声怪叫，便朝妖女扑去”。

然而就是这样一个风流冶媚的艳女，当被具有特异功能的金蝉、石生用透视云雾的慧目法眼看穿原型之后，其真实面目竟是一个极奇怪的妖物：体如蜗牛，具有六首九身四十八足。头作如意形，当中两头特大，头颈特长，脚也较多。一张平扁的大口，宛如血盆，没有牙齿。全身长达数十丈，除当中两首三身盘踞在宝榻之上，下余散爬在地，玉台几被它占去大半。那道人残尸已被它吸向口边，六颗怪头将其环抱，长颈频频伸缩，不住吮啜，隐闻咀嚼之声。形态猛恶，从所未见。想不到一个千娇百媚、玉体香温、冶荡风骚、柔媚入骨的尤物佳人，一现原形，竟是这等凶残丑恶的妖孽！

这便是对凶残淫毒的“万载寒蚿”之描写。前后两相比较，可谓人妖之异，天壤之别。尤其是对后者的刻画，真是狰狞恐怖，骇绝人寰。然而，到此还不算完。就在这“万载寒蚿”被“神驼乙休”等仙神围剿，即将神形俱灭之时，还珠楼主又凭空杜撰出一只雄性前古妖龙“元鼍”，且看此精怪骇人之长相：本身其形如龙，少说也在百丈以上，约有一丈多粗。前半节生着两片肉翅，四只龙爪；后半近尾之处却生着两排粗约尺许、长约三四尺的兽足。尾作扇形，约有三四丈方圆，上面尽是逆鳞倒刺。通体红色，满生三角鳞片，其大如箕，闪闪生光。除前半身近头一带昂起向上，口发鼓声，不住怒吼，尾部兽足挺立湖底而外，长躯竟将湖心一带盘满，形态猛恶长大，平生仅见。

类似此等恐怖妖魔，在还珠楼主的“蜀山系列”中，随处可见，俯首即是，以上只是仅举两例为证。那么还珠楼主这种栩栩如生的奇特描绘之依据又是来自哪里呢？

据老报人吴云心回忆：二十世纪三十年代，吴在天津电话局与还珠楼主共事时，有一次问及书中那些怪兽是怎样想出来的，他说：“容易得很，取任何昆虫，如蝗虫、椿象、青蛙、蚯蚓、螳螂等，放大若干倍而描写之，其凶恶诡异之状可以想象。”此外，还珠楼主在二十世纪五十年代中期也曾于《北京日报》上“坦白”过他当年塑造妖邪的绝活儿：“至于我所写的那些奇禽异兽，是从哪儿来的呢？我是采用昆虫的形象加以改变，夸大和渲染而来的。我利用了人们的好奇心，把那些昆虫放大到千万倍以上，给它们再添点什么，去点什么，用甲昆虫的头，安装在乙昆虫的身上；或是添点犄角、翅膀、腿、爪什么的。最后给它取上一个奇怪的名字，一个

《蜀山剑侠传》的民国版本

猛恶可怖的怪物,就捏造出来了。再让它们去胡作非为,凶杀殴斗,变成书中主人翁的帮手。”并以蚂蚁为例说,若把它放大一万倍,就变得十分惊人,再添上大象的鼻子,犀牛的尖角和鳄鱼的尾巴,就成了骇人至极的恐怖怪物。由此可见,还珠楼主笔下的恐怖妖邪,是有实物作模特的。

对“妖邪”的刻画是这样,对各种“天劫”的营造亦复如此。关于这点,七十余年前徐国桢先生曾有如下概括:“关于自然现象, 海可煮之沸,地可掀之翻,山可役之走,人可化为兽,天可隐灭无迹,陆可沉落无形;风霜水雪冰,日月星气云,金木水火土,雷电声光磁,都有精灵可以收摄,炼成各种凶杀利器,相生相克,以攻以守,藏可纳之于怀,发而威力大到不可思议。”这些绘声绘色的笔法,分明是作者向壁虚构,却如耳闻目睹之真。徐国桢将其归结为“物理的玄理化,玄理的物理化”,可谓一语中的。例如“海可煮之沸”,是否得益于壶中煮沸之开水?这种以小见大,以微识巨的妙想,正与蚂蚁变妖怪同出一辙。

当然,由彼及此的“物理”变化容易理解亦容易破解,难解复难辨的是那些由此及彼的近于“玄理”的铺陈,这需要有更为丰富的“两仪”“五行”“五相”“八卦”“九宫”“大衍”等知识作钥匙,方能开启还珠楼主那睿智的思维宝库之门。唯其如此,读者与作者的审美才能处于同一节拍进而产生共鸣。这也正是“蜀山系列”为什么愈是在高知识阶层愈是备受青睐之原因。明乎此,我们便不会再用“荒诞不经”与“流毒甚广”去评价还珠楼主与他的神怪武侠小说了。

还珠楼主为何两次敬告“蜀山迷”

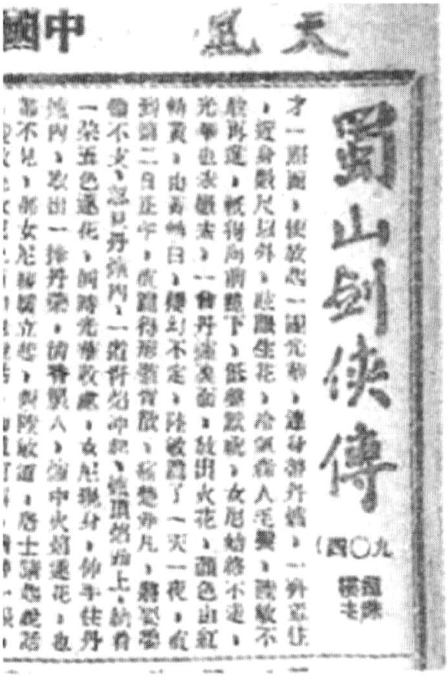

天風

中國

蜀山劍俠傳

（四〇九）

還珠樓主

《天风报》上的《蜀山剑侠传》连载

1932年初，还珠楼主在天津日租界秋山街(今锦州道)寓所开始了《蜀山剑侠传》的写作。开笔伊始，他本是想借武侠小说这一题材，抒发自己对早年游历过的峨眉胜境的一种情怀。写飞仙剑侠是一种形式，述自然风光才是初衷。孰料随着情节的发展，读者的兴趣日增，还珠楼主不得不加大仙侠的比重。但即使这样，他对自然风光总是出于一种难以遏止的向往，一有机会便要宣泄出来。而青峰浴水的山川湖海又为他笔下超凡入圣的剑仙飞侠提供了纵横驰骋的广袤空间。由此便形成了“蜀山”一书云波诡谲、人景交融且诗意盎然的神话胜境。

然而让还珠楼主始料不及的是，他刻意追求的这种“胜境”，却给他和报社带来了麻烦。

那是在 1933 年的秋天,《蜀山剑侠传》在天津《天风报》上连载一年有余,其合订本第一集刚刚出版之际,一些“蜀山迷”纷纷致函《天风报》社主人沙大风,争先垂询去“蜀山”之路径。其中一位署名“燕北愚人”者,更是言辞恳切,对《蜀山》一书推崇备至,以至生出超世出尘之想,赴蜀之心已定。当沙大风将这些信函转交还珠楼主后,还珠楼主在震惊之余,不免暗暗自责:想不到自己信手杜撰的这些虚幻文字,竟被一些读者信以为真,而且已把他们引入歧途,这可是与自己的初衷相悖的呀!

1930 年的峨眉山(蜀山)神秘莫测

于是在这一年的年底,他在报上登出了《复燕北愚人》一文。他写道:“昔日蜀山号称天府之邦,山川灵秀,涧谷幽奇,多有高僧异人结茅其间,用作养性名心之所。”至于“蜀山”一书,乃是他闻之于野老逸民,“加以搜葺成书,前应友人沙大风之约,充塞篇幅,所述皆清初剑侠轶闻,俚语荒言,聊供读者酒后茶余谈笑之资而已”。随后,他笔锋一转,针对当时东三省沦陷之事,愤然而言:“今者人间何世,国难靡宁,天儆宗邦,强夷内戾;川中群魔,尚复丧心内哄,神皋奥区,大都鞠为茂草,灵山依旧,道阻难行,更无桃园可以避地”,“大抵吾国武术,代有传人,野老之言,半涉虚幻,……倘异日公理战胜,时转昌明,则处处尽是桃源,城市亦可安神,又无需乎远涉山川,觅地高蹈矣。”至于燕北愚人所询“蜀山”之路径,他在极力劝阻之后讲道,书中所有山川湖海,皆为虚构,“如青山能隐,山迹可寻,不佞亦早已披发入山矣”。

在一些武侠小说作家纷纷标榜自己作品有据可考、有案可查的年代，还珠楼主主动揭穿自己精心构设的“蜀山谜底”，可谓难能可贵。

更“难能可贵”的是，在二十世纪五十年代中期，在新的形势、新的环境下，还珠楼主再次在《北京日报》撰文“敬告”读者：“我所写的小说里，有许多怪人、怪事和奇怪的动物。我就借着它们引诱读者。如果有人要问：‘这里头有真的吗？’我负责肯定地答复：‘没有这样的人，没有这样的事，也没有这样的动物。一句话：一切都是我捏造的。’”“有些天真的读者，在看了这类有毒的小说后，就着了迷，以为世界上真有那样神通广大的人，甚至于抛弃了一切正事，离家出走，到深山中去寻‘世外高人’‘学道’，甚至寻神找鬼、觅花探柳，其结果不是一场空，就是走上犯罪的路。”随后，还楼主珠还“现身说法”地忆起一件其“亲身经历过的事情”——

> 我也访过“高人奇士”。一九三三年初夏，我到黄山，在莲花峰后遇到一个瘦长(汉)子，须发很多，乱糟糟连成一片，独居在一个人迹不到的崖洞里。洞中一块大青石上，放着两套旧书。我想，这人不怕饥寒，独居深山，一定是位高人，或者还是半仙之体。那两套书就许是《天书》什么的。于是我恭恭敬敬上前求教，他瞪了我一眼，没答话。我当他要试验我的求“仙”诚意，依然肃立。后来，他开了口，说的是徽州话，又有点结巴，我一句也不懂。他朝我一指，我才知道他发现了我的干粮袋，我忙把干粮献上，他就大吃起来。这时我凑近前看了一下《天书》，原来是两本旧账簿。心刚一凉，他已把干粮抛了一地，气势汹汹的朝我抓来。我和他纠缠了一阵，他忽然把手松开，跪向石上，捧着那几本破账簿，哭喊咒骂起来。我这才看出他是个神经病患者。后来下山一打听，原来此人是个茶商，因为受骗和闹家务，得了疯病，逃上黄山已经两次，他家里人正到处找他呢！这样，基本上虽然结束了我寻访高人的妄想，但并没有完全死心。后来我又连游过好些名山，费了许多的心力，休说高人，连个稍微

明白事理、武功很好的人都未见到过，更谈不到什么飞仙剑侠。

1956 年还珠楼主(左二)与友人合影

这就是还珠楼主的悲剧。想当年,他费尽心机构设了“蜀山圣境”与“飞仙剑侠”,这种“成年人的童话” 曾让多少人开启了想象的空间,活跃了多少人的思维。但如今，时光流转到二十世纪五十年代，在文学作品都在歌颂新时代的环境氛围下，他只能违心地将当年精心塑造的“仙侠”暗喻成“神经病”。但即使如此,他仍是在“反省”文章中欲罢不能地使用了一贯的神魔武侠小说家的笔法。或许是他忽然意识到了这点,在上述“现身说法”之后,他立即调转笔意,真心实意地表态:“今大回想过去我写的那些坏书和它们对读者的毒害,我真不寒而栗,日夜不安,我愿意努力改造自己,尽自己的力量,多写一些通俗读物和剧本,多为人民做些事情。”于是,不久我们就看到了《剧孟》《岳飞传》《杜甫》等新编历史小说,看到了《雪斗》《白蛇传》中的新编戏曲,看到了《旄头漫卷西风》《早看西北》 中的诗文作品……但最终某杂志还是登出了文章——《不许还珠楼主继续放毒》!

1961 年 2 月 21 日,还珠楼主于孤寂中,病逝于北京西单皮库胡同 29 号寓所内。

徐春羽以“说书人”口吻写武侠

1947 年，北平《游艺报》曾刊有一篇作家介绍，其中写道：“提起武侠小说家来，在十几年前，有‘南有不肖生（向恺然），北有赵焕亭’之谚。曾几何时，向、赵二位的作品，我们已读不到了，而华北的武侠作家，却又分成了三派：一派是还珠楼主的‘剑侠神仙派’，一派是郑证因先生、白羽先生的‘江湖异闻派’，另一派就是徐春羽先生的‘技击评话派’。现在还珠楼主在上海，白羽在天津，北平就仅有郑、徐两位了！于是这两位的文债，也就忙得不可开交。”并称“打开报纸，若没有他两位的小说，真有‘那个’之感”。能够与民国武侠小说“北派四大家”（还珠楼主、白羽、郑证因、王度庐）中的三家平起平坐，而且还能自成一派，可见徐春羽当年的名气的确不小。

但就是这样一位没有就让读者“那个”的名家，我们此前对其生平的了解，却是非常“那个”。1987 年冬末，笔者曾随张赣生师赴京拜访同为民国北派通俗小说名家的耿小的先生。据耿老讲，徐氏出身于中医世家，当年在京津小报业非常活跃，然而 1949 年前后突然不知其踪。1950 年的某日，耿老偶然在北京西直门一家百货店见其卖货，但上前打招呼时，他却突然跑了，此后便杳无音信。在综合耿老回忆及其他史料的基础上，资料积累“花费了约三十年的时间”的张赣生师，最终也只能在他那部开民国通俗小说研究之先河的专著《民国通俗小说论稿》中，得出徐氏生平如下的结论：“徐春羽(约 1905—？)，北京人。据说是旗人。他通医术，曾开业以中医应诊；40 年代至天津，自办《天津新小报》；50 年代初，曾在北京西直门一家百货商店当营业员。其余不详。”此后，其他研究者在涉及徐氏生平时，基本未出其右。

转机出现在 2010 年夏天。天津文史学者王振良于考索史料时，无意中发现了徐氏生平线索，于是他在经过近两年辗转的“田野调查”，走访数位徐氏亲友后，历经数次“山重水复疑无路”，终于迎来了“柳暗花明”。其考证成果在媒体一公布，便引起大陆现代武侠小说研究及收藏专家顾臻的关注。在随后整理出版《徐春羽作品集》的同时，顾臻也将自己的考证结果公诸于世。现综合王、顾两学者文章并结合笔者在编纂武侠小说辞典时所得，将徐氏生平及作品特色简述如下。

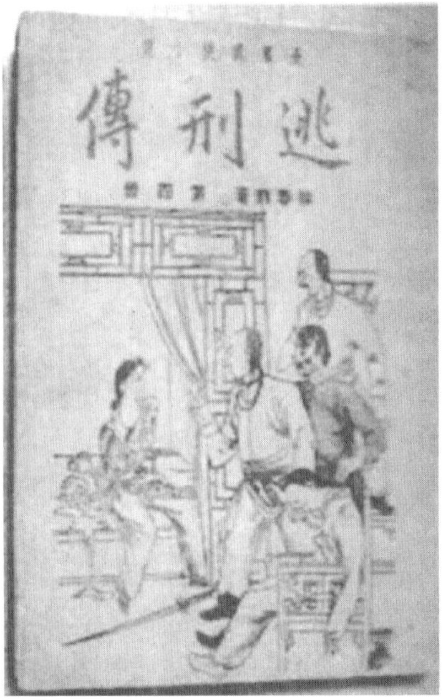

徐春羽小说《逃刑传》封面(民国版)

首先需要更正的是，徐春羽并非北京人，更不是旗人。他于清光绪三十一年乙巳十月二十一日(1905 年 11 月 17 日)，出生于江苏武进(今常州)。其父徐思允承中医家长，曾入张之洞幕府，后任京师大学堂法政科教员、北京政府铨叙局勋章科科长及安徽省宿县县长等职。大约在二十世纪二十年代中后期，成为溥仪“御医”，并在此后随之入住伪满洲国。徐春羽青少年时期情况不详，据其表舅巢章甫在《海天楼艺话》中称，他“少即聪颖好弄，未尝力学，而自然通顺”。目前仅知抗战前夕他移居天津，居住在今河北区平安街与进步道交口处。这时期他供职天津教育局，公余应邀主持周孝怀创办的《天津新小报》，并经常撰写

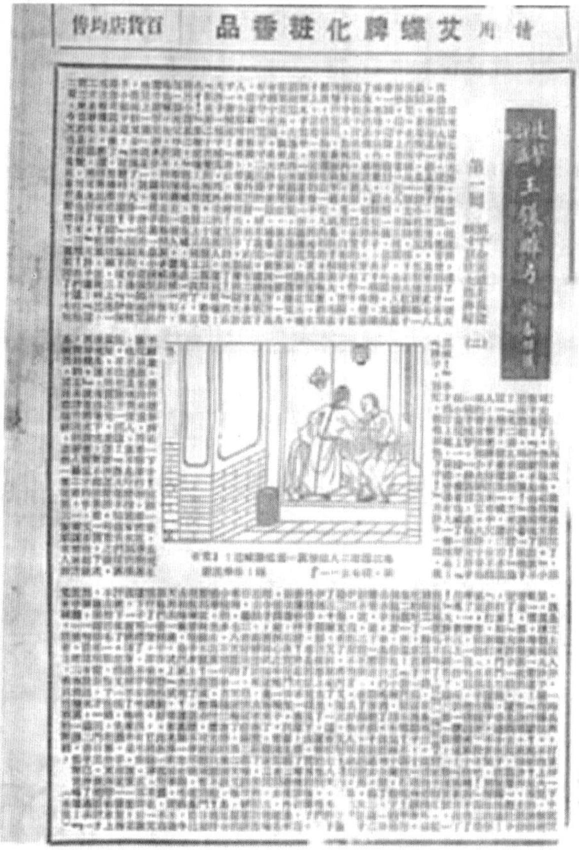

北平《一四七》画报上的徐春羽小说连载

评论。

据顾臻考证，1935 年天津《益世报》北平版上连载了一篇署名“春羽”的武侠小说《英雄本色》，此“春羽”若是徐本人，或许这部连载可以视为他的武侠小说处女作。但不管如何，其在二十世纪四十年代初便已成名则是事实。1941 年出版的《立言画刊》上有一则广告称：“武侠小说家徐春羽君著《铁观音》、还珠楼主著《边塞英雄谱》、白羽著《大泽龙蛇传》，三君均为第一流武侠小说家。”文中徐春羽排第一位，其次才是还珠楼主和白羽。这虽是书商为宣传效果而信手为之，但其当时名气之大由此可见一斑。据 1947 年北平《一四七画报》称，是年徐春羽受聘于北洋大学北平部教授，讲授国文，一周要上十几个钟点的课。1949 年后，徐春羽在北京开诊所，“镇反”（一说“反右”）时被捕入狱，后因病保外就医，然为其续弦吴氏（著名的北京‘灯笼吴’之女）所不容，走投无路之下重回监狱，未久即病死狱中。

1947 年徐春羽（前排右一）与郑证因（前排中）等文友合影

徐春羽一生共作武侠小说十余部，其中最著名的便是《碧血鸳鸯》。是书共九集九十回，第一集出版于 20 世纪 30 年代末，而第八集到 1943 年方由天津励力出版社付梓。一部 50 万字的说部，陆续写了四五年，可见他对此书写作倾注的心血。全书情节极具变化，主要叙述江湖上正邪两派间围绕劫镖盗宝而展开的明争暗斗。徐春羽写得古朴豪壮，语言不事雕琢，颇有民间说书口吻。除此之外，其较著名的长篇尚有《宝马神枪》《铁观音》《草泽群龙》《琥珀连环》等。这些作品在当时虽然很受读者青睐，但其表现内容与艺术水准却颇参差，既有以禁烟大臣林则徐为原型，描述清季侠客驱逐海盗的激昂之作《琥珀连环》，也有为取悦读者而内容淫邪、格调不高的荒诞之文。如在《草泽群龙》中，他对女侠赵南为给姐妹报仇，乔装美女，潜入京城恶少之家，割取其阳物的描述，便极具狎邪之笔。但是尽管如此，徐氏整个武侠小说创作，与当年众多率尔操觚的混世之作相比，还是技高一筹的。其作品中表现出的浓郁民间故事韵味，颇具清人笔记遗风。

据说徐春羽兴趣广泛，多才多艺，通医术，善烹饪，精书法，会篆刻。对此，1948 年《一四七画报》曾有文云："徐春羽，自署'老京油子'，其人绝顶聪明。琴棋书画、刻骨治印、唱戏说书，无不能之，且尤擅'岐黄之术'。每天总要反串两三回'请医'，他这个郎中是家传，出马不要车资，外赔药钱。住家在阜成门大乘巷，最好自己做菜请人吃饭。"尤其可乐的是，"出马看病，他专有这一个瘾，出马时的扮相：西装、缎鞋、大烟袋，走两轱辘，坐半截电车，看完病，给人掏钱抓药"。此外，他嗜赌牌，每有报馆催稿，辄嘱牌局暂停，提笔疾书以应，然后继续开打。

如果说以上诸项只是他平时的消遣爱好，那么在写小说这一固定职业外，说评书则应是他的第二职业了。据当年媒体报道，自 1947 年 3 月 1 日起，每天下午二时至三时，他便在北平广播电台播讲其自创小说《琥珀连环》。对此，北平《戏世界》杂志曾刊专文称其"口才便给，笔下生花，舌底翻莲，寓庄于谐，寄警于讽，当非一般低级趣味所能比拟也"。也正因此，他的武侠小说便也带有浓浓的"说书人"口吻。如《琥珀连环》，他开篇就云："风云起兮壮士悲，巢覆家倾兮安所适归？男儿生做国柱兮妻孥何为！"又如，《草泽群龙》开篇："愁！似钩。挂心头，难扯难揪。开支赛水流；挣钱陆地行舟。不敢明火不敢偷，又没机会帮忙'劫搜'！一顿窝头一顿棒子粥，硬说营养特富气死西欧。白薯下街送信到深秋，黄金棉袄黑玉煤球！房东瞪眼像母牛：'再住金条才收。别耍无赖尤，整天瞎诌。不会搂？没羞！'”似此等诵说语音，若没有深厚的评书功底，是绝对写不了的。其武侠小说当年被标为“技击评话派”，也正是源于此功。

武侠小说“北派四大家”在民国后二十年内相继崛起，各擅神怪、社会、技击与侠情诸流派之胜场，代表着民国武侠小说创作的最高成就。如果将他们誉为此时期混沌江湖中的熠曜北斗，那么能够与之交相辉映并一夺璀璨者，除同处天津的朱贞木外，便是自立“技击评话”一派的徐春羽了。

刘髯公首推评书体“剑侠小说”

新天津报馆结集出版的《三侠剑》单行本

天津乃北方评书重镇，尤其是民国年间，可谓书目众多，名家辈出。这其中，如若以本地原创作品论，最出名者，除马轸华的《混混儿论》外，则非张杰鑫的《三侠剑》与常杰淼的《雍正剑侠图》莫属。

关于《三侠剑》，著名评书老艺人刘立福生前在博客中曾有讲述：“民国初年的时候，在天津从艺已经有不少年的英致常、王致久、徐长盛三位老前辈，对于自庚子(1900)以来《彭公案》一书称霸天津书坛，威胁袍带书及其他短打书的状况很是不忿，那时不仅正式说《彭公案》的评书艺人不可一世，就连手持贪梦道人的小说《彭公案》，在西城根及拆城后的三角地等处明地上照本宣科，当然也进行些讲解、敷衍与发挥，听众也趋之若鹜。据说王致久的舅父在宫中收集字纸时，在纸箱中拾到一沓字纸是类似《三侠剑》提纲的文字稿，转赠了王致久。于是三老决心帮助并具体指导王致久长门弟子张杰鑫纂弄一套新书目《三侠剑》。目的是企图抑制一下当时《彭公案》的嚣张气焰。”“《三侠剑》是以清康熙前期为时代背景，内容是《明清八义》的续书，又是《彭公案》的‘倒续书’（即沿着《彭公案》的时代背景向上追溯，因而《三侠剑》书中主要人物多是《彭公案》书中主要人物的长辈，所以从人物、故事来说《三侠剑》对《彭公案》起到阻挡作用），所以《三侠剑》也可说是《明清八义》与《彭公案》之间的‘桥梁书目’。”

新天津报馆结集出版的《雍正剑侠图》单行本

关于《雍正剑侠图》，目前所获史料不多，仅知也是英致常、王致久等评书前辈在指导弟子张杰鑫编创《三侠剑》的同时，又以八卦门创始人董海川为原型，帮助张杰鑫师弟常杰淼创作了童林保胤禛夺天下做雍正皇帝的故事，因原书讲到康熙六十一年（1722），康熙在武英殿御览群侠图，故名曰《雍正剑侠图》。据常杰淼友人薛月楼当年赞评“常杰淼君所著《雍正剑侠图》评书，内容以童林为纲，以雍正为目，纯用北平方言，引人悦目赏心。其表白侠客之雍容大度，精神不狂之处，颇能使一般青年好武术者有以为戒”。同时期另一文人何怪石亦称：“常君杰淼，著《雍正剑侠图》一书，内容多述剑仙遗迹，武当内功，举凡拳术技击，无不阐明详细，足可为中国之武士道显其光荣。我国武术之不讲久矣，人民体育日见脆弱。此书一出，或可移风易俗，一洗从前萎靡之习。将来社会上武术大兴，种族强盛，是书实与有力焉。”

据说张杰鑫与常杰淼哥俩曾打过“擂台”。那是1924年，二人同在天津“三不管”四平台大棚中说书，书场相对，张说《三侠剑》，常说《雍正剑侠图》。结果连说俩月，两个书场不但座无虚席，而且人满为患。从此张杰鑫与常杰淼便名震三津，《三侠剑》与《雍正剑侠图》也誉满津门。在随后几年，两部书越说越火，张杰鑫与常杰淼的徒辈孔轸清、马轸元、蒋轸庭、马轸华等，也纷纷争相上演。一时间，书中人物神镖将胜英、金针道长艾莲池、大头鬼夏侯商元、震八方紫面昆仑侠童林童海川等，街谈巷议，妇孺皆知。岂料就在此时，如此火爆现象却被一个人打了主意，此人便是《新天津报》主人刘髯公。

事业鼎盛时期的刘髯公

说起这刘髯公，也是个传奇人物。此公1893年出生于天津武清县杨村镇一个回族家庭，原名刘学庸，字仲儒。其少年顽皮，念过几年私塾，十余岁便外出闯荡江湖，曾在王金标部当兵，因经常打架斗殴，为避处罚，他遂逃离部队，流落北京街头。1900年他来到津城，于法租界巡捕房任职，旋即升任侦探长。1924年，他在津创办《新天津报》，社址选在法租界24号路马家楼(今长春道与山东路交口)。随后，又于1928年再办《新天津晚报》。

刘髯公虽然文化不高，但他深谙底层民众心态。据王喆夫为其所撰传记描述：《新天津报》开办伊始，正值军阀混战，冯玉祥倒戈，使直系军阀吴佩孚“统一中国”的梦想破灭。刘髯公便利用民众的厌冯心理，连续著文谩骂冯玉祥，称其为“冯二”。读者认为刘髯公敢骂大官，够爷们儿，报纸一出，纷纷抢购。《新天津报》印数因此一路飙升，由最初的500份一跃而达万余份。骂军阀使《新天津报》推开销路，广告收入也相应增加，于是刘髯公继续著文，痛骂李景林、褚玉璞、张宗昌、张作霖、鹿钟麟、孙殿英等军阀，并将这些人列为“四凶八恶”，刊印一本专集《丙寅战史》。他除自己著文外，还在报上刊登启事，公开征集辱骂大小军阀的稿件，并注明“稿费从丰”。结果来稿踊跃，报上骂声不绝，《新天津报》的销路也得以维持。

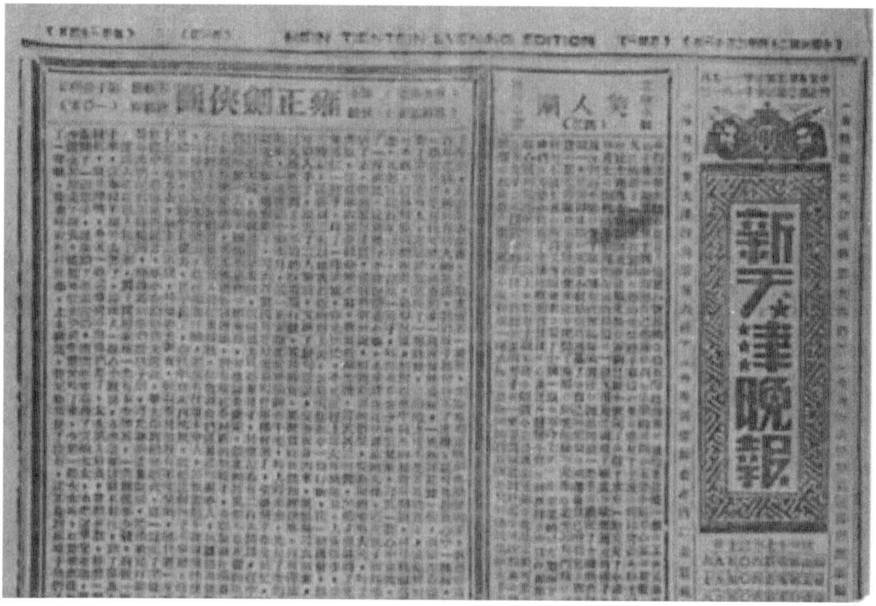
雍正劍俠圖

新天津晚報

《新天津晚报》头版便是评书体“剑侠小说”连载

然而报纸不能专以骂人活着，为了黏住既有读者，刘髯公想到了小说连载。当时的北方各报，通俗小说连载已成时尚，但人们多将目光投向张恨水、陈慎言、赵焕亭等北京名家。刘髯公却不随时俗，他依据日本留学生意见，仿照日本通俗报纸重视民间口头文学的办法，决定另辟蹊径，刊发评书连载。既然是在新闻纸上排日连登，对书目的要求就极为严格，于是火爆津门且情节跌宕、悬念丛生的《三侠剑》与《雍正剑侠图》，便被他看中。在征得演述者同意并谈妥每月以百元付酬后，他便指定报社记者崔笑我去书场记录。

刘髯公(右三)送家人赴日本学习新闻

就这样,剑侠评书《三侠剑》与《雍正剑侠图》便被冠名“剑侠小说”,于二十世纪二十年代末见诸报端了。其连载版式都是先排成 32 开书版,每天在晚报与日报重复刊出千余字后,其版不拆,再原封不动印成单行本,每册二三百页,用灰色粗纸做封面,书名只是几个隶体字。印制虽粗糙,但销路极大,由此亦可窥见刘髯公经营报纸之心计。两部“剑侠小说”的连载,使报纸受益颇丰,发行份数再度飙升到“日销五万份”,成为上至达官显贵,下至贩夫走卒孜孜乐读的一张畅销报。据说当时在《益世报》写社论的罗隆基,每天坐车到报社,第一时间便是找《新天津晚报》看评书连载。后来,崔笑我另有他就,其记录任务实际是由校对金危言所承担,使金的月薪也随之而涨,以致后来报纸停办,金因无此财源而贫困自缢。

继《三侠剑》《雍正剑侠图》后,《新天津报》还推出了评书体“剑侠小说”《于公案》《江湖故事纪》《五女七贞》《明英烈传》《大宋八义》等,其连载方式与成书经过均与《三侠剑》如出一辙。尤其是顾桐峻所讲述之《大宋八义》,曾使《新天津报》达到自创刊以来的最高发行份数,以至于 1935 年顾氏病故时,刘髯公不但负责承办其丧,而且还对家属承诺长期抚恤。

“剑侠小说”当时给《新天津报》带来的收益，由此可见一斑。刘髯公因赚了大钱，遂于1935年将报社迁址意租界大马路（今建国道与民族路交口），购置了宽敞华丽的馆舍与最新的印刷设备，并拥有了百余人的印刷厂，数十人的编辑队伍，除出版日报与晚报外，尚办有《新天津月报》及《文艺报》等副牌报纸。这一切，使《新天津报》成为当时天津小型报中最有气势的一家，其气派几乎压倒同在一条马路上的《益世报》。

新天津報十週年紀念專號

《新天津报》十周年纪念专号

然而，好景不长。随着抗战爆发，刘髯公因坚决不与日方合作，惨遭酷刑而身亡。刘死后，报纸曾一度由其弟刘谦儒主持。此间，虽也连载了部分评书体“剑侠小说”，但由于经营不善，报社业务每况愈下。1944年，《新天津报》终刊了。

蒋轸庭才是《三侠剑》与《雍正剑侠图》的口述者

创作《雍正剑侠图》的常杰淼

中国北方评书虽在清初发轫于北京，但其繁盛期却在清末民初的天津。据《民国天津社会生活史》一书所记‘“1910 年天津城市总人口为 601432 人，10 余万户”，但书场和带评书的茶园菜馆就有 160 多处，其当时盛况不言而喻。

关于北京评书在天津“落地生花”的史实，家父倪锺之在专著《中国评书评话史》中曾有记述：“辛亥革命前，北京评书演员程德印弟子英致长到天津传艺，在天津又‘代拉’原说相声的王得宝为师弟，让其改说评书，并更名王致久。此后，二人开始在津授徒传艺。按北京评书谱系排辈，王致久的‘致’字辈传人应为‘傑’字辈，如袁傑英、金傑丽等。但王致久在天津改‘傑’字为‘杰’字，其徒辈如张杰鑫、常杰淼等。这种同音不同字的方式，既可以表示是同辈关系，又显示有区别，可谓匠心独运。天津的‘杰’字辈传人为‘轸’字辈，如蒋轸庭、马轸华等；再传‘枢’字辈，如于枢海、张枢润等。而英致长则仍保持北京评书传统习惯，按自己谱系传徒‘云’字辈，如顾云亭、聂云贵等；

再传‘桐’字辈,如王桐轩、顾桐峻等。随后,又有北京评书第八代传人张诚润到津收徒传艺,也按北京评书谱系,传人为‘豫’字辈,如边豫棠、徐豫田等;再传‘存’字辈,如顾存德、姜存瑞等。随着天津籍评书演员的崛起,以上众人都成为天津评书的重要支派,深受沽上听众喜爱。尤其是在二十世纪三十年代中期,《新天津报》连续刊载了张杰鑫的《三侠剑》、常杰淼的《雍正剑侠图》等评书剑侠小说,虽然内容庞杂,但也促成评书市场的进一步繁荣。”

“剑侠评书”的集大成者蒋轸庭

然而鲜为人知的是,《三侠剑》于《新天津报》连载时,张杰鑫已死,口述者实际是其徒侄蒋轸庭。蒋氏原名蒋昆,字玉昆,生于1902年,自幼家境贫寒,曾在书馆做茶坊。二十世纪二十年代拜常杰淼为师学说评书,常演书目便是《三侠剑》与《雍正剑侠图》。当张、常二人故去后,在当时天津,能将这两部评书说得出神入化并深得乃师衣钵者,便非蒋轸庭莫属。《三侠剑》虽系由他口述,但刊出时,为了招徕读者,仍署张杰鑫作,另标刘子清、孙云桥校正。此书连载18年而不衰,后由新天津报社出版单行本至37集而未终。此后,大约到了1928年,《新天津晚报》又以技击小说的名目推出了《雍正剑侠图》。是时常杰淼亦故,仍由其徒蒋轸庭口述,亦以常氏之名刊出。此书亦在连载十余年后,由新天津报社出版单行本,多达41集。

新天津报馆因连载《三侠剑》《雍正剑侠图》等评书赚了大钱,这让两部书的实际讲述者蒋轸庭受到启发。1935年,他在友人的怂恿下,仿照《新天津报》模式,于天津南市荣业大街与其弟自办了一张名为《三津报》的小报,专门刊载评书体剑侠小说,以吸引读者以谋其利。在聘任赵子扬

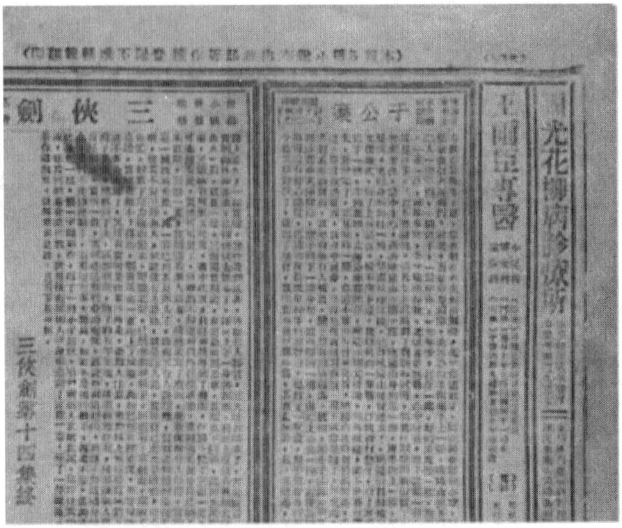

三俠劍

正在《新天津报》上连载的《三侠剑》

为经理后，自任社长的蒋轸庭亲自编创剑侠评书《胜英出世》《金刀会七义》等，补叙《三侠剑》中胜英出世及与屠灿等结拜“明清八义”故事。这些书于《三津报》连载不久，便于 1937 年初由天津文义印刷局出版单行本，当时署名为思瑛馆主口述，戴蓬仙校阅，并于 1938 年与 1939 年两次再版，其发行量之大由此可见一斑。此外，蒋轸庭另著有评书体武侠小说《龙图大侠》，亦于《三津报》连载。

然而毕竟时过境迁，这一时期刘云若与还珠楼主等受五四新文化影响的新一代通俗小说作家已于津沽崛起，正如白日中天。新的故事、新的语言和新的叙述形式，让他们成了报刊小说连载的宠儿。而传统评书体剑侠小说由于故事套路老化、内容陈腐说教和叙事模式固定单一，已让读者渐感陈旧。时间不长，《三津报》的销路便由盛转衰，报馆亦处于勉强维持阶段。天津沦陷后，日本特务机关责令天津各报重新登记，批准尚能出版的报纸共有 25 家，此时《三津报》尚在名目。但仅一月后，当日军再次对天津报纸加强“统治”时，《三津报》被取缔了。

报馆关门后，蒋轸庭在 1938 年初还将自己编著的侠义小说《大明湖海英雄传》，放到当时尚存的《国强报》上连载，虽然能吸引一部分市民眼球，但随着《国强报》的被封《大明湖海英雄传》也遭“腰斩”。此后，他便重操旧业，继续以说评书为生。由于他声望很高，很快便成为“穴头”，并一度出任天津游艺协会会长。这时期他自取艺名“蒋介磊”，意在讥讽蒋介石——你有一个“石”，我有三个“石”。其长演书目除《三侠剑》《雍正剑侠图》外，尚有与著名掌故小说作家戴遇庵的《沽上英雄谱》“异曲同工”的《混混儿论》。此外，他还开辟了自己的第二职业——经营“杠房”。“杠房”是天津民间的传统买卖，是专为办丧事之家有偿提供人力和用品的经营机构。在当年的天津，家里死人要“出殡”，有大钱的雇大“杠房”，有小钱的雇小“杠房”，没钱的则草草埋葬。天津评书名家冯玉春先生曾对笔者讲，蒋轸庭的买卖便属于大“杠房”，而且在当年的天津排第二，而排第一的，则是当年天津评书业内另一擅说《雍正剑侠图》的大家——顾存德家的买卖。

中华人民共和国成立后，蒋轸庭加入天津市城厢区曲艺团（后改红桥区曲艺团），任评书演员。此后他又发起成立了评书研究小组，聘请评书前辈陈士和任组长，他和马轸华、固桐晟为组员，并在天津中山路上的欧亚旅馆租房办公。为显郑重，他们每人还做了一身黄色咔叽布中山装。对此，蒋轸庭戏称，昔有“蒋宋孔陈四大家族”，今有“蒋马固陈评书四大家族”。家父倪锺之二十世纪六十年代初，写有数篇关于评书欣赏的文章登于报刊。蒋先生阅后，让当时在第一工人文化宫组织业余评书演出的杜家瑞先生，约家父去其住处叙谈。据家父近年回忆，蒋先生曾回答了多个有关天津评书史的问题。印象最深者，便是《新天津报》主人刘髯公找到常杰淼，要连载剑侠评书，当时常已病得很重，便推荐蒋去口述。而《雍正剑侠图》于报上连载时，常已病故，报馆给的报酬很高，蒋便将报酬的大部分交给师母养老用。

1970年，蒋轸庭病逝于天津寓所。

《十二金钱镖》的作者不是“宫白羽”

前两年，根据老友李鹏（龙一）同名小说改编的电视连续剧《借枪》在全国热播。好戏！演得好，导得好，编得更好。然而白璧微瑕，就在这诸好之中，却有一极细微的史实值得商榷——两个“地工”在电话中对暗号，甲说：“你要的还珠楼主的《蜀山剑侠传》到了。”乙说：“不，我要的是宫白羽的《十二金钱镖》。”于是暗号对上，惊心动魄的谍战得以继续。问题就

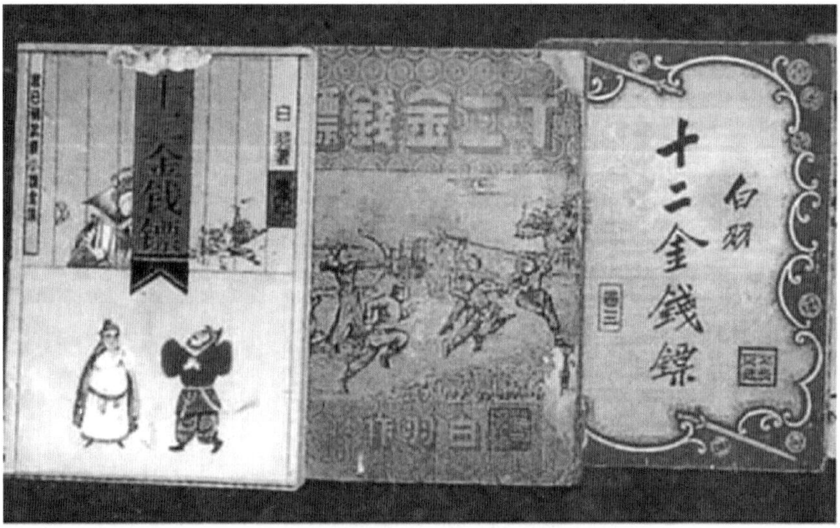

不同时期的《十二金钱镖》封面

出在这一问一答中。甲所言，没错，民国时期轰动全国十余年的《蜀山剑侠传》确为还珠楼主所撰；乙所言，错了，同样风靡民国十余年的《十二金钱镖》却非“宫白羽”所撰，其作者乃是“白羽”。那么“宫白羽”与“白羽”是否为同一人呢？答曰：然也。既然是同一人，那二者区别又何在呢？问得好！这一问便问出了多年来学术界与出版界在《十二金钱镖》作者称谓上的混乱问题。此问题不但在《借枪》中出现，而且长时间存在于民国通俗小说的研究与出版中，甚至连发现此问题之笔者，此前也浑然不觉地在著述中屡犯此等“从众”错误。好在近日忽有所悟，现权借此文，希冀能够对此问题予以澄清。

1928 年夏天，当屡遭劫难、年近而立的宫竹心抱着“想换换环境”的想法由北京跑到天津混文饭时，虽然此前他在鲁迅及张恨水的指导与帮助下发表了一些著译作品，但在署名时，基本用的是本名或别名宫万选、宫竹心、竹心，即便使用了笔名，也仅有“白羽”之称。在天津沦陷以前，他虽任职多家报馆、电讯社、通讯社，并写有大量时评、掌故、通讯、报道及短篇小说，然而在使用笔名时，目前所见，也仅有杏呆、杏、竹、白、白羽、宫槑、槑、耍骨头斋主等。也正因此，1939 年 11 月，其老友吴云心在为他的自传《话柄》作序时，才有“我在报上看见《十二金钱镖》小说，却不知是他作的，后来有朋友告诉我，我才晓得他用白羽这个笔名”之语；也才有了宫以仁先生所回忆的，当《豹爪青锋》被《庸报》编辑改名为《十二金钱镖》后，其父回到家中大骂“我不能丢姓宫的脸，写《十二金钱镖》的姓白名羽，与我宫竹心无关”之典。从“吴序”和宫以仁的回忆可知，“白羽”这个笔名是在 1932 年 2 月《十二金钱镖》杀青后方才为人们

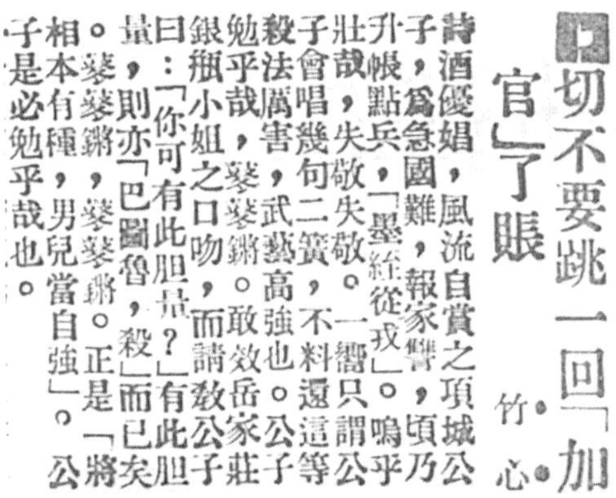
切不要跳一回「加官」了賬
竹心
詩酒優娼，風流自賞之項城公
子，爲急國難，報家讐，頃乃
升帳點兵。「墨經從戎」。嗚乎
壯哉，失敬失敬。一響只謂公
子會唱幾句二簧，不料還這等
殺法厲害，武藝高強也。公子
勉乎哉，琴琴鏘。敢效岳家莊
銀瓶小姐之口吻，而請敎公子
曰：「你可有此胆量？」有此胆
量，則亦「巴圖魯，殺」而已矣
。琴琴鏘，琴琴鏘。正是「將
相本有種，男兒當自強」。公
子是必勉乎哉也。

1928 年《北洋画报》上署名“竹心”的文章

1945 年《天津华北新报》上署名“白羽”的武侠小说

所熟知的，而且其一“出名”便是“白羽”而非“宫白羽”，《十二金钱镖》的作者姓白名羽，与姓宫的无关。

其实，后来的史实也足资为证：在白羽一生所撰近三十部社会武侠小说中（含同书异名者），无论是报刊连载还是出版单行本，在署名时均为“白羽”，从未署名过“宫白羽”。不仅如此，当二十世纪四十年代初期至中期，武侠小说写作已让白羽功成名就时，他开始了对甲骨文的研究，并在《立言》画刊连载研究文章，而连载的栏目便取名为与“白羽”谐音的“白鱼琐记”，仍是姓白不姓宫。1943 年，他在《新天津画报》开设“甲金文”考证专栏“甲金证史诠言”，署名时用的亦是“白羽”；1947 年 2 月至 8 月，他在《星期六画刊》连载“三国考证”文章，署名时用的仍是“白羽”。此外，在笔者视野所见的民国书报刊中，至今尚未发现有署名“宫白羽”的作者。

据上述事实可知，作为民国社会武侠小说翘楚者，实乃“白羽”而非“宫白羽”。

那么又是谁给“白羽”冠上“宫”姓的呢？是他自己。1949 年 7 月，全国第一届文代会在北平召开，武侠小说作家“白羽”作为天津代表亲临其盛。此前，他知道了在新文学队伍中有个大名鼎鼎的作家叫刘白羽，为了显示区别，他在会前印制名片时，为自己加上了“宫”姓，成为“天津新津画报社长宫白羽”。此后，他在各种媒体发表作品时，除二十世纪五十年代接受“政治任务”，在海外连载武侠小说仍冠名“白羽”外，其余均使用了“宫白羽”这个新笔名。例如，他在 1950 年 2 月 16 日至 4 月 3 日的天津

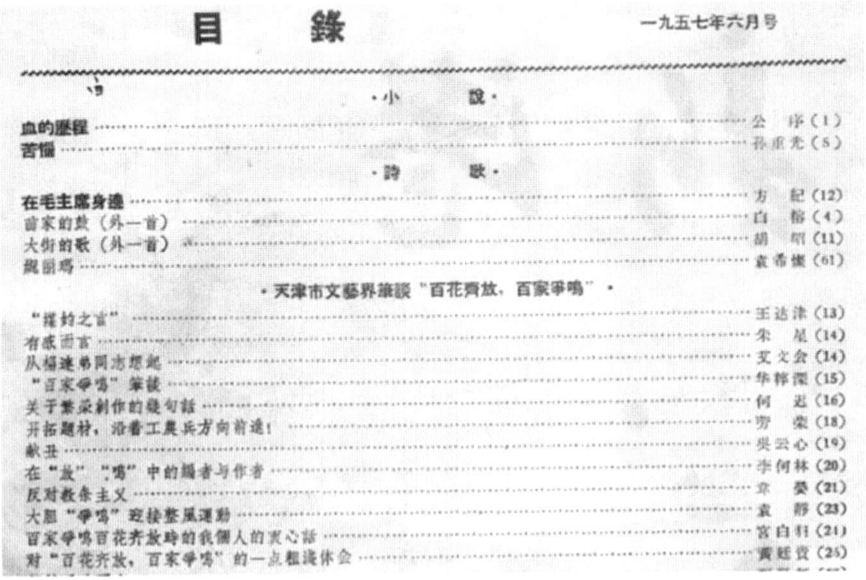

目 錄　　一九五七年六月号

·小　說·

血的歷程……公　序（1）
苦惱……孙重光（5）

·詩　歌·

在毛主席身邊……方　紀（12）
雷家的鼓（外一首）……白　榕（4）
大街的歌（外一首）……胡　昭（11）
[illegible]……[illegible]（61）

·天津市文藝界漫談"百花齊放，百家爭鳴"·

"探討之言"……王达津（13）
有感而言……朱　星（14）
从福建弟同志想起……艾文会（14）
"百家争鸣"筆談……华粹深（15）
关于繁荣創作的幾句話……何　迟（16）
开拓題材，沿着工農兵方向前進！……[illegible]（18）
献丑……吴云心（19）
在"放""鳴"中的編者与作者……李何林（20）
反对教条主义……章　榮（21）
大胆"爭鳴"迎接整風運動……袁　靜（23）
百家爭鳴百花齐放時的我個人的衷心話……宮白羽（24）
对"百花齐放，百家爭鳴"的一点粗淺体会……黄廷賢（25）

1949 年后，白羽发表作品署名"宫白羽"

《星报》上连载《生之磨炼》时，便首次使用了"宫白羽"。随后，他又用"宫白羽"之名先后在《新港》杂志发表了《新年献词》和《百家争鸣百花齐放时的我个人的衷心话》等文章。尤其是 1956 年他在《新港》杂志以"宫白羽"笔名发表怀念鲁迅文章时，因披露了其与鲁迅的十余封通信，遂使"宫白羽"之名大噪，让众多的现当代文学研究者知道了此名。而后，这些研究者在论述其与鲁迅关系或评介其武侠小说时，大多使用了"宫白羽"这个称呼。流风所及，在近几十年其武侠作品被各出版社重印时，也多被标为"宫白羽著"，甚至二十余年前还曾出版了《宫白羽武侠小说全集》。

行文至此，笔者想起了同为二十余年前的一件旧事。那是在一次饭局上，笔者与一位 1948 年底从天津旅居美国的老者相遇，友人介绍他是首次返津省亲。言谈间得知笔者对旧派武侠有所研究，老者便说自己当年居津时也是武侠迷，并问笔者是否有《十二金钱镖》。当翌日笔者将宫以仁先生刚刚送我的《宫白羽武侠小说全集》拿给他时，他一看便说："这是假的，《十二金钱镖》的作者是白羽，不是宫白羽。"并告诉我说，这些年他在美国曾碰到许多1949年前后旅居国外的老武侠迷，大家在看到国内近年再版的一些旧武侠及相关著述后，也在议论“白羽”与“宫白羽”是否为同一人，最后的结论都认为“宫白羽”是模仿“白羽”的冒牌货。当笔者给他解释明白后，他说了一句当时笔者不以为然但今天忆起却颇有见地的话：“旧小说中的名著就是文物，文物是不能随便改动的，包括镌刻在文物上的制造者署名。”

善哉斯言！想想我们看到的那些在“十七年”中再版并被奉为“经典”的民国文学名著，有多少是当年的原汁原味？这其中，再版时的编辑“加工”自不必说，一些作者不也是在新时代不断地“修改”自己的成名作吗？新文学如此，通俗小说亦然，秦瘦鸥的《秋海棠》便是明证。

郑证因首创纸上"武林"

郑证因在 1949 年留影

民国武侠小说"北四家"中,还珠楼主、白羽、王度庐凭借后人与相关研究者之互动,近年不但分别推出了他们的武侠"全集"或"选集",而且学界在此基础上对这三大家的研究,目前亦呈方兴未艾之势。与之相较,无论是作品数量还是技击"功夫"均尚高一筹的郑证因,却没那么幸运。其原因一为郑氏作品卷帙浩繁且散见南北书肆与报刊,历经沧桑难以搜罗;二为郑氏身后无嗣,无人张罗奔走钩稽编纂之苦差;三为作品再版不多,研究者难窥全貌而无以下笔。

或许应了"否极泰来"之说,也许冥冥之中有"贵人"相助,2017 年郑氏终于"走运"。其标志是,继年初 42 卷近九十部的《民国武侠小说典藏文库·郑证因卷》被隆重推出后,当年 4 月,一部辑录、考证郑氏武侠的学术专著《郑证因小说经眼录》(下简称《经眼录》),也随之杀青。而这两部成果的出现实乃端赖一人,他便是此前身为退休工人而今已被称为民间学者的胡立生先生。前者是他的多年收藏,后者是他的考证专著。

收藏的艰辛自不必说,只是考证的翔实,便足以拨乱反正,让众多武

北京书店1942年初版之《风尘三杰》

天津流云出版社1943年初版之《一字乾坤剑》

天津流云出版社1943年初版之《女侠黑龙姑》

天津励力出版社1942年初版之《鹰爪王》

郑证因武侠小说单行本封面(民国版)

侠迷及研究者获益良多，兹举例如下。

例一——此前我们已知，郑证因原名郑汝霈，1898年出生于天津，其祖辈世居天津西沽，其于二十世纪四十年代初迁居北平。但《经眼录》却考证出郑证因生于1900年。“弘一大师李叔同次子李瑞是郑证因的侄女婿。郑先生曾于1933年5月17日在天津《中华画报》撰文《李叔同皈佛记》，并随赠刊登弘一大师与两弟子的合影照片一张。故大略可推知，郑先生与弘一大师或有一些交往。佛家认识论的基本原理之一，就是‘因’与‘果’相互依存、相续无间断的‘因缘’观。‘证因’二字本就颇具佛学色彩，该笔名的取定及寓意，或与佛学大师李叔同有某种渊源。”“关于郑先生离开天津搬迁北京的具体时间，据北京书店1942年12月初版的《风尘三杰》卷一《弁言》落款可知，郑先生在1942年底居住在天津市南门内小刘家胡同后十六号。再据1945年7月《三六九画报》郑夫人病逝的消息，郑先生当时已居住在北京宣外西草厂了。因此，有关郑先生从天津迁居北京的具体时间，大约应推定在1943年至1945的时间段内。”

例二——此前我们已知，郑证因最早的武侠小说是1938年出版的

《武林侠踪》，而被世人关注，则是1941年推出代表作《鹰爪王》后。但《经眼录》却考证出：“郑先生自幼经常听习国术有年的伯父、外祖父讲述武林中奇闻轶事及江湖习俗，不仅培养了对国术的浓厚兴趣，也积累了大量的江湖故事，为以后创作武侠小说打下了坚实的基础。”“根据目前已掌握的资料可知：郑先生的小说创作始于1934年，当年5月16日始载于天津民国社会言情小说大家刘云若主办之《大报》上的《风尘三杰》，是迄今发现的郑先生最早发表的武侠作品。翌年，即1935年，郑先生又相继发表了连载于天津《中华新闻画报》的《武林侠踪》、连载于天津《国强报》的《黄衫客》和连载于天津《中华新闻副刊画报》的《买卖人》。以上作品均是因故未能完篇的作品，其中《武林侠踪》的连载出现了‘耸动一时’的效应。至1938年，郑先生应白羽之邀合作《十二金钱镖》之际，复请白羽为《武林侠踪》作校订并出版单行本，从而被读者关注，该篇是郑氏第一部出版单行本的作品。”

郑证因武侠小说单行本封面（民国版）

例三——此前我们已知，“武林”一词泛指武术界及武侠小说，但不知这是郑证因的发明。《经眼录》告诉我们：“伴随着郑先生所著《武林侠踪》的问世，‘武林’一词泛指江湖，因出现在作品题名上竟不胫而走，流行于以后的武侠小说中。不特此也，在郑先生当年连载于报端的另外两部作品——《风尘三杰》和《黄衫客》的内容中，就已多次使用‘武林’二字。”“‘武林’一词率先出现在武侠小说中，至今尚无比郑先生作品更早的发现。故据此推定，最早将‘武林’一词用于武侠小说，应始于郑证因先生1934年发表的《风尘三杰》。”

例四——此前我们已知，郑证因是民国武侠小说作家中，将中国武术与武侠说部完美结合的典型代表，但具体例证却无人统计。而《经眼录》却归纳出，郑证因的武侠小说“极具艺术欣赏性，而不带血腥气。其中涉及的神秘武功，郑先生信笔写来如数家珍，更是令人眼花缭乱，匪夷所思。拳掌方面有：般若掌、大摔碑手、一指神功、三阴绝户掌、五行连环拳、嵩阳大九套、降龙十八掌、鹰翻雕击掌、大力金刚手等；奇形兵刃有：铁伞、飞虎旗、日月轮、弧形剑、四煞棒、九炼金环、十二连环索、离魂子母圈等；暗器有：五芒珠、七宝珠、菩提子、子母金梭、蛇头白羽剑、梅花透骨针、子母问心钉、五云捧日摄魂钉等；轻功有：八步赶蝉、燕子飞云纵、混元一气凌波步等；就连动起手来的每招每式，也均冠以极具想象力的响亮名称，如金龙探爪、玉蟒翻身、莲台拜佛、韦陀捧杵、摘星换斗、拨云见日、孔雀剔翎、飞狐悬枝、金鲤倒穿波等，构建了一个自成体系的郑氏武库，不仅令读者大开眼界，也被后来港、台的许多武侠作家择用、仿效”。

例五——此前我们已知，郑证因是一位高产作家，一生所撰武侠小说近百部，但其又是怎样写作的呢？《经眼录》对此有答案：“郑先生不折不扣是一位快速多产作家。在抗战胜利后1946至1948年的创作高峰期间，于同一时间段内，常有十部左右作品同时发表。例如在1947年的7月份里，就有十四部作品分别刊载在不同的期刊报纸上。”“这还是不完全的统计数字。就以上十四部作品连载的7月份内，考虑到登载这些作品的报、刊自身的不同出版周期，有日刊、三日刊、周刊等等，经部部核对，即可发现，郑先生每日至少要交出六篇稿件，有时一天要完成多达十篇书稿。不同的人物、不同的故事情节各自启承发展，不仅丝毫不紊乱，其中还迭出精品。以上十四部作品中，至少有八九种是郑氏经典作品。”

以上便是有关郑证因史料的最新发现。如果说这些史料已让我们对郑氏生平有了一个大概认识，那么对其武侠小说艺术成就的认知，则要

在北平《369》画报连载中的《鹰爪王》

从其代表作《鹰爪王》中去体会了。

1941 年初，北平《369》杂志在没做任何宣传的情况下，悄然推出了郑氏的《鹰爪王》连载。但不消多日，该武侠小说便在读者中引起强烈反响，尤其在武术界反应更甚。《369》杂志也凭此书的连载而印数大增。该书所叙为淮阳派掌门人“鹰爪王”王道隆为维护本派与西岳派尊严与凤尾帮一决雌雄的故事，情节十分单一，但郑证因却以一百五十余万字的篇幅巧事铺陈，写得跌宕起伏，险象环生。其中尤以招式准确、虚实相生的武打场面独擅胜场。此外，郑证因在书中对各种拳掌、兵刃、格斗、软硬轻功的表现也颇具匠心，娓娓道来，如数家珍；同时对绿林道上的不同帮规、门槛、切口也是极尽渲染之能事，使人阅后于紧张的激烈格斗中体味出中国传统武术之真谛与江湖门派之内幕，并直接影响了后来港台新派武侠小说的写作。对此，深研此道的台湾武侠小说研究专家叶洪生先生曾有描述：“许多郑派独门武学均为 50 年代左右台、港两地的武侠作家所宗。”“如台湾早期卧龙生小说《风尘侠隐》写雪山派的内、外三堂；《飞燕惊龙》写天龙帮总坛及各地分舵，皆是脱胎于郑证因《鹰爪王》的凤尾帮组织。另如柳残阳小说处处不脱‘江湖味’与‘英雄本色’，亦是明显得自郑派独门心法。”

《鹰爪王》的成功，使郑证因一发而不可收，在以后的几年内，他连续写作武侠小说 88 部，成为民国时期最为高产的武侠作家。民国时期武侠小说作家数百人，但真正通晓中国武术技击者不多。在郑证因于津沽崛起之前，只有南派向恺然与北派还珠楼主深谙个中三昧。但前者由于热衷搜葺轶文传说并仓促连缀成篇，未能依己之长将中国传统武功去着力表现；而后者则因过分偏爱山光水色与神魔妖兽，反将多年习武之得淹于纵横才气之中而未能尽情张扬。真正将中国传统武功与叙事文学完美结合并形成一种别开生面的武林技击小说形态，是在郑证因手下完成的。也正因此，郑证因被后来研究者冠以"刚性技击派武侠小说鼻祖"的美誉。

中华人民共和国成立后，郑证因因武侠小说被禁，生活陷于困顿之中，无奈之下只得到北京一家出版社任校对。二十世纪五十年代中期，他曾返津探友，与同为"落魄"的白羽晤谈几日，二人环顾当时的处境，不免唏嘘不已。返京不久，他便被"下放"到地处保定的河北省文化艺术学校，任图书管理员，1960 年于孤寂中死去。因其身后无嗣，故停尸几日，方才由其在北京的侄儿专程赴保定，将其安葬。

朱贞木《七杀碑》为民国武侠小说画句号

神秘的朱贞木首次露像

我这部东西以C岛煤矿区作背景。“红”，正是象征着成千成万的矿工血汗。“黑”，正是象征着成千成万的矿工，用血汗开掘出来的“乌金墨玉”。——便是地下无尽藏的“煤”。同时“红与黑”，又象征着“光明与黑暗”“坚强与屈辱”“前进与落伍”和“热力，生气，与腐朽，毁灭”。这些，正是我这部东西内，描写的对象。

“红与黑”，又像是块投在洪炉内的顽铁。在高热度内，可以变成通红，在它冷却时，依然是块黑铁。但是冷却以后，未始不可以再度烧得通红，等通红到白热化以后，也能很快的冷却到还了原，依然是块顽铁。人类在这大时代的洪炉内，似乎也难免有这样变化，但是我们希望，经过洪炉白热化以后，不再是块顽铁，却变成了百炼精钢，这点意识，也是我这部东西的微旨。

这是1950年11月，上海元昌印书馆出版的新小说《红与黑》“自序”中的两个段落，作者名叫朱贞木。无论是内容还是文字，都是典型的新文学意识、新文艺腔。然而当该书第二集于1951年2月面世后，虽然结尾处仍显示未完，但第三集却再也没有了。

五年后，亦即1956年1月13日，由新文学家沈雁冰、郑振铎任正、副部长的中华人民共和国文化部发出了《关于续发处理反动、淫秽、荒诞图书参考目录的通知(56)(文陈出密字第9号)》(以下简称《通知》)。其中第二条称，“有一些人专门编写反动、淫秽、荒诞的图书”，并列有作者排名，而排在“专门编写含有反动政治内容或淫秽、色情成分的神怪、荒诞的‘武侠小说’”首位者，便是朱贞木。随后依次为郑证因、还珠楼主、王度庐、宫白羽、徐春羽。《通知》要求：“为了肃清反动、淫秽、荒诞的图书”，全国“各省市文化局在审读图书时”，对于上述人等“编写的图书特别加以注意”。于是，从即日起，上述人等在此后有限的时光里，便被作为“封建的小市民文艺”的代表，过上了“谨言慎行”的日子。此中如有例外，那就是朱贞木。因为他在《通知》发布几个月前的1955年冬天，便因哮喘病与心脏病并发，“幸运”地在天津总医院去世了，享年仅60岁。

一个具有典型新文学意识与新文艺腔的作家，为何会被国家最高文化管理部门点名“封杀”，而且依据还是“反动、淫秽、荒诞”？这一切，还要从民国年间的天津说起。

至今让许多人不解的是，民国时期武侠小说作家数百人，作品近千部，而1956年文化部所发《通知》，为何仅列了朱贞木等六人？而这六人中，除王度庐外，其余五人为何又都是在天津开始写武侠并成名后方才走向全国的？其实，答案也简单。在精神娱乐相对贫乏的民国，阅读武侠小说，是人们最主要的休闲方式之一。而只要读过上述六人的作品，再与如“过江之鲤”的其他武侠小说一比较，便会发现，无论是思想境界，还是故事内容抑或讲故事能力，此六人均要高出侪辈数筹。在武侠小说界，他们及其作品，实乃名家名著。而名家名著的第一标准应是广受读者青睐，广受读者青睐的结果则是名气极大、作品畅销。然而“枪打出头鸟”，当1951年后武侠小说遭遇整体打压，均被视为“反动、淫秽、荒诞”时，作为业内标志性作家，此六人首遭“封杀”，便不足为奇了。至于六人中的五人为何出自天津，那只能解释为，民国天津是个市民化程度很高的大都市，这里的市民文化极度发达，人才藏龙卧虎，市民见多识广。当人才出现并被市民认可的互动发生后，作为人才，想不出名、不出作品都难。戏曲曲艺如此，武侠小说亦然。朱贞木就是在这样的环境与氛围下，开始武侠小说《铁板铜琵录》创作的。

鐵板銅琵錄

古越貞木著

【八九】

第四回

1934年朱贞木的武侠处女作《铁板铜琵录》在天津《平报》连载

朱贞木名贞元，字试颛，1895 年出生于浙江绍兴一个官宦之家。其幼读私塾，酷嗜诗文与绘画。据其女儿回忆，他曾考入浙江大学文学系。但此说存疑，他考上的，可能是当时的之江大学。浙江大学成立于 1928 年，而恰恰在这一年，他来到了天津，经人介绍进了天津电话局，而且由此至死也未离开天津。1934 年，他还将家属全部接来天津，并购下了天津河北路一处住宅，当年的门牌是 312 号，与著名社会言情小说作家刘云若为邻。在天津电话局，他任文书股课员，与后来进局的还珠楼主及吴云心为同事。据吴云心晚年回忆，其“公余作画，并治印，皆达到一定水平。……天津电话局在日伪时期一度在英租界抗拒日伪接管，是时朱尚在局。后在日方电信公司工作，日本投降后，电信局复员，朱离局”。

他从事武侠小说写作，受还珠楼主影响颇大。1932 年还珠楼主在《天风报》连载《蜀山剑侠传》，誉满平津。朱见状亦步其后尘，于 1934 年 8 月握管任侠，在天津《平报》连载《铁板铜琵录》。这是他武侠小说处女作，但因想象力不及“蜀山”，故反响平平。但他从此与武侠结缘，乐此不辍，至 1951 年武侠小说被禁，他已写作此类小说 17 部，终与“北派四大家”并驾齐驱。故此台湾武侠小说研究专家叶洪生认为，大陆美学家张赣生首倡还珠楼主、白羽、王度庐、郑证因为“北派四大家”，“而将朱贞木排摈在外，有欠持平，现笔者乃据史实，增列朱氏，改称‘北

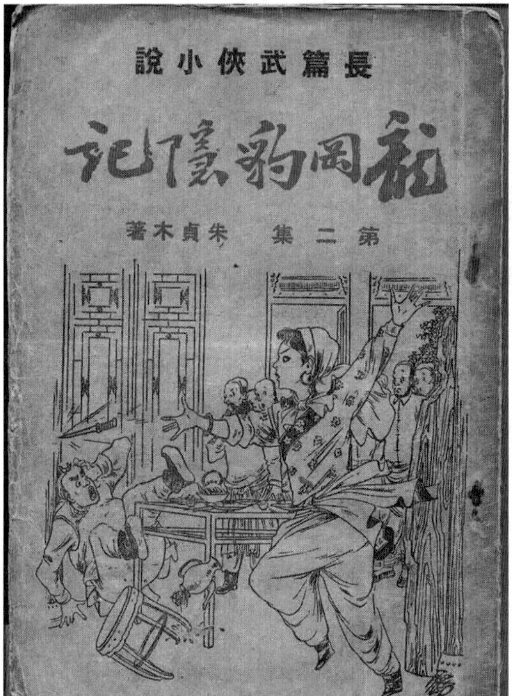

朱贞木武侠小说《龙冈豹隐记》封面（民国版）

派五大家'”。1949年后，朱贞木在天津积极迎接新时代的到来，主动学习新的文艺理论，并尝试运用到这时期他创作的历史小说、社会小说及舞台剧中，直至病逝。

为民国武侠小说画句号的《七杀碑》

与“北派四大家”相比，朱氏早期作品除《铁板铜琶录》（出单行本时，自第二集起易名《虎啸龙吟》）、《龙冈豹隐记》（前面部分为《马鹞子传》）外，产生轰动者少。倒是在抗战胜利后，其作品质量明显提高。如这一时期写下的《飞天神龙》《艳魔岛》《炼魂谷》三部曲及《罗刹夫人》《七杀碑》《塔儿冈》《闯王外传》《郁金香》《庶人剑》等，则充分显示了他颇似南派的布局奇诡多变，描写脂香风雅的个人特色。这其中，最有代表性的便是《七杀碑》。此书写作发表于1949年春，书叙四川武林高手杨展与“川南三峡”力斗华山派的故事。关于此书写作缘起，朱氏曾云，1936年春天，他在北京琉璃厂书摊中，见一手写诗册，内有《七杀碑》故事一则，写明季张献忠入蜀，屠杀惨烈，而屡受挫于以杨展为首的川南七杰，遂立碑而誓，欲杀七雄。于是朱氏便以此为蓝本，“兼采各家笔乘、故老传闻，综合

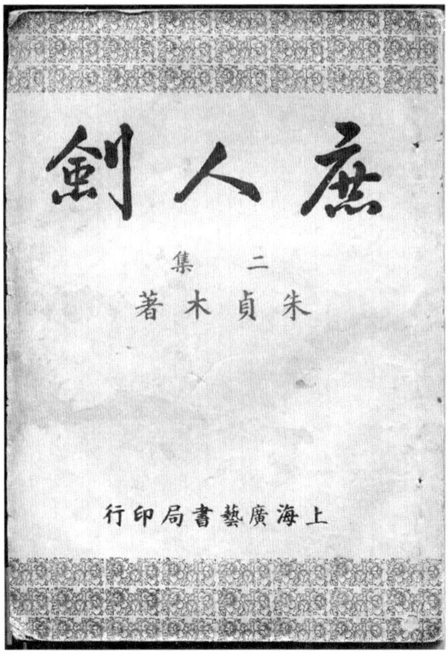

朱贞木武侠小说《庶人剑》封面（民国版）

七雄事迹，演为说部”。全书写得惊险离奇，环环紧扣，既有北派作品雄浑飞扬之神气，又借鉴了南派作家将“武侠、爱情、冒险”相结合的故事结构，堪称一部融南北派风格于一体的武侠力作。该书既为民国南北两派武侠小说创作画上了一个句号，又为后来港台新派武侠小说作家所仿效，并被研究者誉为“港台新派武侠小说之祖”。

对此，北京武侠小说研究专家顾臻兄曾有如下评说：“他的武侠小说处女作《铁板铜琵录》遵守中国章回小说的传统，回目对仗之外，描绘风景时更是不自觉地使用赋体，毫不佶屈聱牙，可见其古典文学素养。自第二部《龙冈豹隐记》开始，他摒弃传统对仗回目，章节名称全部采用白话名词、词组或短句如‘血战’‘李紫霄与小虎儿’等，长短不拘，新鲜灵活。这一革新更成为二十世纪五十年代以降大部分香港、台湾武侠作家写作的滥觞。他在武侠小说中有时还使用当时流行的新名词如‘观念、计划、意识’等。”而著名解放区文学作家赵树理则对邓友梅说，朱贞木的小说“写法上有本事，识字的老百姓爱读，不识字的爱听”。

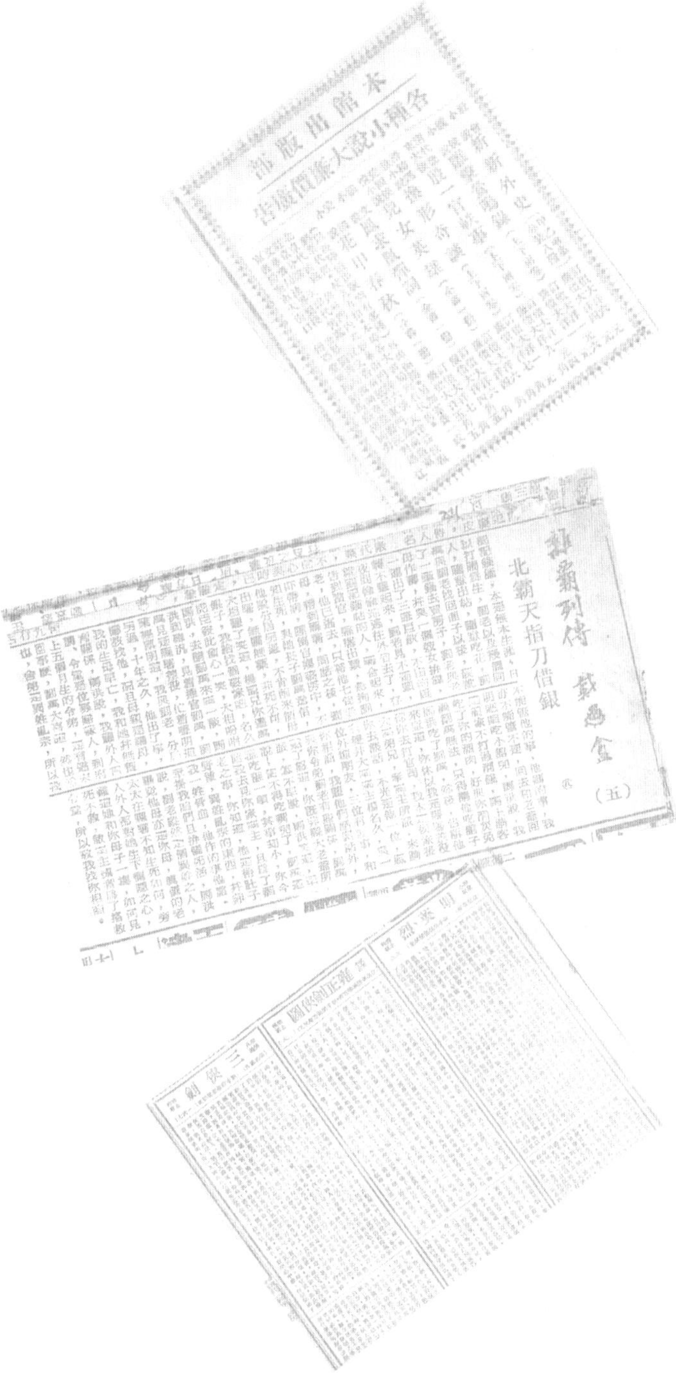

通俗小说显特色

《津沽繁华梦》：首部描写天津的长篇“津味小说”

1917年初，《天津日日新闻》副刊悄然推出了一部长篇小说，这便是尘海过客的《津沽繁华梦》。从书名可知，作品明显受到1915年出版的南派通俗小说作家海上漱石生之《海上繁华梦》影响。尘海过客何许人也，我们今天尚未明确考定。《津沽繁华梦》内容如何，我们今天也难见全貌，眼下能看到的，仅是作者出版单行本时的“自序”和一则“广告”。“自序”乃笔者的收藏，外人极难寓目，现引录如下：

浮生若梦，为惧几何，及时行乐耳。须富贵何时，古人已先我言之。吾乃欲取稗官野史体，描写繁华何居。况乎其为梦耶。况仅限于津沽一隅耶。虽然，同一梦也，有清凉梦，有绮丽梦，有得意梦，有失意梦，有久梦不醒者，有醒或复梦者，有醒同于梦者，有梦同于醒者，亦视人之自知其为梦否耳。清凉梦醒或复梦，梦同于醒者也，虽偶失意，以自知其为梦，乃不至终为梦境所困。绮丽梦，久梦不醒，醒仍于梦也，虽偶得意，以不自知其为梦，乃终为梦境颠倒，未由超拔，举以观察。何人不梦，而所以梦者则大异。为清凉梦者，固亦不乏，而一经失意，抑郁牢骚，狂态毕现，人转厌而弃之。为绮丽梦，耳娱目乐，席丰履厚，备极享用，神仙不啻，问有舍此而勿顾者乎？问有不欲梦其梦者乎？噫！此所以无人不梦，

大水中的天津日日新闻社

而万劫勿复也。

津沽为中国五大通商口岸之一，真正文明程度，或较他埠为逊，而其梦之非绮丽者，则无乎弗同，虽梦中之人，未必群至其地。而或以财力限之，或以一时事故困之，非不欲梦也，实不能也。深恐梦者无由脱离，梦中而未遇其境者。或终入绮丽之梦，乃真人人永为梦境困扰，永为梦中魔鬼。人生幸运，岂复有几希之望。爰作是书，聊资警喝，倘其视作寻常小说，或以此书仅为描写繁华状况，是自甘为梦中人，为梦中魔鬼者，吾何言哉？是为序。

从这篇"中华民国六年尘海过客序于津沽繁华梦中之说梦室"里的文字可知，此"稗官野史体"长篇小说，乃是专门描写津沽一地之"繁华"市象的。而且是不同的人群怀着不同的梦想，来到天津一齐做"及时行乐"之"梦"。但如果观者仅将此书"视作寻常小说，或以此书仅为描写繁华状况，是自甘为梦中人，为梦中魔鬼者"，则谬矣。作者是要用此书，"聊资警喝"，唤醒那些沉湎于"繁华梦"中之人，以防止他们堕入"万劫勿复"之渊。

再从该序所言“津沽为中国五大通商口岸之一，真正文明程度，或较他埠为逊”可知，此书还是一部当时人写天津当时事的“现在进行时”长篇小说。这在民国六年(1917)以前，尚未有过。此前的说部，或不直称发生

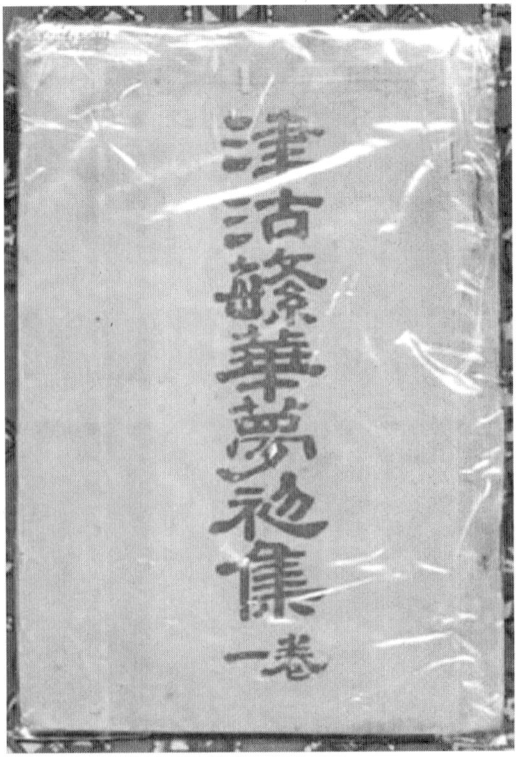

天津日日新闻社 1918 年出版的《津沽繁华梦》封面

地为天津，或虽以天津为背景，但不是短篇，便是短篇的连缀。真正以长篇小说形式直接描写天津，而且是“现在进行时”式的当时人写当时事，尘海过客的《津沽繁华梦》应是首次。那么，尘海过客这位当时人又写了哪些当时事呢？虽然“自序”没有披露，但那则“广告”却告诉了我们些许信息。

1918 年 9 月 6 日，天津《大公报》刊出了一则图书广告，其文称：

《津沽繁华梦》初集第一卷已出版了。定价小洋三角。尘海过客著。本书

用纯白话章回体裁，内容极饶兴趣，自前清庚子至最近，凡津门繁华状况，描写无遗，字字生花，篇篇纪实。其用笔绝似《红楼梦》，其纪实似《九尾龟》《孽海花》。全集共百回，初集第一卷现已出版，书印无多，购请从速。

值得注意的是此“广告”提出的该书几点特征：一，全书“纯用白话章回体裁”；二，所述时间为“自前清庚子至最近”；三，内容为“凡津门繁华状况，描写无遗”；四，其表现手法“绝似《红楼梦》”及当时畅销的社会小说《九尾龟》《孽海花》；五，“全书百回”。从以上五特征可见，这已是一部用白话章回体“艺术”地全方位描写天津自 1900 年至 1917 年间社会现状的“现在进行时”长篇巨制了，这在此前天津各报的连载小说中是没有

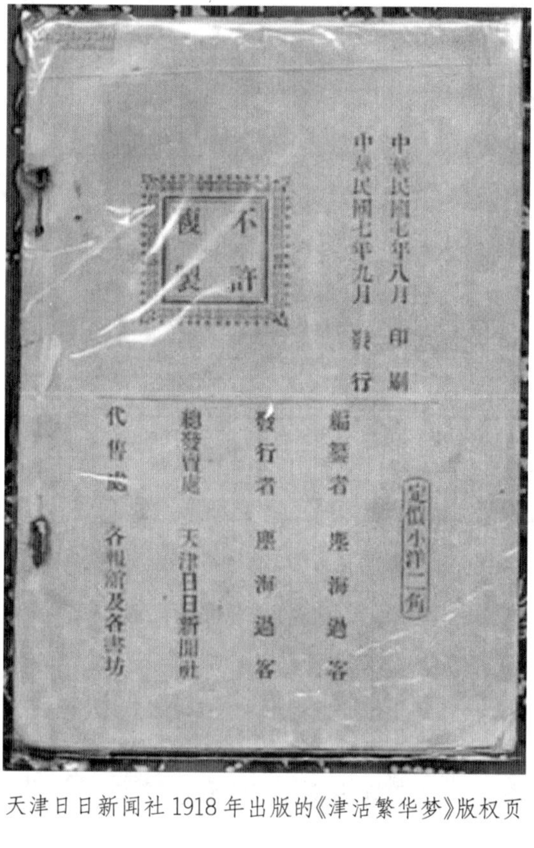
中華民國七年八月印刷
中華民國七年九月發行
不許複製
定價小洋二角
編纂者 塵海過客
發行者 塵海過客
總發行處 天津日日新聞社
代售處 各報館及各書坊

天津日日新闻社 1918 年出版的《津沽繁华梦》版权页

的。因此，从类型学角度看，《津沽繁华梦》的出现，标志着天津文学史上“津味小说”这一门类已成形态，它开启了中国长篇小说以天津的人和事为“创作”题材的先河，并直接催生了此后戴愚庵、李燃犀、刘云若、李山野等现代“津味小说”的出现。

其实，在此书之前，用纯白话体反映天津的文字已经出现，这便是天津《大公报》馆编印的《敝帚千金》。虽然它不是“稗官野史体”的长篇小说，但其流畅的白话和浓郁的津味，却为《津沽繁华梦》的出现做了铺垫。天津虽在十九世纪末叶便已有多家报纸存在，但在语体上，或为外文，或为文言，故其只能在中外官商间流传，贩夫走卒尚不能阅。有鉴于此，1902年6月17日，《大公报》于天津创刊首日，创办人英敛之便在发刊词中提出：“为开民智起见，多半是对着平等人说法，但求浅、俗、清楚。”与此呼应，创刊号首开“附件”（后来报纸“副刊”之雏形）栏目，刊登了一篇完全白话的《戒缠足说》。此后，该报每日均用一篇白话文去论说当时的社会现象，受到市井民众的普遍欢迎。时隔不久，英敛之又将这些白话文结集成书，取名《敝帚千金》于1904年4月25日出版，几千册旋即售罄。一月后，第二集又出，仍是供不应求。

完全白话的《敝帚千金》在全国产生了极大影响，对此英敛之在该书序中曾言：“看见别家的报，常有抄我们白话的。也有在各报附一段白话的，可见好善之心，人有同情。”流风所及，便是直接刺激了国内众多白话文报纸的出现，如名医丁子良便于1907年8月创办了天津首张完全白话的报纸《竹园白话报》，随后又有刘孟扬创办之“天津白话晨、午、晚报”等出现。这些报纸在当时最引人注目者，便是均有白话体通俗小说连载。虽然读之形式更像北方传统评书，内容也未脱晚清小说冗烦之“说教”，但其畅销的结果，便是导致了《津沽繁华梦》的杀青。从《敝帚千金》到白话小报；从白话小报到白话小说；从白话小说再到《津沽繁华梦》，现代“津味小说”的发轫过程于此清晰可见。

严修等呼吁查禁“不良”通俗小说

二十世纪初年梁启超等人掀起的“小说界革命”，在奠定中国现代小说勃兴基础的同时，也起到了让国人“睁开眼看世界”的作用，这已是史家的共识。

但在肯定“小说界革命”所带来上述功效的同时，我们也应看到，梁

严修（右）与老伶工孙菊仙（中）、天津广智馆馆长林墨青合影

启超等人掀起的这场“革命”，其真实意图并不在文学或小说界本身，他们所期盼的，是要借小说界的“革命”，来达到“启蒙”国人“改良”社会之“救世”目的，“小说界革命”只不过是一个工具或媒介。正是基于此等宗旨，梁启超等人将小说抬到一种空前地位予以推崇，务求小说走向“高雅”，甚至达到脱离大众的地步。对此，当时出现的读“新小说”的六项基本要求，就颇有代表性：“无格致学不可以读吾新小说”“无警察学不可以读吾新小说”“无生理学不可以读吾新小说”“无音律学不可以读吾新小说”“无政治学不可以读吾新小说”“无论理学不可以读吾新小说”。

将市民心甘情愿的休闲阅读变成了设有考试门槛的“学习”，小说的功能不但尽失，而且其背后潜藏的“回俗”危机便也为时不远了。随着改良运动及辛亥革命失败，一旦强大的政治热情消退，小说潮流便急转直下，一度被“救世小说”累坏的读者，此时便一下子投入了“消闲有趣”的通俗小说的怀抱。此等现象首先出现在“十里洋场”上海，旋即便蔓延到北方最大商埠天津。

及至1920年代初，各类通俗小说在天津已成“繁盛”之势。尤其是层出不穷的各种小报，更是将通俗小说连载当成招徕读者的手段。此间虽也出现了董濯缨的《新新外史》、赵焕亭的《奇侠精忠传》、皂公的《人海微澜》等名家名作，但由于刘云若、还珠楼主、白羽、朱贞木等受五四影响的新一代北派通俗大家尚未崛起，坊间充斥更多者，则是各类哗众取宠、荒诞不经的 “艳情小说”“哀情小说”“言情小说”“武侠小说”“黑幕小说”“侦探小说”等。这些说部大多写作手法拙劣，一味追求趣味与刺激，甚至有碍社会良俗。对此，沽上严修等士绅不但多次予以抵制，而且还曾上书直隶警察厅厅长杨以德，呼吁查禁。

据1922年9月26日天津《大公报》新闻《邑绅维持青年道德》记载：“本埠邑绅林墨青、华芷舲、严范孙诸君致杨敬林厅长函云：敬启者，近来市间出售小说，哀情小说及侦探小说为最多。究其真像，非盗术诡异，即痴男怨女密会幽期。惩劝之意甚微，而诲盗诲淫之害实大。甚或托名士女

民初"淫啼浪哭"小说代表作《雪鸿泪史》

日记，诬蔑学校家庭。猥亵行为，公然刊布封面，影响社会风化，妨碍教育进行，其魔力至险至大。试就津埠各书肆言之，此等不良小说，不但恬不为怪，甚至争相陈列，诱导青年。且有在学校附近，摆设小摊售卖者。凡情窦初开，血气未定之人，耳濡目染，鲜不斲丧天良。"而据他们亲友统计，此类书刊"已有数十种之多，各人所知，想必不止此数"。

呈函最后，严修等人指出："查贩卖猥亵书画，律有专条，特以积久顽生。市侩惟利是视，遂至狂澜愈煽，风俗益漓。近日奸淫之案，皆导之也。兆翰等为救济社会前途，维持青年道德起见，拟请令饬各区署，督警严切查禁。凡有一切艳情小说、哀情小说、侦探小说，非经呈部审定，注册有案者，一律禁售。倘敢阳奉阴违，一经查出，即由该警署逮案，从严惩办。并公布地方人民，遇有妨碍社会治安，影响青年修养之各种小说，准其签注呈厅审核，然后发行。似此兼筹并进，庶可以正本源而祛弊害云云。"

对此呼吁，《大公报》当年 12 月 11 日的新闻给出了回应："近年社会风俗日偷，青年男女往往误解自由，演出种种不可思议之丑剧。抉其病源，实由于各书肆所出之淫词小说，以及秽亵不堪入目之印刷品，为害之厉，亟应取缔查禁。近闻官厅方面，已奉到教育部令，饬查小说四十一种。"随后列出查禁小说之目，这其中，既有当时的新创小说《留东外史》

《家庭黑幕》《苦尽甘来》《素梅姐》《小姐妹》《秘密史》《马屁世界》《浪世奇观》《风流奇谈》《牛鬼蛇神之情场》等，又有传统小说《野叟曝言》《金瓶梅》《贪欢报》《杏花天》《桂枝儿》《痴婆子》《牡丹缘》《国色天香》《绣榻野史》《灯草和尚》等，并言“现已着手饬查各书，严行禁止矣”。

《益世报》：民国北派通俗小说崛起的摇篮

雷鸣远与他创办的《益世报》

1906 年，比利时天主教传教士雷鸣远(Frederic Lebbe)来到天津，任望海楼教堂坐堂神甫。为了在津宣传教义，他联合天津教友刘浚卿、杜竹萱、杨绍清等人，欲创办一份日报。他们在南市荣业大街选好馆址，杨绍清入股 3 万元，雷鸣远又自筹一部分资金，以 8 万元组成董事会。雷鸣远任董事长，刘浚卿为总经理，杨绍清、杜竹萱分任副总经理，并聘学识渊博的唐梦幻为总编辑。就这样，对后来国内政治、经济、文化产生极大影响的《益世报》，便于 1915 年 10 月 10 日在津创刊了。旋即雷鸣远又派杜竹萱、杨绍清去北京，再创《益世报》北京版。

《益世报》创办初期，正值法租界工部局越界侵占老西开，引起租界内华人大罢工。该报多次载文对法国领事馆进行抨击，受到民众瞩目，使得报纸发行份数激增，并由此造成报馆原址不敷应用，只得另觅金汤桥小洋货街一建筑为新馆。不久，五四运动爆发，该报总编辑唐梦幻对学生的爱国行动深表钦佩，连续著文表示声援。一时间，《益世报》的爱国热情深得人心，其声望与发行量均超过当时天津第一大报《大公报》，并被时为天津学生运动领导人之一的周恩来著文称赞。

开设在意租界小马路上的《益世报》馆

1925年直奉大战以直系败北而终，虽然此前报馆为避战祸，已由小洋货街再次迁址意租界小马路（今民权路），但奉系军阀进津后还是接管了《益世报》，并将多年为直系奔走的报馆经理刘浚卿逮捕。是年底，冯玉祥率国民军击败奉系攻入天津，刘浚卿获释出狱，但眼见报纸颓势却无力接管，直至1928年东北易帜，他才从奉系手中收回《益世报》。为挽颓势，他将刚从南开大学毕业的堂弟刘豁轩聘为总编辑，又广揽当时津沽青年才俊赵漠野、吴云心、丁继昶、董效舒等人，与原报馆留用人员解幼圃、董郁青（濯缨）、王春生等合作，励精图治，终使《益世报》重获生机，重新赢得读者。

1932年，经南开大学秘书长黄子坚介绍，上海“新月派”文人罗隆基出任《益世报》社论主撰。其上任伊始，便连续发文提出武力抗日，受到民众嘉许，使报纸的影响迅速走出华北，波及全国。1937年6月，由于报社内部矛盾，天主教徒生宝堂接任总经理。天津沦陷之初，《益世报》坚持在意租界出版，生宝堂等继续刊发抗战消息和爱国言论。一天，日军趁生宝堂乘汽车过万国桥（今解放桥）时，将其与秘书师潜叔逮捕并杀害，报纸迫于日方压力无奈停刊。抗战胜利后，《益世报》于1946年元旦复刊，直至1949年6月1日经天津市军管会裁定，报纸停刊。至此，在天津经营了三十余年的《益世报》便销声匿迹了。

民国时期天津街头上的《益世报》阅报栏

与同时期国内有影响的大报一样，《益世报》在存续的三十年间，除对新闻、社论力求出新出奇外，对副刊的经营也是十分重视。报纸创办伊始，便设副刊“益智粽”，由津沽著名文人吴衰柳主持，后又延聘北京平民大学教授王小隐主编，除刊发大量诗词、小品文及考证文章外，其对小说的连载更为重视。但由于此时期天津本土作家群尚未形成，报纸所刊小说基本上选自上海《时报》《申报》《新闻报》。如《无肠公子》《灵魂世界》《辫子大会》《识字犬》《毒坤案》《贩奴痛》《奇梦》《好事多磨》《一曲清歌失主欢》《小学教员》《鸿雁哀声》《乞儿再上请愿书》《马牛同病》《行路难》《沧桑遗憾》《儿子病》《用药之误》《短命儿》《鹬蚌争》《女检查之夫》《荒岛一夕谈》《发财梦》《洪宪累人》《顽石》《志士之去年今日》《时文话》《蕉梦缘》《山河泪影》《同正室》《纸币害》等。

此后，随着小说日渐深入人心，一些原创小说也逐渐增多。如《相面谭》（滑稽小说，病骸著）、《华胥梦》（理想小说，忩子著）、《十字镜》（讽世小说，野史氏著）、《五大天地》（滑稽小说，蝶狂著）、《幼女献俘》（纪实小说，慰辰著）、《神巫出丑》（醒迷小说，今我著）、《狼吻余生记》（冒险小说，天白著）、《女党人》（滑稽小说，佚名著）、《败子回头记》（社会小说，秋蝉著），《心》（科学小说，张亚庸著）、《一字通谍》（爱国小说，爱琴著）、《三生冤孽记》（游戏小说，懒樵著）、《时事演义》（谐小说，又迷著）、《饮鸩止渴》（警世小说，瞻庐著）、《魔王之血》（历史小说，瘦鹃著）、《波臣腥闻》（历史小说，指严著）、《亡国奴自述》（谐小说，哈哈著）、《伦敦燃犀录》（社会小说，雄倡著）、《吴达》（技击小说，姑慕游子著）、《别来无恙》（寓意小说，炎著）、《王老虎》（技击小说，舍予著）、《我之中华》（爱国小说，国民著）、《亡国梦》（谐小说，怀古著）、《祸福相倚录》（醒世小说，陈鏖夷著）、《家庭变》（警世小说，叶丽荪著）等，也均在《益世报》创办初期纷纷亮相。其实细究上述名目繁多的选载与原创小说，大多为应景的游戏之作，这是小说作为民众娱乐消遣工具之始的一种时髦

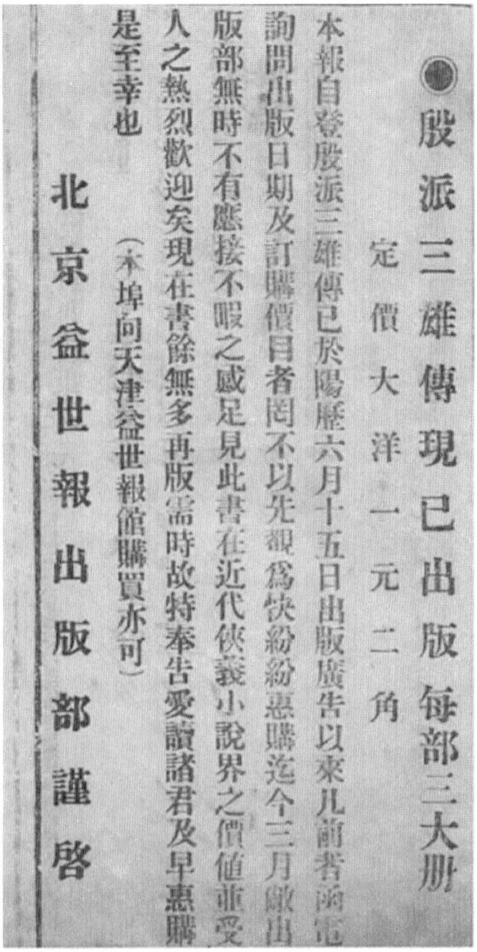
◉殷派三雄傳現已出版每部三大册
定價大洋一元二角
本報自登殷派三雄傳已於陽歷六月十五日出版廣告以來凡前者函電
詢問出版日期及訂購價目者罔不以先覩爲快紛紛惠購迄今三月敝出
版部無時不有應接不暇之慼足見此書在近代俠義小說界之價值並受
人之熱烈歡迎矣現在書餘無多再版需時故特奉告愛讀諸君及早惠購
是至幸也
（本埠向天津益世報館購買亦可）
北京益世報出版部謹啓

《益世报》北京分馆推出赵焕亭的武侠小说《殷派三雄传》

益世报馆出版小说单行本广告

运作。

《益世报》在刊出上述短篇作品的同时，其初期最大亮点，便是相继连载了多部本土作家所撰长篇通俗小说。这些作品不但为创办初期的报纸赢得了极大销路，而且也为萌芽时期的北方通俗小说创作带来了生机，更为日后天津乃至华北通俗小说的繁荣培养并积聚了人才。尤其是该报于二十世纪二十年代推出的董濯缨、董荫孤、赵焕亭、戴愚庵等名家的作品，除在天津及北方引起巨大轰动外，也使全国文坛为之瞩目。据《益世报与中国现代文学》一书统计："《益世报》发表的通俗小说有三百多部，由益世报报馆出版的通俗小说有上百部，《益世报》为民国初年至20年代北派通俗小说的发展情况提供了丰富的资料。"虽然二十世纪三十年代以后，随着左翼文人马彦祥等的入主，改副刊"益智粽"为"语林"，风格大变，逐渐成为北方“左联”阵地，但《益世报》在“益智粽”时期刊发的《新新外史》《清代畿东大侠殷一官轶事》《英雄走国记》《沽上英雄谱》等多部长篇通俗小说连载，却历经数十年岁月磨砺而魅力不衰，直至今日，仍在不断再版刊行。

也正因此，笔者于1993年便撰文指出，在民国天津乃至北派通俗小说发轫时期，《益世报》副刊“益智粽”在培养、扶持天津通俗小说作家和出版、繁荣北派通俗小说作品方面，实在是功不可没，它实际上是民国北派通俗小说作家与作品崛起的摇篮。此观点一出，便得到相关专家学者的认同。在2009年中国文史出版社出版的学术专著《益世报与中国现代文学》中，作者杨爱芹更是将“北派通俗小说崛起的摇篮”列为专节的标题。但搞笑的是，她误将笔者称为与董濯缨“同时代”的“民国报人”。其实，笔者在撰此文时，本差确实是编报纸，然而岁数尚小，年方三十有二。

董氏兄弟的“社会小说”成了早期《益世报》招牌

《益世报》1915年在津创办，初期虽因内容激进，发行份数超过《大公报》一跃而为天津报纸之首，但随着日后政治态度模糊，其发行量很快又被《大公报》反超。当时间进入1920年时，该报一位天主教徒写了一部长篇社会小说《新新外史》于副刊“益智粽”连载，很快便赢得各界读者青睐，使得报纸发行份数迅速回升，并再度超过《大公报》。此书作者便是在民初北方文坛颇有声望的报人加文人董濯缨。

六十多年后，老报人吴云心在为《新新外史》再版作序时，对其作者进行了如下回忆——花白发，背佝偻，两撇胡须鼻下留；着长衫，人干瘦，

星期六　天津益世報第四張　陰曆壬戌年十一月廿七日　（十六）

小說

社會小說　新新外史

滑稽小說　換形奇談

1923年董氏兄弟的小说同时在《益世报》上连载

走起路来频点头。从二十世纪二十年代初到抗战爆发前，每天午饭过后，此公便从天津英租界家中出门，乘电车到老龙头火车站（今天津站），再步行半里地，下午两点整，准时出现在意租界小马路（今民权路）上的益世报馆。日复一日，风雨无阻。作为该报副刊“益智粽”编辑，他每天要为专栏“弦外之音”写百字文一篇，针砭时政，臧否社会，言有尽而意无穷，末尾一行删节号，也算是与栏题相吻。此后，便是收文、改稿、发排、组版、校对、看大样。忙到黄昏人散，他又铺开红格稿纸，用拇指肚般大小的毛笔字写他的小说连载……

益世报馆出版董濯缨《新新外史》单行本封面

关于董濯缨的生平，目前知之甚微，仅知其原名董郁青，濯缨是他首写《新新外史》时使用的笔名。董濯缨北京通县人，满族，生卒年月不详，从其写作时间推断，他大约生于十九世纪八十年代，卒于抗战爆发后。据说其早年中过举人，后来加入天主教会成为教徒。早年在北京政界混事，对清末民初袁世凯执政和国会议员情况较为熟悉。青年时期酷爱戏曲，曾混迹于北京梨园行，与众多戏曲演员熟稔。中年以后寓居天津，厕身新闻界。1915 年《益世报》创刊时，由于其创办人雷鸣远系天主教天津教区副主教，于是他便广揽天主教徒进报馆。此时董濯缨便以文章隽永、笔头快捷而被雷鸣远看中，成为首批进入《益世报》的编写人员。

在《新新外史》写作之前，董濯缨已为“益知粽”创作了《多妻镜》（家庭小说）、《扁》（滑稽小说）、《鸦雀联盟》（滑稽小说）、《花甲春秋》（爱国小说）、《盗贼之清供》（警世小说）、《水与兵之苦语》（时事小说）、《爱仇记之一·巴黎妪》（短篇小说）、《爱仇记之二·武清叟》（短篇小说）等短篇小说，署名多为郁青、郁清、董郁青。

关于《新新外史》的写作，据董氏在 1936 年所写的“发刊全书小引”中追忆，是受当时《益世报》总经理刘浚卿之约于民国九年（1920）写作并连载的。全书以光绪末叶（1905）至袁世凯复辟帝制失败（1916）这十多年间的国内政坛风云为背景，写的是真人真事，但人物均用化名，如称袁世凯为项子城、段祺瑞为段毓芝、冯国璋为冯国华、黎元洪为李天洪等，但由于所写均为此前刚刚发生过的真人真事，故刊出后，大受欢迎，被时人誉为“以现代历史故事写演义小说的罕见之作”。据其同辈人陶均和称“要求刊印专书之函，以数千计”。益世报馆见有利可图，遂于 1926 年为其出版单行本甲乙两集，1929 年续出丙集，然亦仅断在 70 回而止。1932 年全书终结，连载终止，但其第 71 回至 101 回却未出单行本。

1935 年春天，报馆总经理刘豁轩（是时刘浚卿已故）倡印全书，在征得董氏同意后，董将全书从头整理，将错讹矛盾之处均做修改，交益世报馆排字房逐日排印，但由于“人工不敷，难免迟滞”。1936 年，该报投股较多之股东、山西人李渡三得晋方势力支持，在逐出原社长刘豁轩后，自任社长兼经理，对《新新外史》出版之事，尤为注意，指定专人赶排，并限定当年 9 月出书，大量刊发广告，提前预约发售。该书全本如期出版后，因定价低廉，名声早振，故而销量甚大，购者踊跃。董氏凭借该书的畅销，其名气也迅速走出天津，影响全国。目前我们见到重印的这部《新新外史》，

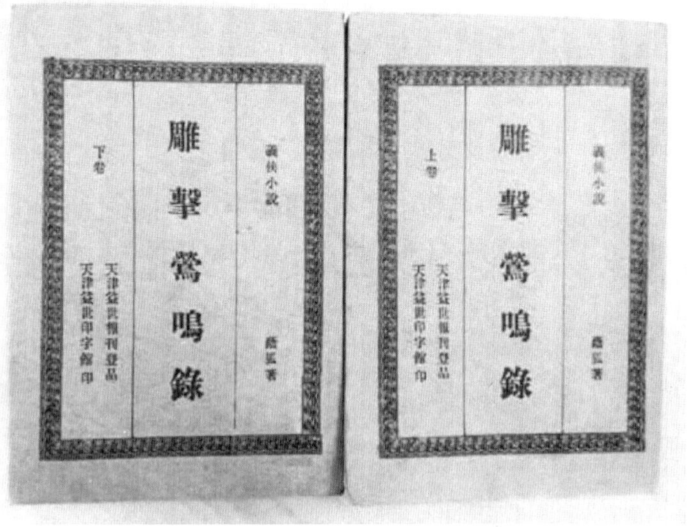

益世报馆出版董荫狐小说《雕击莺鸣录》封面

共101回,二百余万言,就是在今天,亦可算是一部巨著矣。

在《新新外史》写作后期,“益智粽”副刊更名为“语林”,由马彦祥主持。报馆见董濯缨在小说创作方面已成气候,便让他又新辟一版副刊名“说苑”,专发小说连载。在《新新外史》连载结束后,他又撰一部以济南为背景的长篇小说《明湖影》,于《益世报》连载。但因《新新外史》已明珠在前,此书很难逾越其高度,故而难显其光,反响平平。1935年后,他负责通检全报大样,实际上已代行总编辑之责。至抗战全面爆发,他便离开报社,不知所终,估计不久便故去了。

董濯缨有一弟名荫孤,长年居故里通县,以教书为业。因其兄为《益世报》副刊编辑,故其课余也为《益世报》写社会小说连载。其笔头甚快,作品多以社会新闻为原型,加以故事化铺陈。1926年在《新新外史》出书同时,益世报馆也为他出版多部社会小说。据当年一页广告目录所列,仅从1926年5月到1927年10月这短短17个月间,益世报馆便为其出版单行本十余种。除具有滑稽讽刺色彩的《换形奇谈》和以伦理道德为内容的《家庭金鑑》外,当时最有影响的便是“荫孤氏小说五种”,计为伦理小

《益世报》上的董荫狐小说广告

说《鹡鸰痛》、警世小说《仇马恩裘》、侠义小说《雕击莺鸣录》、信义小说《金兰契》、时事小说《大战缩影录》。此外，他尚撰有时事小说《溅血酬恩录》《棣萼奇逢》及武侠小说《义侠惊奇录》《虎窟鸳盟》等。在北方小说创作尚不发达的二十世纪二十年代，能于同一时间推出如此众多说部，董荫孤也可算是当年的“高产作家”了。

其晚年事迹同其兄一样不可考，目前仅知1941年天津新河北出版社曾出版其社会小说《莺花春梦录》上下两集，是新著还是再版，不得而知。此外，二十世纪四十年代中期，天津《庸报》《天津华北新报》等附逆报纸尚有其作品连载，但均为一时的混饭之作，别无所长，估计此时他尚健在。然而此刻刘云若、还珠楼主、白羽等新锐通俗小说作家已于津沽崛起，人们的阅读指向已偏移于此，故其作品此时期可谓有量无质，不久也就渐为人所忘了。

社会小说是民国通俗小说的一大派别，虽然二十世纪二十年代在南方已成蔓延之势，产生了诸如海上漱石生的《海上繁华梦》、李涵秋的《广陵潮》、张春帆的《九尾龟》、包天笑的《上海春秋》及海上说梦人的《歇浦潮》等名篇，但在北方却较为沉寂。此刻的京津一带，除了张恨水在北京一花独放外，蜗居天津的高新民、薛月楼等人虽也操觚玩票，写下众多以时事为背景的作品，但既非巨制，也难称佳构，更未形成数次再版的单行本。直至董氏兄弟的出现，方才为天津文坛带来一线生机，使得此时期的天津终于有了能与南派包天笑、张春帆、平江不肖生等名家相抗衡的名著。尤其是董氏兄弟那娓娓道来的京话语言，更是让经过白话文运动洗礼的京津读者倍感亲切，并直接催生了日后皃公、刘云若、李山野等北派社会小说名家的崛起。如果说《益世报》是民国北派通俗小说崛起的摇篮，那么董氏兄弟的社会小说则是早期《益世报》的著名招牌。

天津“掌故小说”代表作：《沽上英雄谱》

1926年，名编辑吴秋尘由京到津主编《东方时报》副刊“东方朔”。很快，他身边便聚拢一批文学青年。对此吴云心先生晚年曾回忆：“当时我们这些人年龄一般不到三十岁，但有一位长者，比我们这些人年纪大一些，便是戴愚庵。”为了吸引沽上读者的阅读兴趣，吴秋尘便约戴愚庵写一部以天津为背景的长篇连载。戴氏领命后，便将旧日所闻沽上“混混儿”旧事演为长篇说部，取名曰《沽上英雄谱》交“东方朔”连载，不料刊出后大受欢迎，他也因此书而享誉京津文坛。

1927年《东方时报》解体，连载中断。1932年，戴氏又应时任《益世晚报》编辑的吴云心之约，将此书搬至《益世晚报》续刊，至1936年登峻，已积有三十余万字。1937年5月天津《益世报》出版股将其结集出版单行本，上下两册，共8回，书前有吴云心于当年4月20日所作之序，据其称：“这部书刊登在《益世晚》报时，正在1928年以后，直至华北人心被安定了为止，书也便结束了。本书是从前天津一部分人为着生存而团结，而反抗的故事。许多英雄为了大众的生存而勇敢的牺牲了自己。他们虽被严刑逼迫，但没有口供，没有屈服，只有死！死在他们看作平常的事！虽然在智者方面看来是‘其愚不可及也’，但他们的精神是可佩的。在本书逐日见报时，我们的国度，与一个混混儿被迫招供时的处境，不知在什么地方有些相仿。现在这书出版了，我希望这般英雄的精神依然保存在我们这国度里，同时更希望这精神里加一些新的意识。”

这新的意识是什么，吴云心没讲。但当时和今天的读者都能“意会”出来。真正的英雄与所谓的英雄甚至“混混儿”的区别，或许就在这里。在今天看来，《沽上英雄谱》将英雄与“混混儿”杂糅一体而成篇，或许要归咎作者的品位与情趣低下。其实不然，在此书写作与连载的十余年间，天津先后被直系、奉系军阀及日伪统治，社会底层的反抗时有发生，此时期正是英雄被视为“混混儿”，“混混儿”充当英雄的年代。作者有感于此，以曲笔写现实，亦算别有深意。

其实如要仔细推敲，《沽上英雄谱》并非是严格意义上的小说结构，其标为长篇小说，实则是采用《游侠列传》的写法，将一个个相对独立的故事连缀成篇，分题而撰。虽然其回目也使用了“大刀王五独守葫芦罐，小脚刘老三打美人台”“卖曲访仇人刘宝全投师学艺，成名觅知己林黛玉下卫观光”这样的章回旧体，但回与回之间并不相连，每回讲的都是一个

天津沦陷时期的“混混儿”头子袁文会（坐者）也曾以“英雄”自居

独立故事，且在叙述中常常插入大量的掌故介绍，遂使全书带有一种很浓的谈今论古的味道。也正因此，此书刊出后，颇受评书艺人青睐，未几便被改编易名为《混混论》而搬进书场，一直演说到中华人民共和国成立后的二十世纪五十年代，成为几代评书艺人的“看家书”。

除《沽上英雄谱》外，戴愚庵所作其他小说题材也大多与旧时天津的“混混儿”有关。由于思想局限，在这些作品中，其所描绘的人物也良莠不齐，既有鱼肉乡里、称霸一方的“锅伙”“混星子”；又有勇于反抗外族入侵

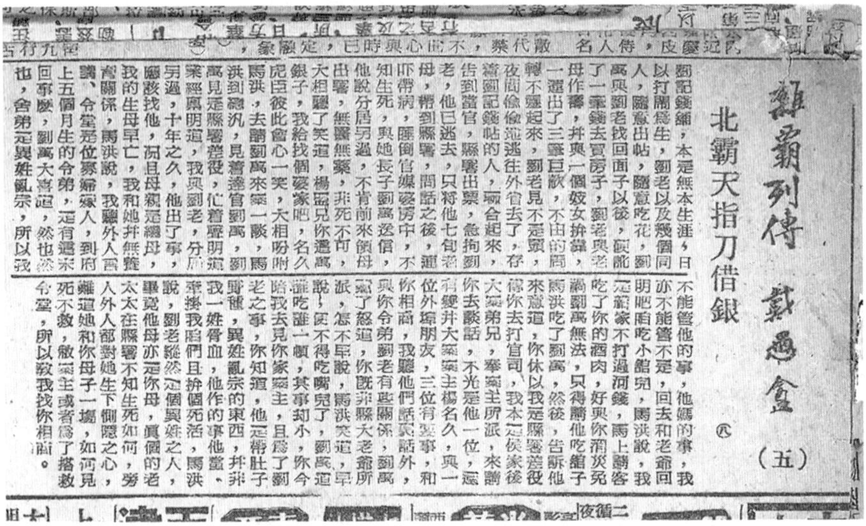
雜霸列傳 戴愚盦

北霸天指刀借銀

（五）

戴愚庵的掌故小说《杂霸列传》在《天津华北新报》上连载

的血性男儿。此外，他还写有几部“儿女”小说，这其中最有名的便是《秋雨销魂录》。据其子戴冠津先生回忆，此书是其父与沽上著名社会言情小说家刘云若的“唱和”之作。由于书中内容编得缠绵悱恻、柔情百转，故而被朋友王伯龙著文认为其“写儿女远胜于英雄也”。其实，英雄也好，儿女也罢，作为出自同一作家之手，其孰优孰劣已不重要，重要的是他穷其一生精力在写天津。从目前已见到的几部作品来看，不但故事情节均取自天津民间，而且其叙述语言也多用天津俚语，并时时穿插沽上旧典，使人读来古朴亲切，顿生乡梓之情。

在戴愚庵之前，虽也有几部描写天津的小说流行坊间，如尘海过客的《津沽繁华梦》等，但由于或率尔操觚，或难得津味真谛，均难称“津味小说”成熟形态之佳构。真正以天津语言讲述天津卫故事并有意刻画津沽人物，当从戴愚庵始。戴愚庵才是正宗“津味小说”的“始作俑者”，是他开创了“津味小说”的先河，并直接影响了小他十余岁的“小老弟”刘云若，使后者在其启发下，出手便不凡，后来居上，达到“津味小说”前无古人至今仍后无来者的最高成就，并终因成就卓著反将“老大哥”戴愚庵罩于其辉晕之下，相形见绌。

关于戴愚庵一生所撰作品有多少，虽然其生活在距今半个多世纪前，且作品也基本刊行于津京一带，但因当年报刊繁杂，随刊随灭现象严重，我们至今仍难整理出一份完整的戴氏作品目录。1945 年 2 月戴氏病逝，4 月北平《369》杂志曾云：“娱园老人，著作甚丰，如《秋雨消魂录》《花市春柔记》《嫁娶镜》《沽上英雄谱》等，散见各报及出版行世者，不下数十种”，“戴氏遗作尚未出版者不下十数种”。然而笔者近年经多方查询，除上文提及者外，尚获《沽上混混秘史》《沽水旧闻》《黄天霸外传》《杂霸列传》《串房檐史》《绮陌红楼》《沽水游侠》等几种。前后相加，也仅得“十数种”，据“数十种”相去甚远。那么余下大部分作品究竟为何不见所踪又藏于何处呢？目前尚不可知。

二十余年前，戴氏之孙戴更生先生曾告诉笔者，戴氏死后曾留下大量遗稿，存于一柳条箱中，由其次子保管，二十世纪五十年代尚存于家中。这些遗稿是否便是那“尚未出版”的“不下十数种”遗作，目前也尚不可知。但据戴更生讲，这些遗稿可能有部分已散落坊间，当年一部颇获好评的“掌故小说”便与遗稿中的一部相似。对此笔者因未能亲睹“遗稿”，不敢妄下定论。但不管其作品存疑多少，仅就其现存十余部作品看，其阅历之丰与笔力之健已足以使后人记住这位当年的“掌故”大家。这其中，最能体现天津民风民情，并成为其最著名之代表作者，便是《沽上英雄谱》。

天津书局成为北派通俗小说集散地

在近现代天津，署名“天津书局”的图书出版发行机构有两家。其一创立于清光绪十五年(1889)，主营图书销售，兼营出版，不久便停办；其二

新记天津书局坐落在照片左侧尽头的交通旅馆楼下

则为 1925 年柯益茂在南开学堂大街(今南开中学对过儿)开设的新记天津书局,主营学生读物与文具,后来兼营出版。由于开业便获利,1926 年迁址繁华地段法租界马家楼,旋即又在法租界劝业场斜对面的交通旅馆旁设立分店。

新记天津书局开业之初系夫妇二人的家庭组合,但由于经营有方,业务很快便有所拓展。据当时报纸广告称:“天津书局经售下列各家出版的新书:光华书店、北京书店、开明书店、美的书店、楼社、新月书店、出版合作社、未名书店、泰东书店、海音书店、亚东书局、晨报社,代订《语丝》周刊、《北新周刊》《国学月报》《哲学评论》。”由此可见,此时期该书局销售图书品种之全、经销出版单位之新及所售图书新文学色彩之浓,均不言而喻。

1983 年初春的一天,笔者作为报纸编辑,曾赴京采访过当年在天津上学的著名作家韦君宜,据其后来给笔者的稿件《忆“天津书局”》称:“我虽出生在北京,但上的却是天津南开中学,那时我家住在天津法租界赤峰道。1933 年我 16 岁时,在国文老师孟志孙的影响下,学会了跑书店。孟先生后来成了南开大学教授,正是通过他的指点,我经常去劝业场楼下的佩文斋买书。”接着,她深情地回忆起了对她影响颇深的天津书局:“后来,我从报纸副刊上知道了有个‘天津书局’,就在交通旅馆和惠中饭店中间那条路的路底。这个书店的主人叫老柯,脸上有些浅白麻子。他经营的这书店有大量新书。从鲁迅的一本一本新出版的杂文,到郭沫若的《创造十年》,从张天翼、靳以的新作,到沈从文的《记丁玲》,我都是从这里规范的。鲁迅的杂文陆续出版,我一本不漏的买,就全亏老柯一本不漏的供应。后来他认识我了,一去他就笑着给介绍新书。还有上海左联那些时出时停的新刊物,老柯也一概经营。《文学月报》《春光》《文艺新闻》……他都有。有时他没有,我向他提了,过些天准有。还有些杂牌作家如穆时英、李辉英、叶灵凤的作品,他也一概预备。现在看惯了咱们这品种单调的书店,简直真难想象他那么一个三开间的小书店怎么能预备那么多品种的。他是不是还有另外的店员，我已经不记得了。只记得这位老柯。我能对左翼文学开始有些了解，除了感激教育我的师友之外，决不能忘掉亲切含笑给我介绍新书的老柯。”

天津书局搞图书出版纯属偶然。1932 年底，在上海从事左翼文学活动的宋之的给身居天津的进步作家王余杞来函，嘱其设法在津创办一本大型左翼文学刊物，因为此时天津书检较松。王接此任务后，经多方奔走，最终辗转找到了天津书局老板柯益茂。柯开始颇有顾虑，经王多次开导，方才答应下来。1934 年 7 月 1 日，刊名定为《当代文学》的杂志甫一面世，便在读者中引起强烈反响。创刊号上的大部分稿件均由宋之的从上海组来，作者包括周作人、艾青、聂绀弩、许幸之等。在新文学创作与左翼报刊并不发达的天津，《当代文学》的出现绝对是个例外。也正因此，中共领导的“北方左联”及时吸收王余杞为成员，对刊物的编辑出版给予指示，并很快便将该刊当作“北方左联”在天津的机关刊物。1936 年，美国作家斯诺在其编译的《活的中国》一书中，把《当代文学》列为“刊有论现代中国文学的极有价值的资料”。遗憾的是，他将出版地误写为上海。然而时间不长，该刊浓厚的战斗色彩及鲜红的封面便引起了国民党天津市党部的注意，被误以为是鲁迅所编。1934 年 11 月，当刊物出至第六期时，便被查封。

继《当代文学》之后，天津书局还曾出过一本进步刊物《暖流》半月刊，但也是出版未几，便被当局定性为“捏词诬蔑，诋毁中央，攻击本党，煽惑民众”，责令公安局予以查禁。

两本刊物夭折了，但柯益茂却将出版业务转向了图书。不同的是，它们已不再具有鲜明的红色，而是被大量灰色书刊及旧派通俗小说替代。例如 1938 年底，天津书局便已出版了姚灵犀的《瑶光秘记》《采菲录》《思无邪小记》及郑证因、白羽的武侠小说《牧野雄风》《十二金钱镖》等。对此，韦君宜印象颇深：“抗战一开始，我从北平跑回天津的家。再去天津书局，只见书架上摆满了《蜀山剑侠传》之类的书，我抬头看老柯，默然无

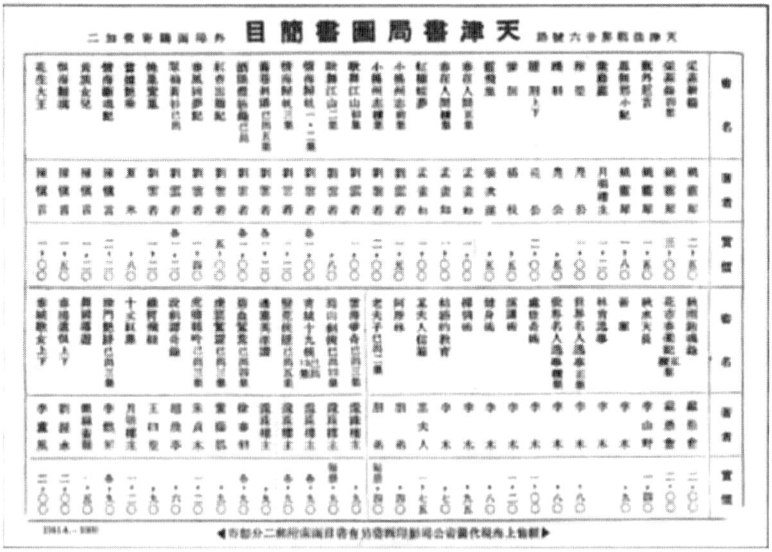

1941 年天津书局出版、销售众多北派通俗小说的书目广告

语。后来我就没有再去过了。”

而在 1941 年的一份“天津书局图书简目”上，更是汇集了董荫孤、李薰风、赵焕亭、凫公、刘云若、还珠楼主、孟画如、月明楼主、陈慎言、戴愚庵、李燃犀、李山野、徐春羽、朱贞木、王曰叟、刘渥水等平津通俗小说作家的大部分作品。虽然这其中有少量只是代售，但柯益茂欲将天津书局打造成北派通俗小说出版发行大本营的意图，已清晰可见。

天津书局的图书出版发行，以具有新意识的红色刊物为始，最终以刊印迎合市民兴趣的旧派通俗小说收场，说到底，其经营者柯益茂只是一个卖过出过进步书刊而又没有政治倾向的精明商人。

“白羽”何时现“江湖”

晚年的白羽夫妻尽显苍老,女孩为白羽孙女官萍

现代文学史上,“江湖作家”与有着创作与研究既定方向的“一般文人”相比,他们没有主动明确的授业解惑、抒情明志、指点江山甚至寓教于乐地解说政治之目的,而只是循着读者的阅读“兴趣”,被动地以市场需求为目标,去“挖空心思”地编造各类适应读者的“有趣”故事,从而达到读者规范账、作品畅销、个人获利的结果。虽然他们当初初涉文坛时也都曾有自己或创作或研究的初衷与目标,但随着环境与时运的变化,先是不得已而为之,继而在获利后便乐此不疲。如若抛却现行的“价值”标准,只从技术层面考察,“江湖作家”的操作难度要甚于“一般文人”,因为他们需要更多的知识、更多的阅历和更多的“见风使舵”能力。检验他们成败者,不是专家学者,不是同仁同党,更不是权力在握的官员,而是普天之下芸芸众生。所谓“风靡南北”“洛阳纸贵”“妇孺皆知”,不是徒有的虚名,而是实实在在的社会风景。能享此誉者,既是“江

湖作家”之翘楚，亦是从“一般文人”转行而出的鬼才。

其实，所谓“江湖作家”与“一般文人”的称谓，均是笔者对民国时期通俗小说作家与其他文人的形象杜撰，其目的在于既能简判二者之区别，又能呈现出民国通俗小说作家的本质与本事。那么在民国文人群体中，能否找到“江湖作家”与“一般文人”的“混合体”呢？

如有，白羽应是标志性人物之一。

白羽第一部武侠小说《青衫豪侠》封面（民国版）

白羽幼嗜文史，早年创作目标明确，立志新文学并曾受到鲁迅、周作人的提携，在二十世纪二十年代初期曾发表了多篇具有浓郁新文学气息的短篇小说及翻译文字。后因不满《马氏文通》，主动治语法修辞之学，并精研甲骨训诂之道，这走的本是“一般文人”之路。然而造化弄人，当天津沦陷后，穷怕了的他，为了一家七口之生存，遂被动地接受报馆之约，受命撰写武侠小说连载，岂料一鸣惊人，从此改弦易辙，踏入“纸上江湖”而成为“江湖作家”。其写作生涯如若至此，亦不为奇，从“一般文人”变身“江湖作家”者，现代通俗文学史上不乏其人。但吊诡的是，当十年之后，他作为“江湖作家”在“纸上江湖”已“扬名立曼”且名利双收、“钱”景无限之时，却突然马放南山，“急流勇退”。不但将武侠小说搁笔停稿，而且对赖以生存的喧闹“江湖”亦流露出了厌倦之情。取而代之者，则是重返“一般文人”之列，复隐“训诂索引”之斋，再归“甲骨金石”之途。最终盖棺论定，既位列民国“社会武侠小说”之翘楚，也成为国人“甲金证史”研究中用“从事新文学的精神，敢于大胆突破”（吴云心《金甲证史诠言》序）之首席。

这便是“一般文人”与“江湖作家”两种身份在白羽身上的杂糅体现，对此自1928年便成为其挚友的吴云心曾言：他“自谓写武侠小说是‘自批其面’，但终以此成名。他在写他本不愿写的小说时，挤出时间，钻研‘金甲’，以售小说之收入，大量购买汉学家书籍，并以重金购得木版‘皇清经解’，曾以书示我；在浩繁的卷帙上，圈点摘录，笔记满笥”。这种身在“江湖”难舍“庙堂”之纠结，可谓贯穿了白羽武侠小说创作的始终。“江湖”重白羽，白羽厌“江湖”——这既是白羽一生悲剧之主因，也是白羽笔墨生涯的真实写照。

“江湖”自古多险恶。那么“白羽”这个笔名又是何时出现在“江湖”道上的呢？按照目前流行的说法，是在1938年2月其武侠巨作《十二金钱镖》杀青之后。其根据有四：一为宫以仁在香港《明报月刊》撰文透露之信息——当1938年初《庸报》编辑将《豹爪青锋》易名为《十二金钱镖》时，“先父回到家中，很感慨了一番，大骂文艺编辑的无知、庸俗，对家人说：我不能丢姓宫的脸，写《十二金钱镖》的，姓白名羽，与我宫竹心无关”；二为吴云心在1939年11月于白羽自传《话柄》序中所言——“过了许多天，我在报上看见《十二金钱镖》小说，却不知是他作的，后来有朋友告诉我，我才晓得他用白羽这个笔名”；三为吴云心在1985年1月于新版《十二金钱镖》序中称——“他过去用的名字是宫竹心，写武侠小说后才一直用‘白羽’”；四为白羽1931年任职天津市社会局时的同事刘炎臣的回忆——“为应付对方（《庸报》的约稿），他答应写武侠小说，他就用‘白羽’这个笔名，写了第一部武侠小说《十二金钱镖》”。从上述四“根据”不难看出，“白羽”笔名的首次出现，应该是在《十二金钱镖》杀青之际，对此目前学界也多秉持此说。

然而日前白羽的一篇轶文《生之磨炼》的发现，却让我们不得不推翻

白羽著书图(民国时期)

了原先的研判。

首先,在这篇写于 1950 年的《生之磨炼》里,白羽本人已明白无误地告诉人们:“白羽用这笔名,倒也由来很久。远在民十五,在北京《国民晚报》的《华灯》上,初次试写长篇创作《穷途》,就早用过这笔名了。《穷途》可说是处女作,也是打算自己解剖自己,准备写成自传体的小说,结果失败了,只留下没成熟的未完稿一叠罢了,至今回想起来,都有一点感触。”“《穷途》时代的白羽,大概只有二十四五岁,家累奇重,一贫彻骨,天天挣扎在饥饿线上,更有小资产阶级的傲性,隐瞒起自己的穷。”但后来由于“环境变化,他从报馆失业下来,很困顿的卖文章”。“结果,自比懦夫,写出那本处女作,原要刻画穷途的苦斗,却是技巧修养全不够,只登了月余,便以失败而停笔了。”“《穷途》的试作,‘白羽’笔名的试用,就开始在那时候。”由此可见,早在 1926 年,他因生活所迫,不得不放下心爱的文史研究与新文学创作,而在报上“卖文章”般地连载长篇处女作《穷途》时,便已首次使用“白羽”这个自贬为“懦夫之号”的笔名了。只不过当年的“白羽”人微言轻,《穷途》又是“浅刊辄止”,无论是笔名还是长篇处女作均未引起人们的注意罢了。

其次,白羽在《十二金钱镖》杀青前的 1933 年 4 月 7 日与 14 日,于天津《中华画报》上,也曾用“白羽”笔名刊发了随笔《卖报人》和《“无官一身轻”》两篇文章。这也是由于作为地方小报的《中华画报》多年故纸尘封,因世人难以发现而又未引起人们的注意罢了。

据此我们可知,在《十二金钱镖》面世之前的 1926 年,“江湖”已首现“白羽”之名;此后,至少在 1933 年的天津《中华画报》上,“白羽”笔名也已出现过两次。但真正让“白羽”笔名威震“江湖”并于道上“扬名立曼”者,则是 1938 年 2 月杀青的《十二金钱镖》。

白羽写书印书卖书“一条龙”

世人多知白羽为民国时期从天津杀向全国的社会武侠小说泰斗，但其作为“出版家”成功地经营自己武侠作品的故事却是鲜为人知。

那是在1938年初，沦陷的津沽，报业萧索，文坛凋零。随着赵焕亭、还珠楼主等名家的出走，战前曾红火一时的通俗小说创作此时亦渐趋底谷。是年二月，《庸报》上一部武侠小说的横空出世，为沉闷的华北文坛带来些许生气，这便是白羽在天津二贤里甩出的《十二金钱镖》。

《十二金钱镖》出版单行本时的广告

二贤里坐落在今日河北区中山路上，当年的地址为天津河北二经路二贤里。虽然现今名字依旧，但当年的平房已被幢幢新楼代替。在白羽孙女宫萍女士的陪伴下，2011年初夏的一个黄昏，笔者再次站在了昔日白羽出门必经的河北区二马路天津食品厂门口。白羽病逝时，宫萍年仅三岁，她在这里生活了18年，直到1981年这里平房改造白羽故居夷为平地她才移居他处，因此三十余年前这里的景致对于她来说宛如昨日。据宫萍讲，白羽故居二贤里8号原先位置就在天津食品厂门口对面。依据宫萍的描述，我们不妨对白羽故居做一还原：二贤里位于中山路的西面，是由二马路、黄纬路、三马路、宇纬路围绕起来的一片平房区。在黄纬路与宇纬路之间平行并列着四条胡同，胡同的两端分别是二马路和三马路。从宇纬路往南数第二条胡同临近二马路一端北面的一个院落，便是白羽的故居。这是一个典型的天津四合院，进院迎面坐北朝南的连三间房便是白羽居室，西面的两间由其胞弟宫维城一家居住，东面的两间房则为邻居所有。1937年天津沦陷后，白羽先是在这里创办了内设补习班和小学的正华学校，随后又在此基础上成立了其写书印书卖书“一条龙”的正华出版部。

关于《十二金钱镖》的写作，台湾学者叶洪生先生曾经如此描述：“当时正值抗战军兴，华北沦陷区人心苦闷，渴望天降侠客予以‘神奇之救济’，……其中有一介书生，困顿风尘，百无聊赖，乃以‘倒洒金钱’手法，胡乱打出《十二金钱镖》，发表于天津《庸报》，孰料歪打正著，声誉鹊起，竟赢得各方一致叫好。”其实该书并非是白羽“胡乱打出”，而是思考再三的结果。那是1938年的年初，随着正华学校渐入正轨，萦绕在白羽心头多时的“卖文”念头愈发强烈，但是文卖何处呢？恰在此时，已沦为日寇“北支派遣军”机关报的《庸报》文艺部长何海鸣找上门来，约白羽撰写小说于报上连载。不明底细而又为生活犯愁的白羽遂接受友人郭云岫的劝告，提出只写与现实无关的武侠小说，其他题材均不涉笔。就这样，为当时饱经战乱的沦陷区读者带来些许欢娱的武侠小说《十二金钱镖》便随之间世了。书中，白羽尤将南下劫镖的飞豹子写成盘跨辽东的强徒，在当时东北已沦为伪满之际，此举可谓意义深长。

《十二金钱镖》的杀青，为白羽赢得极大声誉。随着连载日深，此书已深入人心，在民间不胫而走，当时随处可见的租书铺子门口所贴“家家读钱镖，户户谈剑平”的对子可谓该书轰动的真实写照。该书随写随刊，后由天津书局出版单行本第一集后，其余各集均由白羽自办的正华出版部出版，至1943年便已出到16卷总80章，但故事仍未结束，搁笔几年后，白羽又于1947年在天津《建国日报》续写第17卷5章，终结全书。

其实，正华出版部的成立，实乃白羽的无奈之举。

《十二金钱镖》单行本第一集于1938年11月由天津书局出版后，迅即风靡全国。书局主人见有利可图，遂见利忘义，他为减低作者版税，在印出与白羽所签合同规定的图书外，又多次私自盗印。此事很快便被记者出身的白羽发现，他一怒之下，便将工厂里尚未装订的该书散页拉回家中。待怒气消散，望着满院子的书页白羽犯了难，几经权衡，他最终下了决心，自筹资金200元，借纸20领，决定就在自家院内正华学校的基础上挂牌成立正华出版部，由其弟宫维城做发行人，并与久大印刷公司签立长期承印合同。自此之后，不但《十二金钱镖》后续十余集均自产自销，而且白羽随后所写《血涤寒光剑》《毒砂掌》《武林争雄记》等二十余部武侠小说亦全部在此出版。岂料，这无奈之举却为白羽带来了意想不到的收益。

民国时期天津的通俗小说作家如刘云若、还珠楼主、戴遇庵等都是将自己的作品于报上连载拿到一笔稿费后，便不再过问，任凭报社、书局一版、二版地大量印行谋利，从此再无权干涉。因此他们虽著作等身，但仍受穷。白羽则不然，在被动地成立了自己的出版机构后，其自产自制自销式的“一条龙”生产线为他带来了极大收益，足足过上了几年好日子。

为了更好地维护自己的权益，白羽随后又特聘天津河北宇纬路十三号律师事务所之律师刘恩禄为其常年法律顾问，通告“嗣后凡关白羽所

正華出版部招股啓事

前爲拙著不堪租版盜印之苦，忿而集資自印；由羽及友出資二百元，更借紙二十領，而聯録記卷一遂於二十八年六月開始試印。出書後，以爲事屬可爲；乃又由羽及友各續出三百元，長期自印。秋遭水災，小有耗失；年終計利，幸有賺無賠。惟書印既多，各有連續性，每卷必須預存五百册乃至千册，以備配套；因是而積壓成本頗鉅。加以年關及春，物價暴漲，紙貴六倍，印費激增，向之以五百元可印書一卷者，今非千元不辦；因是而又感覺流動資金過少。然通觀出版決算，事極可爲，羽胆愈豪。爲印刷快期，思辦印廠；爲租界封鎖，思開書局。二十九年三月，受友慫恿，發起募股。幸讀者推誠信賴，遠道匯款見助；自春末至秋初，陸續增募，已踰三千。會有友人退股，乃通計贏利，一年間每百元實得紅利三十七元（由二十八年六月至次年五月）；裴君，李君，楊君均本利收回；艾君，殷君亦已付利；唯羽應得，加入股本。

二十九年八月，與久大印刷公司合作，出書加速。昔之一年印書十卷，今僅半年，出書九卷；估算紅息，恰當兩倍。通計股額，讀者投資一千數百元，羽與親友共入二千餘元，合達三千五百。並贏餘計之，殆及八千。戔戔之數固誠可笑，然以八百創辦，甫一年半，竟到八千，究爲樂觀之事。

中華民國三十年五月三十日初版

白羽自印正华出版部“招股启事”传单

白羽鬻書啓事

白羽劫餘病骸，鬻文辦學；撰爲傳奇之文，投刊報章；苟投時好，實羞創作。然售書得價，聊用餬口；猶有餘資，支持小學；斯雖諧俗之作，非譫無益之舉也，故卒爲之而無悔。羽日撰三千字，積一月恰足十萬言，可印書一卷。幸有讀者，不妨獻拙；願以預約之法，集資千元，自印自賣，而月獻新書一冊於嗜痂諸君案頭。若不逢意外，年出十二冊，似不爲難；則此「白羽小說叢書」，雖爲單行本，亦似定期刊也。亦有一二文友，舉其所著，交羽校印；爲印賣之便，並列目於叢書。

刊期 叢書十數種 年出十二卷

書價 預約每冊五角 出書實價七角

函購 歡迎直接函購 寄費每冊一角 郵票十足通用

優待 優待長期定戶 預約價滿三元 加贈新著一種

招請 招請外埠分銷 條件利益優厚 簡章函索即寄

天津河北二經路二賢里

私立正華學校 白羽啓

白羽叢書編目

	十二金錢鏢	前七卷已出版 第八卷已開印	實價各七角 預約五角
武俠長篇	聯鏢記	前二卷已出版 第三卷已開印	實價七角 預約五角
白羽自傳	話柄	全一冊 已出書	實價六角
武俠中篇	偷拳	全二冊 即付印	預約各五角
	武林爭雄記	十二金錢鏢續集	（編著中）
武俠長篇	揚鏢記	全書四卷 編定二卷	預約各五角
武林俠蹤	鐵傘先生	全書十二卷 首兩卷即印	預約各五角
滑稽小說	戀家鬼	全一冊 已編定	預五角
小戲說劇證考	三國話本	全一冊 已編定	預約五角
短篇創作	片羽	全一冊 已編定	預約五角
長篇創作	心跡	全三卷 編著中	預約各五角
白羽小品	雕蟲小草	全一冊 已編定	預約五角
社會長篇	報壇隅聞	全書二冊 已編一冊	預約五角

「徵求」各書徵求封面繪及插畫，每幅酬金一元至五元。並歡迎批評，一經採用，酌贈書物。

白羽叢書月出一卷 紙價飛漲暫售七角 容俟平緩再依原價

白羽自印“鬻书启事”和“丛书编目”

著《十二金钱镖》《联镖记》《偷拳》及其他著作，暨一切法益，本律师依法尽保护之责”。此外，他还在正华出版部所出自己每本作品的版权页上，均盖有“白羽”二字的凸版钢印，宣示版权，以防盗版。

由此可见，白羽除在社会武侠小说创作方面执牛耳外，对于图书经营及版权保护亦是行家里手。

名人眼中的《蜀山剑侠传》

民国津沽武侠小说大师还珠楼主的《蜀山剑侠传》，当年不但让市井间的“凡夫俗子”读得津津有味，欲罢不能，而且也曾引起了政界与知识阶层的青睐。

1988 年，笔者随恩师张赣生先生赴京拜访还珠楼主女儿李观贤时，观贤曾为我们讲了一则轶事——二十世纪五十年代，她与邓小平的女儿为中学同学。有一次小平女儿邓榕对观贤说：“我爸爸特别喜欢读你爸爸的武侠小说，特别是《蜀山剑侠传》，但他没读全，他问你家还有存书吗？”观贤则答：“没有，全烧了。”在政治家中，邓小平是“武侠迷”尽人皆知。对此，邓榕曾说：“父亲睡前爱看武侠小说，是贪它不用动脑筋，看得轻松、不

还珠楼主与夫人孙经洵 1954 年合影

累，看着看着就睡着了。实际上，书中的人物、情节、结局，他一个都没有记住。为了试探他，我们有时把上个月他刚看完的武侠小说又放在他的枕边。结果，上床后，父亲照样拿来看，而且看得津津有味，一点也没有察觉到是上个月刚看完的'旧书'。"

民国时期上海出版商印行的还珠楼主部分作品

如果说邓小平喜欢还珠楼主的作品是其爱看武侠小说使然，那么知识阶层钟情还珠楼主的作品则应该是对其魅力的叹服，而且这种叹服愈是在高知识阶层愈甚。例如，台湾著名作家白先勇说："还珠楼主的《蜀山剑侠传》，从头到尾我看过数遍。这真是一本了不得的巨著，其设想之奇、气魄之大、文字之美、功力之高，冠绝武林，没有一本小说曾经使我那样着迷过。"而著名数学家华罗庚则认为，还珠楼主的"武侠小说是成年人的童话"。著名掌故大家郑逸梅回忆'"外国文学翻译名家傅雷，也喜欢阅读还珠楼主之《蜀山剑侠传》"。

著名学者金开诚近年更是"现身说法"地言道："生平读书往往甚觉

其艰苦，只有一次饱尝读书之乐。那是在刚进初中之时第一次阅读还珠楼主的《蜀山剑侠传》，由下午拿到书读起，一直读到第二天早晨上学，终于在数学终考的课堂上酣然入睡。这一乐极生悲的事例，连同阅读中的惊喜之感，一直深印在我的脑海之中。”并忆及与两位老友侯公、沈公“谈及小说的文采与词汇等问题，这两位老友不约而同地指出，中国的作家和文人，要说掌握词汇的丰富，恐怕没有人能与还珠楼主相比。沈公说，研究文学的人都称赞莎士比亚词汇丰富，还珠楼主恐怕不输与他，这特别表现在自然景物的描写中，正因为掌握词汇极其丰富，所以能曲尽姿致，富有色彩和声势。侯公则转述其老师的话，认为还珠楼主必精于辞赋骈文，所以能掌握如此大量的词汇。他对书中一些重要景色的描写，就其铺叙丰足来看，是与辞赋的作风一脉相承的。我认为，掌握大量词汇也与还珠楼主的丰富想象很有关系。因为从心理学的角度看，在个体的记忆积累中，表象总是和语言难分难解地交织在一起；而想象活动则是在大脑中调动记忆表象，进行分解综合、组合或熔铸成新形象的过程，这一过程也是得到‘内部言语’和词汇记忆的提示、指导与催化的。所以还珠楼主擅于想象的确是与他掌握词汇、富有语言素养分不开的”。并引用前辈学者的话说：“写武侠小说不难在武，而难在文。”由此他反观“现在我们看到某些所谓最新潮的‘武侠小说’，其中的侠客蜕化为‘刀客’，其实不过是穿上了古装的现代浪子或流氓杀手，在文化上几乎已剥个精光，哪还有什么特色和美感”。

从以上政界与知识界的轶事和论说中，可见还珠楼主神怪武侠小说魅力之大，文化之深，影响之巨，波及之广。对此，台湾著名武侠小说研究专家叶洪生更举例指出：还珠楼主的作品“影响所及，不但三四十年代的武侠名家郑证因、朱贞木、望素楼主等深受启发，神功秘艺层出不穷；即如五十年代以降港、台两地的武侠名家梁羽生、金庸、蹄风、张梦还、郎红烷、海上击筑生、卧龙生、司马翎、诸葛青云、伴霞楼主、独抱楼主、上官鼎、古龙、萧逸、东方玉、柳残阳、司马紫烟以迄新生代的温瑞安等等而言，亦无一不是自还珠小说的奇妙素材中‘取经’，加以创新发展，始分别获得不同层次读者的肯定。甚至我们可以说，当代上乘武侠作品之所以星飞电漩、多彩多姿，且好谈玄说偈，相率以‘境界’为标榜者，未始而非还珠启迪之功而蔚为风尚的结果”。

报刊连载:天津现代通俗小说繁盛的推手

天津现代通俗小说创作与出版始于何时,目前尚未考定。作为北方商埠要市,天津虽然自明永乐二年(1404)设卫后便舟车畅达,商业隆兴,但在文化出版方面却相对较为迟滞。即以小说论,有人将光绪八年(1882)问世的李庆辰所著《醉茶志怪》视为天津有史以来的首部小说,但此说也非确凿。因为随着新史料的披露,此前天津小说的创作已现端倪,只是由于史料的不确定性,目前我们还是难以把握。如有学者认为,嘉庆年间高继珩的《蝶阶外史》与比其稍后出现的郝福森《东园实记》,方为天津最早的小说创作。此说虽有待考证,但二十世纪以前天津的小说创作相当贫弱确是事实。虽然光绪二十三年(1897)天津《国闻报》曾刊出一篇《本馆附印说部缘起》,洋洋万余言,开清末民初乃至现代新小说风气之先,但在创作与出版的实践方面,天津却远远落后于上海。阿英的一部《晚清小说史》,所记几乎均为以上海为中心的南方章回小说的状况。此书虽受资料所限,未能涵盖全国,但基本上还是比较客观。

因此,当民国时期通俗小说在天津勃兴时,虽然产生了大量的作家与作品,但矛盾也随之而来,这便是天津出版发行行业的荒芜。与上海那些鳞次栉比的各种出版社、文化社、书局、书店、印书馆相比,天津的出版业则是一片空白。此间虽也不乏“有识之士”仓促拼凑一些出版机构以图

燕子人家
刘云若著
第四回

《庸报》上连载的刘云若小说《燕子人家》

射利，但终因设备简陋、资金困乏而又毫无名声，拉不来名家之作而昙花一现。与之相反，此时天津报刊业却大得其利，他们利用连续出版这个平台，纷纷推出通俗小说连载。这种报刊与小说互动状况不仅是在通俗小说初盛时期如此，而且一直持续到 1949 年之前。于是大批通俗小说不是由图书出版机构付梓，而是由各报馆刊社连载后出版单行本，这便成为民国时期天津通俗小说创作与出版的一大特征。由此造成的结果便是，民国时期天津的图书出版业始终没能发达起来。

这种特殊的出版方式带有很大的射利性与市场性。往往是报上连载的小说趣味性强，读者踊跃，报馆刊社便解囊出书；而一些思想性较强、较严肃的“文以载道”式的作品，则因读者寥寥而遭湮没甚至在连载中途便被腰斩。这或许也是民国时期天津“纯文学”创作不发达，反而出现一批可观的通俗小说作家与作品的原因之一吧。

既然报馆刊社出版通俗小说是民国时期天津出版业的一大特征，那么对这一时期通俗小说创作与出版的梳理与评判，便要将目光投向当年的报刊业。

据史料记载，天津第一张报纸《中国时报》是由天津海关税务司英籍德人德璀琳于 1886 年 11 月创办，由美国传教士李提摩太任主笔，并同时出版中文版《时报》。受此影响，随之而起的便是德人汉纳根于 1895 年创

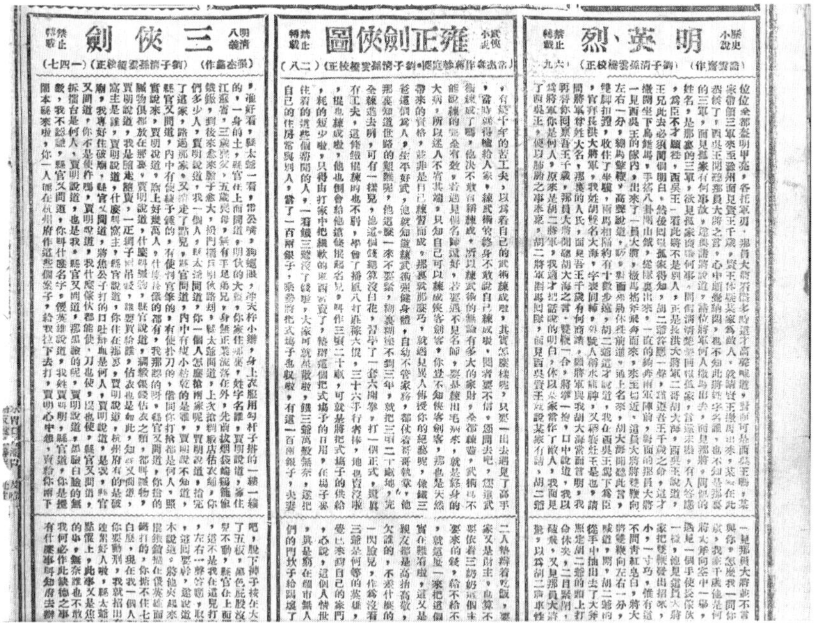

《新天津报》上的"剑侠小说"连载

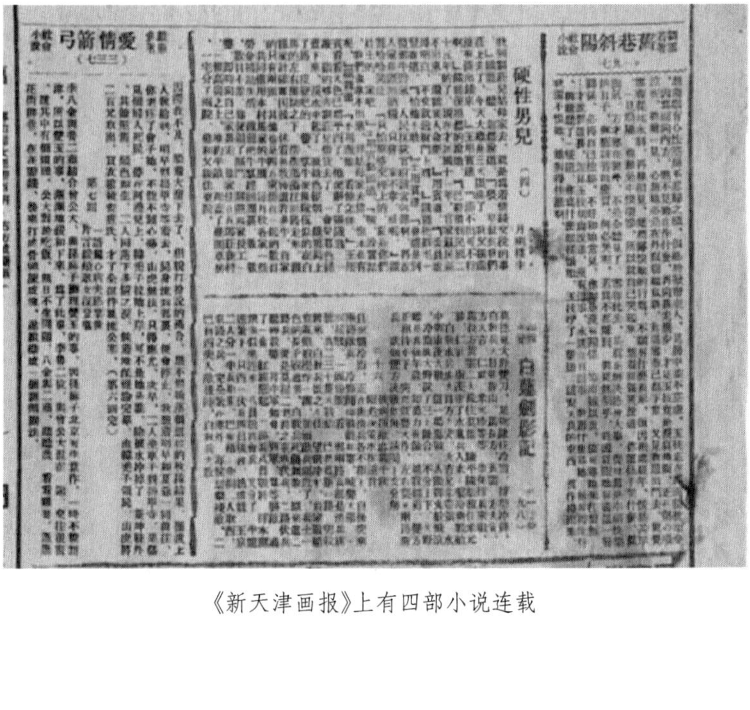

《新天津画报》上有四部小说连载

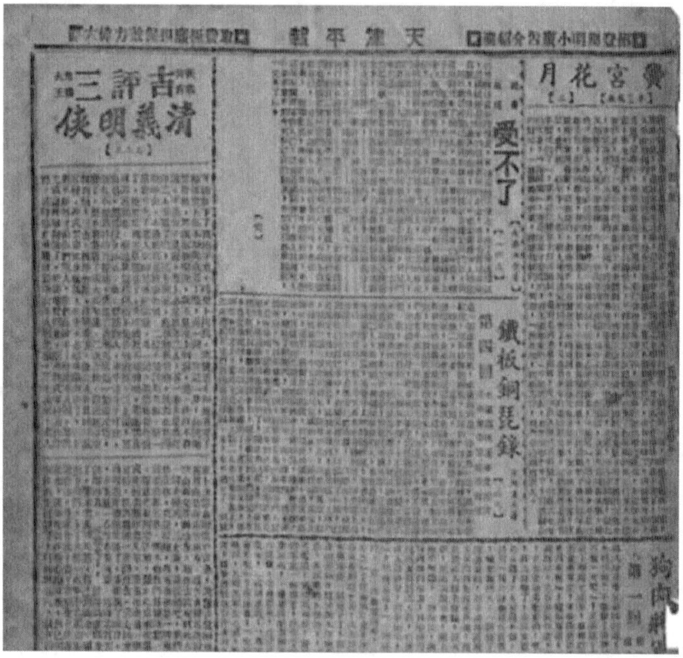
天津平報

愛不了

鐵板銅琵錄

《平报》上的小说连载也很多

办的《直报》、日本人西村博于1899年创办的《咸报》等多种外文报刊。这种殖民地报刊的出现虽然带有文化侵略性质，但在当时亦起到唤起国人秉笔办报、鼓吹国是的热情。正是在此背景下，国人在津创办的第一张中文报《国闻报》于1897年面世了。流风所及，在此后不长的时间内，天津各种报刊便如雨后春笋般出现。

报刊繁兴带来的首要问题，便是如何招徕读者。光是一味的时事新闻、经济行情必然要失去大量民众。为了吸引大批市民读者的阅读兴趣，一些“与世俗沟通”、情节跌宕诡变的通俗小说便成为各种报刊不可或缺的一道“佳肴”。此举果然奏效，使得当时的一些报刊发行份数激增，并受此影响，一些专以刊载通俗小说为主的娱乐报刊也应运而生。报刊业的兴旺，反之又刺激着作者的创作，于是大量的通俗小说作家与作品此时纷纷亮相，形成了报业繁兴推动小说创作，小说丰产又使报纸层出不穷的互动局面，并由此拉开了北派通俗小说大繁荣的序幕。如果说，民国时期天津文坛也曾繁盛，这个繁盛的标志就是通俗小说的话，那么当年层出不穷的各类报刊，便是这种繁盛背后的最大推手。

而在这些此起彼伏、争奇斗艳的各类报刊中，对通俗小说连载与宣传用力颇多并赖以畅销者，除早期《益世报》外，尚有《白话开通报》(1905 年创办)、《醒俗画报》(吴芷洲 1907 年创办，陆莘农主编)、《竹园白话报》(丁国瑞 1907 年创办)、《经纬日报》(1910 年创办)、《白话晚报》(刘孟扬 1912 年创办，后又出《白话晨报》《白话午报》，后合并每日出版《晨、午、晚报》)、《公民日报》(刘揆一 1915 年创办，副刊编辑张静庐)、《国强报》(杨绍林 1918 年创办，沈哀鹃、董晰香主编)、《天津日日新闻》(方若 1918 年创办)、《新天津报》与《新天津晚报》(刘髯公 1924 年创办)、《庸报》(董显光 1925 年创办，经理王缕冰，王芸生、何海鸣等编辑)、《东方时报》(吴昆如 1926 年在津复刊，王小隐、吴秋尘等主编副刊)、《评报》(后改名《平报》，刘霁岚 1926 年创办，徐雅松编辑副刊)、《北洋画报》(冯武越 1926 年创办，王小隐、刘云若、吴秋尘等编辑)、《津报》(王墨林 1926 年创办，李燃犀等编辑)、《商报》(叶庸方与李组才合资于 1928 年创办，王缕冰任经理，王芸生为总编辑，王小隐、刘云若、吴秋尘、宫竹心、吴云心等编辑副刊)、《大中时报》(靳云鹏等于 1928 年创办，王翻新、舒成勋等

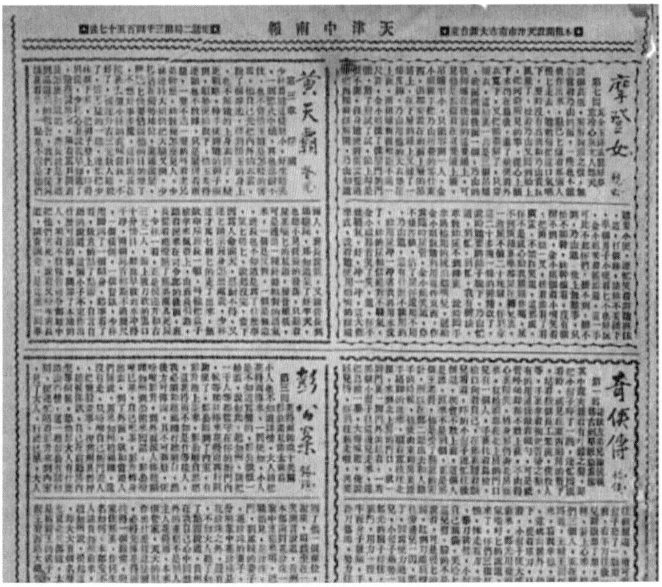
天津中南報
摩登女
黄天霸
彭公案
奇俠傳

《中南报》上的四部小说连载

编辑副刊)、《中南报》(张幼丹 1930 年创办,总编辑李醒我)、《天风报》(沙大风 1930 年创办,刘云若、何海鸣、还珠楼主先后任副刊"黑旋风"主编)、《中华新闻画报》(管孟仁 1930 年创办,王受生任主编)、《东方日报》(刘不同 1930 年创办,副刊编辑高龙生)、《民声报》(王墨林 1930 年创办,吴云心、薛不器编副刊)、《风月画报》(魏病侠 1934 年创办)、《银线画报》(张圭颖与刘一行于 1935 年创办)、《三津报》(蒋轸庭 1935 年创办,专载评书小说)、《亢报》(金必亢 1935 年创办)、《晓报》(张幼丹 1935 年创办,李燃犀等编副刊)、《广播日报》(袁无为 1936 年创办)、《大报》(刘云若 1936 年创办)、《天津华北新报》(1944 年由《庸报》改组而成)、《小扬州画报》(李燃犀于 1946 年创办)、《新生晚报》(常小川 1946 年创办,总编辑马际融)、《星期六画报》(张瑞亭 1946 年创办)、《午报星期二画刊》(1946 年创办)、《真善美画报》(王真 1946 年创办)、《宇宙画报》(张北侯 1947 年创办),等等。

后　记

这是一部钩稽考证近现代天津文学故实的专著，其写作与付梓过程，可谓一波三折，颇具“故事”。

此书写作缘起，源于与一位资深编辑的约定。当年她正责编一套“天津旧事丛书”，我有加盟想法，于是便报了“老天津文坛往事”的选题。2018 年 7 月 23 日，我在出差途中得知选题已经通过论证，需要尽快尽好地完成书稿。因对这位学识渊博、认真负责的女史一直心存敬佩，我遂立马表态：回去就开工，我此前在报刊上发表过大量此类文章，应该能够按期完成。

然而成书过程中遇到的诸多不顺，是我始料未及的。首先说天气，七八月份本就是天津一年中的酷暑，而那年又遇上多年未见的暴雨。就在这蒸煮桑拿中，我赶回天津便挥汗如雨地开工赶稿了。在此后很长一段时间，气温持续高升，可谓苦不堪言。其次，便是时间紧迫。白天需要上班编报，我只能晚上挑灯、凌晨伏案，这期间连多年雷打不动的周六淘书也不得不放弃。然而送别父亲挚友、春风文艺出版社编审耿瑛先生，赴北京参加国家新闻出版广电总局报纸总编辑培训，还是占据了一部分时间。我只能抓紧能利用的时间，见缝插针地赶稿。最后便是写作中遇到的难题。原以为有大量已在报刊上发过的文章垫底，此次只要整理加工、补入最新史料与观点即可。但在操作中发现,原先文稿内容庞杂、体例杂乱、长短不一,许多史实没有说深说透,绝大部分稿件要推倒重来,按照新体例、新观点、新史料重新撰写。中秋前夜,书稿终于完成,无论是研究价值还是史料价值,抑或创新性与可读性,都超出了预先的估计。

我信心满满地将电子稿件与插图发给了出版社,之后便进入了漫长的等待。由于责编所在的编辑室接到了另一项重要任务,其他书稿不得不暂停。而就在这期间,这位我特别敬重的责编到点退休了。随后,这套丛书的选题也被终止了。失去了我所佩服的责编把关,我对这部书稿的出版失去了信心与兴趣。就在我准备收回书稿时,好运来临。东北一家资深的老牌文艺出版社欲出一套“地方文史丛书”,主其事者是我多年老友,他偶然听说我有此稿,未经过目就将其列入了选题计划。就在我踌躇之际,又一波好运袭来。为深入推进天津地方史研究,天津市档案馆(天津市地方志编修委员会办公室)资助出版“天津地情资料丛书”。2021年5月,蒙数位学界好友推荐,他们将这部书稿向市地方志办予以申报。“天津地情资料丛书”旨在记述沽上某一行业、某一领域的历史发展脉络,而且涵盖天津古代、近代史及专门史研究,这些选题要求均与我这部书稿相吻合,更何况为天津地方志的编修工作做些贡献,也是我一直以来的心愿,于是我便在第一时间答应下来,婉谢了东北老友的美意。

随后,市地方志办本着“择优确定”的原则,组织专家对报送的选题进行了多轮论证,最终此书有幸入选“天津地情资料丛书”。搞民国通俗文学与天津近现代文学史、报刊史及出版史研究三十余载,专著也公开出版了多部,一直顺风顺水,像此书遭遇如此“过山车”般折腾,还是首次遇到。如今好事多磨,终获善果,在此我要衷心地感谢韩玉霞、韩鹏、王焱诸位文友对书稿的推荐;感谢天津市档案馆(天津市地方志编修委员会办公室)对书稿的接纳;感谢各位专家学者的辛苦审阅和对拙稿的厚爱。同时,还要感谢天津社会科学院文学研究所原所长闫立飞兄当年赐序;感谢书稿中部分内容当初在报刊发表时各位编辑的付出。此外,也要感谢我的家人，有了他们的理解与照顾，我才能安下心来埋头于我喜爱的事业。

今日是中国传统历法中的末伏首日，在这个炎热的夜晚，在追思这部书稿写作与出版轨迹的同时，写下上述文字，是为“后记”。

倪斯霆

2021年8月10日夜于沽上梅江恋海庐

时值夏历辛丑年立秋后三日末伏首日